독학사

3·4단계

국어국문학과

문학비평론

SD에듀
(주)시대고시기획

머리말

학위를 얻는 데 시간과 장소는 더 이상 제약이 되지 않습니다. 대입 전형을 거치지 않아도 '학점은행제'를 통해 학사학위를 취득할 수 있기 때문입니다. 그중 독학학위제도는 고등학교 졸업자이거나 이와 동등 이상의 학력을 가지고 있는 사람들에게 효율적인 학점 인정 및 학사학위 취득의 기회를 줍니다.

학습을 통한 개인의 자아실현 도구이자 자신의 실력을 인정받을 수 있는 스펙으로서의 독학사는 짧은 기간 안에 학사학위를 취득할 수 있는 가장 빠른 지름길로 많은 수험생들의 선택을 받고 있습니다.

독학학위취득시험은 1단계 교양과정 인정시험, 2단계 전공기초과정 인정시험, 3단계 전공심화과정 인정시험, 4단계 학위취득 종합시험의 1~4단계 시험으로 이루어집니다. 4단계까지의 과정을 통과한 자에 한해 학사학위 취득이 가능하고, 이는 대학에서 취득한 학위와 동등한 지위를 갖습니다.

이 책은 독학사 시험에 응시하는 수험생들이 단기간에 효과적인 학습을 할 수 있도록 다음과 같이 구성하였습니다.

01 단원 개요
핵심이론을 학습하기에 앞서 각 단원에서 파악해야 할 중점과 학습목표를 정리하여 수록하였습니다.

02 핵심이론
2023년 시험부터 적용되는 개정 평가영역을 철저히 반영하였으며, 시험에 꼭 출제되는 내용을 '핵심이론'으로 선별하여 수록하였습니다.

03 실전예상문제
해당 출제영역에 맞는 핵심포인트를 분석하여 구성한 '실전예상문제'를 수록하였습니다.

04 최종모의고사
최신출제유형을 반영한 '최종모의고사(2회분)'를 통해 자신의 실력을 점검해볼 수 있으며, 실제 시험에 임하듯이 시간을 재고 풀어본다면 시험장에서의 실수를 줄일 수 있을 것입니다.

국어국문학과의 문학비평론 과목은 문학비평의 다양한 기능, 개념, 이론을 공부하고 한국문학의 비평사를 살펴보는 과목입니다. 비평이론의 대표적인 기능은 문학작품을 이해하는 데에 도움을 주는 것이며, 이러한 이해는 문학작품에 대한 이해에 그치지 않고, 문학작품을 만드는 인간에 대한 이해와 세계에 대한 이해까지 나아갑니다. 다시 말해 문학비평론은 우리가 볼 수 있는 세상의 지평을 넓혀 주는 과목이라고 할 수 있습니다.

편저자 드림

BDES

독학학위제 소개

독학학위제란?

「독학에 의한 학위취득에 관한 법률」에 의거하여 국가에서 시행하는 시험에 합격한 사람에게 학사학위를 수여하는 제도

- ✅ 고등학교 졸업 이상의 학력을 가진 사람이면 누구나 응시 가능
- ✅ 대학교를 다니지 않아도 스스로 공부해서 학위취득 가능
- ✅ 일과 학습의 병행이 가능하여 시간과 비용 최소화
- ✅ 언제, 어디서나 학습이 가능한 평생학습시대의 자아실현을 위한 제도
- ✅ 학위취득시험은 4개의 과정(교양, 전공기초, 전공심화, 학위취득 종합시험)으로 이루어져 있으며 각 과정별 시험을 모두 거쳐 학위취득 종합시험에 합격하면 학사학위 취득

독학학위제 전공 분야 (11개 전공)

국어 국문학   영어 영문학   심리학   경영학   컴퓨터 공학   간호학

법학   행정학   가정학   유아 교육학   정보 통신학

※ 유아교육학 및 정보통신학 전공 : 3, 4과정만 개설
  (정보통신학의 경우 3과정은 2025년까지, 4과정은 2026년까지만 응시 가능하며, 이후 폐지)
※ 간호학 전공 : 4과정만 개설
※ 중어중문학, 수학, 농학 전공 : 폐지 전공으로 기존에 해당 전공 학적 보유자에 한하여 응시 가능

※ SD에듀는 현재 4개 학과(심리학과, 경영학과, 컴퓨터공학과, 간호학과) 개설 완료
※ 2개 학과(국어국문학과, 영어영문학과) 개설 진행 중

독학학위제 시험안내

과정별 응시자격

단계	과정	응시자격	과정(과목) 시험 면제 요건
1	교양	고등학교 졸업 이상 학력 소지자	• 대학(교)에서 각 학년 수료 및 일정 학점 취득 • 학점은행제 일정 학점 인정 • 국가기술자격법에 따른 자격 취득 • 교육부령에 따른 각종 시험 합격 • 면제지정기관 이수 등
2	전공기초		
3	전공심화		
4	학위취득	• 1~3과정 합격 및 면제 • 대학에서 동일 전공으로 3년 이상 수료 　(3년제의 경우 졸업) 또는 105학점 이상 취득 • 학점은행제 동일 전공 105학점 이상 인정 　(전공 28학점 포함) ➜ 22.1.1. 시행 • 외국에서 15년 이상의 학교교육과정 수료	없음(반드시 응시)

응시방법 및 응시료

- 접수방법 : 온라인으로만 가능
- 제출서류 : 응시자격 증빙서류 등 자세한 내용은 홈페이지 참조
- 응시료 : 20,400원

독학학위제 시험 범위

- 시험 과목별 평가영역 범위에서 대학 전공자에게 요구되는 수준으로 출제
- 시험 범위 및 예시문항은 독학학위제 홈페이지(bdes.nile.or.kr) ➜ 학습정보 ➜ 과목별 평가영역에서 확인

문항 수 및 배점

과정	일반 과목			예외 과목		
	객관식	주관식	합계	객관식	주관식	합계
교양, 전공기초 (1~2과정)	40문항×2.5점 =100점	–	40문항 100점	25문항×4점 =100점	–	25문항 100점
전공심화, 학위취득 (3~4과정)	24문항×2.5점 =60점	4문항×10점 =40점	28문항 100점	15문항×4점 =60점	5문항×8점 =40점	20문항 100점

※ 2017년도부터 교양과정 인정시험 및 전공기초과정 인정시험은 객관식 문항으로만 출제

합격 기준

■ 1~3과정(교양, 전공기초, 전공심화) 시험

단계	과정	합격 기준	유의 사항
1	교양	매 과목 60점 이상 득점을 합격으로 하고, 과목 합격 인정(합격 여부만 결정)	5과목 합격
2	전공기초		6과목 이상 합격
3	전공심화		

■ 4과정(학위취득) 시험 : 총점 합격제 또는 과목별 합격제 선택

구분	합격 기준	유의 사항
총점 합격제	• 총점(600점)의 60% 이상 득점(360점) • 과목 낙제 없음	• 6과목 모두 신규 응시 • 기존 합격 과목 불인정
과목별 합격제	• 매 과목 100점 만점으로 하여 전 과목(교양 2, 전공 4) 60점 이상 득점	• 기존 합격 과목 재응시 불가 • 1과목이라도 60점 미만 득점하면 불합격

시험 일정

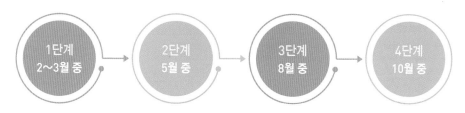

| 1단계
2~3월 중 | → | 2단계
5월 중 | → | 3단계
8월 중 | → | 4단계
10월 중 |

■ 국어국문학과 3단계 시험 과목 및 시간표

구분(교시별)	시간	시험 과목명
1교시	09:00~10:40(100분)	국어음운론, 한국문학사
2교시	11:10~12:50(100분)	문학비평론, 국어정서법
중식 12:50~13:40(50분)		
3교시	14:00~15:40(100분)	구비문학론, 국어의미론
4교시	16:10~17:50(100분)	한국한문학, 고전시가론

※ 시험 일정 및 세부사항은 반드시 독학학위제 홈페이지(bdes.nile.or.kr)를 통해 확인하시기 바랍니다.
※ SD에듀에서 개설되었거나 개설 예정인 과목은 빨간색으로 표시했습니다.

독학학위제 과정

1단계 교양과정 01

대학의 교양과정을 이수한
사람이 일반적으로 갖추어야 할
학력 수준 평가

02 2단계 전공기초

각 전공영역의 학문을 연구하기
위하여 각 학문 계열에서 공통적으로
필요한 지식과 기술 평가

3단계 전공심화 03

각 전공영역에서의 보다
심화된 전문지식과 기술 평가

04 4단계 학위취득

학위를 취득한 사람이
일반적으로 갖추어야 할 소양 및
전문지식과 기술을 종합적으로 평가

DIRECTION

독학학위제 출제방향

국가평생교육진흥원에서 고시한 과목별 평가영역에 준거하여 출제하되, 특정한 영역이나 분야가 지나치게 중시되거나 경시되지 않도록 한다.

교양과정 인정시험 및 전공기초과정 인정시험의 시험방법은 객관식(4지택1형)으로 한다.

단편적 지식의 암기로 풀 수 있는 문항의 출제는 지양하고, 이해력·적용력·분석력 등 폭넓고 고차원적인 능력을 측정하는 문항을 위주로 한다.

독학자들의 취업 비율이 높은 점을 감안하여, 과목의 특성상 가능한 경우에는 학문적이고 이론적인 문항 뿐만 아니라 실무적인 문항도 출제한다.

교양과정 인정시험(1과정)은 대학 교양교재에서 공통적으로 다루고 있는 기본적이고 핵심적인 내용을 출제하되, 교양과정 범위를 넘는 전문적이거나 지엽적인 내용의 출제는 지양한다.

이설(異說)이 많은 내용의 출제는 지양하고 보편적이고 정설화된 내용에 근거하여 출제하며, 그럴 수 없는 경우에는 해당 학자의 성명이나 학파를 명시한다.

전공기초과정 인정시험(2과정)은 각 전공영역의 학문을 연구하기 위하여 각 학문 계열에서 공통적으로 필요한 지식과 기술을 평가한다.

전공심화과정 인정시험(3과정)은 각 전공영역에 관하여 보다 심화된 전문적인 지식과 기술을 평가한다.

학위취득 종합시험(4과정)은 시험의 최종 과정으로서 학위를 취득한 자가 일반적으로 갖추어야 할 소양 및 전문지식과 기술을 종합적으로 평가한다.

전공심화과정 인정시험 및 학위취득 종합시험의 시험방법은 객관식(4지택1형)과 주관식(80자 내외의 서술형)으로 하되, 과목의 특성에 따라 다소 융통성 있게 출제한다.

독학학위제 단계별 학습법

1단계 평가영역에 기반을 둔 이론 공부!

독학학위제에서 발표한 평가영역에 기반을 두어 효율적으로 이론 공부를 해야 합니다. 각 장별로 정리된 '핵심이론'을 통해 핵심적인 개념을 파악합니다. 모든 내용을 다 암기하는 것이 아니라, 포괄적으로 이해한 후 핵심내용을 파악하여 이 부분을 확실히 알고 넘어가야 합니다.

2단계 시험경향 및 문제유형 파악!

독학사 시험 문제는 지금까지 출제된 유형에서 크게 벗어나지 않는 범위에서 비슷한 유형으로 줄곧 출제되고 있습니다. 본서에 수록된 이론을 충실히 학습한 후 '실전예상문제'를 풀어 보면서 문제의 유형과 출제의도를 파악하는 데 집중하도록 합니다. 교재에 수록된 문제는 시험 유형의 가장 핵심적인 부분이 반영된 문항들이므로 실제 시험에서 어떠한 유형이 출제되는지에 대한 감을 잡을 수 있을 것입니다.

3단계 '실전예상문제'를 통한 효과적인 대비!

독학사 시험 문제는 비슷한 유형들이 반복되어 출제되므로 다양한 문제를 풀어 보는 것이 필수적입니다. 각 단원의 끝에 수록된 '실전예상문제'를 통해 단원별 내용을 제대로 학습했는지 꼼꼼하게 확인하고, 실력점검을 합니다. 이때 부족한 부분은 따로 체크해 두고 복습할 때 중점적으로 공부하는 것도 좋은 학습 전략입니다.

4단계 복습을 통한 학습 마무리!

이론 공부를 하면서, 혹은 문제를 풀어 보면서 헷갈리고 이해하기 어려운 부분은 따로 체크해 두는 것이 좋습니다. 중요 개념은 반복학습을 통해 놓치지 않고 확실하게 익히고 넘어가야 합니다. 마무리 단계에서는 '최종모의고사'를 통해 실전연습을 할 수 있도록 합니다.

COMMENT

합격수기

저는 학사편입 제도를 이용하기 위해 2~4단계를 순차로 응시했고 한 번에 합격했습니다.
아슬아슬한 점수라서 부끄럽지만 독학사는 자료가 부족해서 부족하나마 후기를 쓰는 것이 도움이 될까 하여
제 합격전략을 정리하여 알려 드립니다.

#1. 교재와 전공서적을 가까이에!

학사학위 취득은 본래 4년을 기본으로 합니다. 독학사는 이를 1년으로 단축하는 것을 목표로 하는 시험이
라 실제 시험도 변별력을 높이는 몇 문제를 제외한다면 기본이 되는 중요한 이론 위주로 출제됩니다. SD
에듀의 독학사 시리즈 역시 이에 맞추어 중요한 내용이 일목요연하게 압축 · 정리되어 있습니다. 빠르게
훑어보기 좋지만 내가 목표로 한 전공에 대해 자세히 알고 싶다면 전공서적과 함께 공부하는 것이 좋습니
다. 교재와 전공서적을 함께 보면서 교재에 전공서적 내용을 정리하여 단권화하면 시험이 임박했을 때 교
재 한 권으로도 자신 있게 시험을 치를 수 있습니다.

#2. 시간확인은 필수!

쉬운 문제는 금방 넘어가지만 지문이 길거나 어렵고 헷갈리는 문제도 있고, OMR 카드에 마킹까지 해야
하니 실제로 주어진 시간은 더 짧습니다. 1번에 어려운 문제가 있다고 해서 시간을 많이 허비하면 쉽게 풀
수 있는 마지막 문제들을 놓칠 수 있습니다. 문제 푸는 속도도 느려지니 집중력도 떨어집니다. 그래서 어
차피 배점은 같으니 아는 문제를 최대한 많이 맞히는 것을 목표로 했습니다.
① 어려운 문제는 빠르게 넘기면서 문제를 끝까지 다 풀고 ② 확실한 답부터 우선 마킹한 후 ③ 다시 시험
지로 돌아가 건너뛴 문제들을 다시 풀었습니다. 확실히 시간을 재고 문제를 많이 풀어봐야 실전에 도움이
되는 것 같습니다.

#3. 문제풀이의 반복!

여느 시험과 마찬가지로 문제는 많이 풀어볼수록 좋습니다. 이론을 공부한 후 실전예상문제를 풀다보니
부족한 부분이 어딘지 확인할 수 있었고, 공부한 이론이 시험에 어떤 식으로 출제될지 예상할 수 있었습니
다. 그렇게 부족한 부분을 보충해가며 문제유형을 파악하면 이론을 복습할 때도 어떤 부분을 중점적으로
암기해야 할지 알 수 있습니다. 이론 공부가 어느 정도 마무리되었을 때 시계를 준비하고 최종모의고사를
풀었습니다. 실제 시험시간을 생각하면서 예행연습을 하니 시험 당일에는 덜 긴장할 수 있었습니다.

학위취득을 위해 오늘도 열심히 학습하시는 동지 여러분에게도 합격의 영광이 있으시길 기원하면서 이만 줄입니다.

이 책의 구성과 특징

제 1 장 | 비평의 개념

| 단원 개요 |
비평의 사전적 정의, 비평과 문학비평의 차이를 살펴보고, 여러 가지 기준으로 나뉘는 비평의 갈래를 알아본다.

| 출제 경향 및 수업 대책 |
비평의 어원과 사전적 정의에 대한 내용은 그 양이 많고 복잡하기 때문에, 이 부분은 주요 개념을 위주로 파악한다. 문학비평의 갈래에서는 어떤 비평가가 어떤 이론을 제시하였는지를 자세히 살펴보고, 이론을 제시한 저서나 논설의 이름 등을 기억해두는 것이 중요하다.

제1절 비평의 정의

1 사전적 정의

비평에 관한 정의는 비평가에 따라 조금씩 다르지만, 기본적으로 문학작품의 가치를 평가하는 것으로 볼 수 있다. 문학용어사전에 따르면 "비평이란 비평가의 개인적 취향에 의거하거나 일련의 선택된 미학적 개념에 의거하여 예술작품에 관해 의식적으로 평가(evaluation)하고 감상(appreciation)하는 일"이다. 또한 분석(analyse)하고 판단(judge)하는 일로부터 확장되어 나온 모종의 복합적 단어이기도 하다.

2 비평(criticism)과 문학비평(literary criticism)

비평과 문학비평은 모두 문학작품을 대상으로 이루어진다는 점에서 동일하지만, 중요시하는 것이 서로 다르다. 비평은 작품에 대한 평가에 치중하는 한편, 문학비평은 작품의 의미·구성·이름다움 등에 대해 설명하고자 한다. 비평가는 특정한 작품을 칭찬해야 할지 말아야 할지를 판단한다면, 문학비평가는 평가보다는 작품을 설명하는 데에 더 많은 공을 들인다. 문학비평은 하나 또는 여러 개의 비평 이론을 문학텍스트에 적용하는 작업이다.

---

01 단원 개요

핵심이론을 학습하기에 앞서 각 단원에서 파악해야 할 중점과 학습목표를 정리하여 수록하였습니다.

제2절 문학비평의 갈래

1 이론비평(theoretical criticism)과 실천비평(practical criticism) 중요

이론비평과 실천비평은 비평 대상에 따른 분류이다.

(1) 이론비평
이론비평은 원론비평이라고도 하며, 문학의 본질과 기능·가치평가의 기준 등을 논의한다. 이론비평은 일반적인 원리에 기초하여 문학작품의 연구와 해석에 사용할 수 있는 용어·구별 기준·범주 등의 체계를 세우고 작가와 작품을 평가할 수 있는 기준을 정하고자 한다.
서양 최초의 이론비평서는 아리스토텔레스(Aristoteles)의 『시학』을 들 수 있으며, 동양에서는 중국의 유협(劉勰)이 집필한 『문심조룡(文心雕龍)』이 유명하다. 현대문학의 이론비평서로는 루카치(G. Lukács)의 『소설의 이론』(1916), 프라이(N. Frye)의 『비평의 해부』(1957)등이 있으며, 우리나라의 현대문학 초기 이론비평으로는 이광수의 「문학(文學)이란 하(何)오」(1916)가 있다.

(2) 실천비평
실제비평이라고도 하며, 고금의 개별 문학작품의 의미를 해명하고 가치를 평가하며 작가의 기능과 위치를 결정한다. 실천비평은 실제로 존재하는 특정한 작품과 작가를 감상하고 분석한다.
현대문학의 실천비평으로는 루카치의 『톨스토이와 리얼리즘의 문제』(1936), 존스(E. Jones)의 『햄릿과 오이디푸스』(1949), 바르트(R. Barthes)의 『로브그리에에 관한 계산서』(1962) 등이 있다. 한국 문학의 실천비평의 예로는 김동인이 춘원 이광수의 여러 작품을 분석한 「춘원 연구」, 이인직·이광수·염상섭·현진건·나도향 등 여러 작가들의 작품을 분석한 「조선근대소설고」 등이 있다.

2 에이브람스(M. H. Abrams)의 분류

에이브람스는 비평을 작품이 세계·독자·작가와 맺는 관계에 따라서 모방비평·효용비평·표현비평·객관적 비평으로 분류한다.

---

02 핵심이론

독학사 시험의 출제경향에 맞춰 시행처의 평가영역을 바탕으로 '핵심이론'을 정리하여 수록하였습니다.

03 실전예상문제

학습자가 해당 교과정에서 반드시 알아야 할 내용을 문제로 정리하였습니다. '실전예상문제'를 통해 객관식 · 주관식 문제를 충분히 연습할 수 있도록 구성하였습니다.

제 1 편 | 실전예상문제

제1장 비평의 개념

01 비평은 작품을 수정하는 과정을 포함하지 않는다. 비평가에게는 작품을 수정할 권한이 없기 때문이다.

01 다음 중 비평에 대한 설명으로 적절하지 않은 것은?
① 비평은 문학작품의 가치를 평가하는 것이다.
② 비평은 작품을 수정하는 과정을 포함한다.
③ 비평은 비평가의 개인적 취향에 의거하거나 일련의 선택된 미학적 개념에 의거하여 예술작품에 관해 의식적으로 평가(evaluation)하고 감상(appreciation)하는 일이다.
④ 비평은 분석(analyse)하고 판단(judge)하는 일로부터 확장되어 나온 모종의 복합적 단어이다.

02 루카치가 집필한 이론비평서는 「소설의 이론」이다. '비평의 해부」는 프라이(N. Frye)가 집필한 이론비평서이며, 「시학」은 아리스토텔레스가 쓴 서양 최초의 이론비평서이다. 「문심조룡」은 중국의 유협이 집필한 것이다.

02 다음 중 루카치(G. Lukács)가 집필한 이론비평서는 무엇인가?
① 「소설의 이론」
② 「비평의 해부」
③ 「시학」
④ 「문심조룡」

03 이론비평은 문학의 본질 · 기능 · 가치평가의 기준 등을 논의한다.
① ②는 실천비평 ③은 에이브럼

03 다음 중 이론비평(theoretical criticism)에 대한 설명으로 옳은 것은?

---

04 최종모의고사

실전감각을 기르고 최종점검을 할 수 있도록 '최종모의고사(총 2회분)'를 수록하였습니다.

제1회 | 최종모의고사 | 문학비평론

제한시간: 50분 | 시작 ___시 ___분 ~ 종료 ___시 ___분

回 정답 및 해설 265p

01 융(C. G. Jung)의 원형이론에서 원형에 속하지 않는 개념은?
① 아니마
② 선택적 기억
③ 아니무스
④ 그림자

02 여성문학의 단계 중 '억압을 당하고 있다는 사실 인식 하에 여성이 처한 부당한 상황을 고발하는 여성문학 시작 단계'는 무엇인가?
① 여성혁명의 단계
② 새로운 인간해방의 비전을 제시하는 단계
③ 재해석의 단계
④ 고발문학의 단계

CONTENTS
목 차

제1편

합격의 공식 SD에듀 www.sdedu.co.kr

총론

홀륭한 가정만한 학교가 없고, 덕이 있는 부모만한 스승은 없다.

– 마하트마 간디 –

제 **1** 장 | 비평의 개념

제1절   비평의 정의

1 사전적 정의

비평에 관한 정의는 비평가에 따라 조금씩 다르지만, 기본적으로 문학작품의 가치를 평가하는 것으로 볼 수 있다. 문학용어사전에 따르면 "비평이란 비평가의 개인적 취향에 의거하거나 일련의 선택된 미학적 개념에 의거하여 예술작품에 관해 의식적으로 평가(evaluation)하고 감상(appreciation)하는 일"이다. 또한 분석(analyse)하고 판단(judge)하는 일로부터 확장되어 나온 모종의 복합적 단어이기도 하다.

2 비평(criticism)과 문학비평(literary criticism)

비평과 문학비평은 모두 문학작품을 대상으로 이루어진다는 점에서 동일하지만, 중요시하는 것이 서로 다르다. 비평은 작품에 대한 평가에 치중하는 한편, 문학비평은 작품의 의미·구성·아름다움 등에 대해 설명하고자 한다. 비평가는 특정한 작품을 접해야 할지 말아야 할지를 판단한다면, 문학비평가는 평가보다는 작품을 설명하는 데에 더 많은 공을 들인다. 문학비평은 하나 또는 여러 개의 비평 이론을 문학텍스트에 적용하는 작업이다.

제2절 | 문학비평의 갈래

1 이론비평(theoretical criticism)과 실천비평(practical criticism) 중요

이론비평과 실천비평은 비평 대상에 따른 분류이다.

(1) 이론비평

이론비평은 원론비평이라고도 하며, 문학의 본질과 기능·가치평가의 기준 등을 논의한다. 이론비평은 일반적인 원리에 기초하여 문학작품의 연구와 해석에 사용할 수 있는 용어·구별 기준·범주 등의 체계를 세우고 작가와 작품을 평가할 수 있는 기준을 정하고자 한다.

서양 최초의 이론비평서는 아리스토텔레스(Aristoteles)의 『시학』을 들 수 있으며, 동양에서는 중국의 유협(劉勰)이 집필한 『문심조룡(文心雕龍)』이 유명하다. 현대문학의 이론비평서로는 루카치(G. Lukács)의 『소설의 이론』(1916), 프라이(N. Frye)의 『비평의 해부』(1957)등이 있으며, 우리나라의 현대문학 초기 이론비평으로는 이광수의 「문학(文學)이란 하(何)오」(1916)가 있다.

(2) 실천비평

실제비평이라고도 하며, 고금의 개별 문학작품의 의미를 해명하고 가치를 평가하며 작가의 기능과 위치를 결정한다. 실천비평은 실제로 존재하는 특정한 작품과 작가를 감상하고 분석한다.

현대문학의 실천비평으로는 루카치의 「톨스토이와 리얼리즘의 문제」(1936), 존스(E. Jones)의 「햄릿과 오이디푸스」(1949), 바르트(R. Barthes)의 「로브그리예에 관한 계산서」(1962) 등이 있다. 한국 문학의 실천비평의 예로는 김동인이 춘원 이광수의 여러 작품을 분석한 「춘원 연구」, 이인직·이광수·염상섭·현진건·나도향 등 여러 작가들의 작품을 분석한 「조선근대소설고」 등이 있다.

2 에이브람스(M. H. Abrams)의 분류

에이브람스는 비평을 작품이 세계·독자·작가와 맺는 관계에 따라서 모방비평·효용비평·표현비평·객관적 비평으로 분류한다.

모방비평 (mimetic criticism)	• 모방비평은 작품이 세계와 맺는 관계를 중시하며, 문학작품을 세계와 인간생활의 모방·반영·재현으로 본다. 이때 재현 대상에 대한 재현의 '진실성'이 작품의 기본적인 기준이 된다. • 플라톤과 아리스토텔레스의 문학에서 처음으로 찾을 수 있으며, 현대의 리얼리즘 문학이론의 특징이기도 하다.
효용비평 (pragmatic criticism)	• 효용비평은 작품이 독자에게 주는 영향을 중시한다. • 작품이 독자에게 주는 미적 쾌감·교훈·감동 등의 효용성을 작품 가치 판단의 기준으로 삼으며, 그러한 효과가 독자에게 얼마나 잘 전달되었는지를 중점으로 작품의 가치를 매긴다. • 현대에는 바르트 등 구조주의자의 비평과 관련이 있다.

표현비평 (expressive criticism)	• 표현비평은 문학작품을 작가와의 관계 속에서 다룬다. • 작품 속에서 작가와 관련된 증거를 찾는다.
객관적 비평 (objective criticism)	• 객관적 비평은 앞서 살펴본 모방비평·효용비평·표현비평처럼 작품을 다른 대상과의 관계 속에서 찾지 않고, 작품을 자유롭고 독립적인 존재로 본다. • 이 방식은 1920년대 이후 신비평·시카고학파·유럽 형식주의자·프랑스 구조주의자 등 많은 비평가가 채택한 방식이다.

3 웰렉(R. Wellek)의 분류

웰렉은 세계·독자·작가 등은 모두 작품의 외부에 있으며 유의미한 구조는 작품 내부에 있다고 보았다. 이러한 관점에 따라 웰렉은 비평을 외재적 비평과 내재적 비평으로 분류한다. 모방론·효용론·표현론은 외재적 비평에, 존재론은 내재적 비평에 해당한다.

웰렉의 분류	외재적 비평	모방론·효용론·표현론
	내재적 비평	존재론

제 2 장 | 비평의 기능

| 단원 개요 |

비평의 기능에 대한 여러 학자의 견해를 살피고, 비평의 세 가지 주요 기능에 대해 알아본다.

| 출제 경향 및 수험 대책 |

기능 부분에서는 주요 기능의 각 역할을 알아두는 것이 필요하다.

제1절 | 비평의 기능과 관련된 논의

비평의 가장 핵심적인 기능은 작품을 해석하고 평가하는 것이다. 또한 각각의 비평 이론은 작품을 바라보는 서로 다른 관점을 제공한다는 점에서 작품이 가진 다양한 의미를 다각적으로 관찰할 수 있게 한다. 우리는 비평 이론들을 통해 작품을 바라보는 여러 방법들의 가치와 한계를 동시에 깨닫는 능력을 키울 수 있으며, 그 능력을 바탕으로 작품을 세밀하게 읽어낼 수 있다.

비평의 기능과 관련하여 학자들의 논의를 간략하게 살펴보면 다음과 같다.

엘리엇 (T. S. Eliot)	• 비평은 향수를 통해 새로운 보다 풍요로운 경험의 세계를 마련할 수 있어야만 한다. • 비평의 본질적 기능은 '예술작품의 해명과 취미의 시정(是正)'이다.
후네커 (J. G. Huneker)	비평이란 예술작품에 대한 그 자신의 혼의 모험이며, 직접 감정과 감동을 기록한 것이다.
허시 (E. D. Hirsch)	문학작품의 뜻의 파악은 판단(judgement) 작용이고, 판단의 효과적인 진술이 바로 비평이다.
허드슨 (W. H. Hudson)	비평의 기능은 해석과 판단이며, 특히 비평가의 주된 임무는 해석에 있다.

문학비평에 관한 학자들의 논의를 살펴보면 경험·해석·이해·즐거움 등을 비평의 기능으로 이해하고 있다는 사실을 알 수 있다. 이를 집약하면 비평의 기능은 크게 해석·감상·평가로 나눌 수 있다.

제2절　비평의 세 가지 기능 중요

비평의 세 가지 기능은 해석 · 감상 · 평가이며, 비평의 과정 역시 '해석 → 감상 → 평가'의 순서로 이루어진다.

해석 (interpretation)	• 비평은 작품을 제대로 이해하기 위해 해석을 시도하고, 그 해석을 통해서 작가와 독자를 매개한다. • 독자는 비평가의 해석에 의존하여 작품을 이해하는데, 그렇기 때문에 비평의 기능이 누구를 위한 것인지를 묻는다면 해석은 독자를 위한 기능으로 주요하게 작용한다.
감상 (appreciation)	• 작품을 통일체로 음미하며 중요시하는 태도는 감상비평 혹은 인상비평과 관련이 있다. 객관적인 기준보다는 비평가의 직관과 인상에 따라 작품을 감상하기 때문이다. • 프랑스(A. France)는 '작품이 주는 쾌락이야말로 그 작품의 우열을 측정하는 유일한 척도'라고 하였다.
평가 (evaluation)	• 비평의 과정에서 해석과 감상을 거쳐 이르는 단계가 평가이다. • 평가는 비평의 기능 중 가장 주요한 것으로, 작품의 어떤 부분이 좋고 나쁜지를 가려내는 과정이다. • 그런데 같은 작품이라도 해당 작품을 평가하는 비평가에 따라, 또는 작품에 적용하는 비평 이론에 따라 작품에 대한 평가에 큰 차이가 생길 수 있다. 이는 같은 작품을 보는 시각에도 다양한 견해가 존재하기 때문이며, 작품의 어떤 측면을 중점적으로 해석 또는 감상했는지에 따라 발생하는 상황이다. • 이에 대해 포프(A. Pope)는 『비평론』에서 작품의 지엽적인 부분에만 집착하거나 선입관에 의지하는 태도를 삼가고 작품에 객관적으로 접근해야 함을 강조한다.

> **더 알아두기**
>
> **비평의 네 번째 기능 : 확대**
>
> 일반적으로 비평의 기능은 해석 · 감상 · 평가 세 가지로 정의되지만, 비평의 네 번째 기능으로 확대를 포함하는 경우도 있다. 이는 말 그대로 비평의 기능을 확대하여 종교 · 철학 · 역사 등 여러 분야에 연결해 보는 것이다.

제 **1** 편 | **실전예상문제**

제1장 | 비평의 개념

01 비평은 작품을 수정하는 과정을 포함하지 않는다. 비평가에게는 작품을 수정할 권한이 없기 때문이다.

01 다음 중 비평에 대한 설명으로 적절하지 않은 것은?

① 비평은 문학작품의 가치를 평가하는 것이다.
② 비평은 작품을 수정하는 과정을 포함한다.
③ 비평은 비평가의 개인적 취향에 의거하거나 일련의 선택된 미학적 개념에 의거하여 예술작품에 관해 의식적으로 평가(evaluation)하고 감상(appreciation)하는 일이다.
④ 비평은 분석(analyse)하고 판단(judge)하는 일로부터 확장되어 나온 모종의 복합적 단어이다.

02 루카치가 집필한 이론비평서는 『소설의 이론』이다. 『비평의 해부』는 프라이(N. Frye)가 집필한 이론비평서이며, 『시학』은 아리스토텔레스가 쓴 서양 최초의 이론비평서이다. 『문심조룡』은 중국의 유협이 집필한 것이다.

02 다음 중 루카치(G. Lukács)가 집필한 이론비평서는 무엇인가?

① 『소설의 이론』
② 『비평의 해부』
③ 『시학』
④ 『문심조룡』

03 이론비평은 문학의 본질·기능·가치평가의 기준 등을 논의한다. ①·②는 실천비평, ③은 에이브람스의 분류에 대한 설명이다.

03 다음 중 이론비평(theoretical criticism)에 대한 설명으로 옳은 것은?

① 실제로 존재하는 특정한 작품과 작가를 감상하고 분석한다.
② 실제비평이라고도 한다.
③ 작품이 세계·독자·작가와 맺는 관계를 비평의 기준으로 삼는다.
④ 문학의 본질과 기능, 가치평가의 기준 등을 논의한다.

정답 01② 02① 03④

04 다음 중 실천비평(practical criticism)과 관련이 없는 것은?

① 「햄릿과 오이디푸스」

② 「문학(文學)이란 하(何)오」

③ 「춘원 연구」

④ 「조선근대소설고」

04 「문학(文學)이란 하(何)오」는 이론 비평에 해당한다.

05 다음 중 「로브그리예에 관한 계산서」를 집필한 비평가는 누구인가?

① 바르트(R. Barthes)

② 루카치(G. Lukács)

③ 프라이(N. Frye)

④ 존스(E. Jones)

05 「로브그리예에 관한 계산서」를 집필한 비평가는 바르트이다.
루카치는 『소설의 이론』과 「톨스토이와 리얼리즘의 문제」를, 프라이는 『비평의 해부』를, 존스는 「햄릿과 오이디푸스」를 집필했다.

06 효용비평(pragmatic criticism)에 대한 설명으로 적절하지 않은 것은?

① 작품이 독자에게 주는 영향을 중시한다.

② 작품이 독자에게 주는 미적 쾌감 · 교훈 · 감동과 같은 효과의 효용성을 작품 가치 판단의 기준으로 삼는다.

③ 신비평 · 시카고학파 · 유럽 형식주의자들이 효용비평의 방식을 활용한다.

④ 현대에는 바르트 등 구조주의자의 비평과 관련이 있다.

06 신비평 · 시카고학파 · 유럽 형식주의자들이 활용하는 방식은 객관적 비평이다.

정답 04 ② 05 ① 06 ③

07 표현비평은 문학작품을 작가와의 관계 속에서 파악하는 비평이다. 모방비평은 문학작품을 세계와의 관계 속에서, 효용비평은 문학작품을 독자와의 관계 속에서 파악한다. 객관적 비평은 작품을 독립된 존재로 보는 비평이다.

07 문학작품을 작가와의 관계 속에서 파악하는 비평은 무엇인가?

① 모방비평
② 효용비평
③ 표현비평
④ 객관적 비평

08 작품을 세계와의 관계 속에서 바라보는 방식은 모방비평이다.

08 객관적 비평(objective criticism)에 대한 설명으로 적절하지 않은 것은?

① 작품을 세계와의 관계 속에서 바라본다.
② 작품을 자유롭고 독립적인 존재로 보는 방법이다.
③ 1920년대 이후 많은 비평가들에 의해 채택되었다.
④ 프랑스 구조주의자들이 비평하는 방식이다.

09 웰렉(R. Wellek)의 분류에서 모방론·효용론·표현론은 외재적 비평으로, 존재론은 내재적 비평으로 분류된다.

09 다음 중 웰렉(R. Wellek)의 분류에서 외재적 비평에 해당하지 않는 것은?

① 모방론
② 효용론
③ 존재론
④ 표현론

정답 07 ③ 08 ① 09 ③

주관식 문제

01 비평(criticism)과 문학비평(literary criticism)의 차이점을 간략하게 쓰시오.

01 **정답**
비평은 작품에 대한 평가에 치중하는 한편, 문학비평은 작품의 의미·구성·아름다움 등에 대해 설명하고자 한다. 비평가는 특정한 작품을 접해야 할지 말아야 할지를 판단한다면, 문학비평가는 평가보다는 작품을 설명하는 데에 더 많은 공을 들인다.

02 비평 대상을 기준으로 나뉜 두 분류의 비평이 무엇인지 모두 쓰시오.

02 **정답**
이론비평과 실천비평

03 이광수가 집필한 우리나라 현대문학 초기의 이론비평은 무엇인지 쓰시오.

03 **정답**
「문학(文學)이란 하(何)오」

04 **정답**

실천비평은 고금의 개별 문학작품의 의미를 해명하고 가치를 평가하며 작가의 기능과 위치를 결정한다. 실천비평은 실제로 존재하는 특정한 작품과 작가를 감상하고 분석한다.

04 실천비평(practical criticism)이 행하는 역할과 기능에 대해 약술하시오.

05 **정답**

모방비평, 효용비평, 표현비평, 객관적 비평

05 에이브람스(M. H. Abrams)의 분류에 따른 네 가지 비평을 모두 쓰시오.

제2장   비평의 기능

01 다음과 같이 비평의 기능에 대해 주장한 학자는 누구인가?

> 비평이란 예술작품에 대한 그 자신의 혼의 모험이며 직접 감정과 감동을 기록한 것이다.

① 엘리엇(T. S. Eliot)
② 후네커(J. G. Huneker)
③ 허시(E. D. Hirsch)
④ 허드슨(W. H. Hudson)

02 비평의 기능 중 '해석'에 대한 설명으로 적절하지 <u>않은</u> 것은?

① 작품의 어떤 부분이 좋고 나쁜지를 가려내는 과정이다.
② 작품의 해석을 통해서 작가와 독자를 매개한다.
③ 독자를 위한 기능으로 주요하게 작용한다.
④ 작품을 제대로 이해하기 위하여 시도하는 것이다.

03 프랑스(A. France)가 '작품이 주는 쾌락이야말로 그 작품의 우열을 측정하는 유일한 척도'라고 하며 강조한 비평의 기능은 무엇인가?

① 해석
② 감상
③ 평가
④ 확대

---

01 '비평이란 예술작품에 대한 그 자신의 혼의 모험이며 직접 감정과 감동을 기록한 것이다'고 주장한 학자는 후네커이다.

02 작품의 어떤 부분이 좋고 나쁜지를 가려내는 과정은 평가에 해당한다.

03 프랑스(A. France)는 비평의 기능 중 감상을 강조하였다.

정답 01 ②   02 ①   03 ②

04 비평의 기능 중 가장 일반적이고 가장 중요한 것은 평가, 즉 가치판단이다.

04 비평의 기능 중 가장 주요한 것은 무엇인가?

① 감상

② 해석

③ 확대

④ 평가

주관식 문제

01 정답

비평의 과정에서 해석과 감상을 거쳐 이르는 단계가 평가이다. 평가는 비평의 기능 중 가장 주요한 것으로, 작품의 어떤 부분이 좋고 나쁜지를 가려내는 과정이다.

01 비평의 기능 중 '평가'에 대해 간략하게 설명하시오.

02 정답

『비평론』

02 다음 내용에 해당하는 포프(A. Pope)의 저서가 무엇인지 쓰시오.

작품의 지엽적인 부분에만 집착하거나 선입관에 의지하는 태도를 삼가고 작품에 객관적으로 접근해야 함을 강조

정답 04 ④

03 종종 비평의 네 번째 기능으로 포함되며, 비평을 종교 · 철학 · 역사 등 여러 분야에 연결해 보는 기능이 무엇인지 쓰시오.

03 **정답**
확대의 기능

SD에듀와 함께, 합격을 향해 떠나는 여행

제 2 편

문학비평의 개념과 방법의 분류

교육은 우리 자신의 무지를 점차 발견해 가는 과정이다.

– 윌 듀란트 –

제 1 장 | 역사·전기적 비평

| 단원 개요 |

이번 단원에서는 역사·전기적 비평 이론의 역사와 체계, 그리고 해당 이론을 활용한 실제 작품 분석에 대해 알아본다. 역사와 체계 부분에서는 이론의 개요와 형성, 뵈브와 텐느 등 주요 비평가의 주장, 그리고 원전비평·전기비평·역사비평 등 이론의 분류에 대해서 알아본다. 실제 작품으로는 이육사의 「꽃」을 살펴본다.

| 출제 경향 및 수험 대책 |

이번 단원에는 다수의 비평가가 등장하며, 각 비평가별로 주장한 내용이 많은 편이다. 어떤 비평가가 어떤 주장을 펼쳤는지 꼼꼼하게 공부하는 것을 추천한다. 특히 텐느의 문학결정의 본질적인 3요소나 그레브스타인의 역사·전기적 비평에서 유의해야 할 6가지 항목은 주관식 문제로 나오기 좋으니 각각의 용어와 내용을 숙지하는 것이 필요하다.

제1절　역사·전기적 비평 이론의 역사와 체계

1 이론의 개요와 형성

(1) 이론의 개요

역사·전기적 비평은 문학작품과 연관된 시대의 사회적·문화적 맥락을 통해 작품의 의미를 파악하는 비평 방법이다. 때문에 이 방법은 작품이 창작된 시대의 **역사적 상황**과 작가의 **생애**를 중시한다. 역사·전기적 비평은 문학작품을 역사의 산물로 여기며, 하나의 역사적 사건처럼 다룬다. 해당 이론은 실증적 자료를 중요시하는 경향이 있고, 작품을 둘러싼 여러 객관적 사실을 규정 및 규명하고자 한다.

(2) 이론의 형성

19세기 중후반 사회학에서 **실증주의**가 유행하였는데, 역사·전기적 비평 역시 이러한 실증주의에 직접적인 영향을 받았다. 또한 19세기 말 역사학이 발달하면서 그 영향으로 역사학적인 방법론과 비슷한 방식을 비평에 활용하기도 했다.

역사·전기적 비평은 생뜨 뵈브(C. A. Saint-Beuve)로부터 출발하였고, 랑송(G. Lanson)이 이론화하였다. 해당 비평 방법은 '분류하다(classer)'와 '구별하다(distinguer)'라는 두 가지 기능을 강조한다.

2 주요 비평가의 주장

(1) 생뜨 뵈브(C. A. Sainte-Beuve)

뵈브는 랑송과 함께 이전의 인상주의 비평을 극복하고자 사회학의 실증주의를 참고하여 역사·전기적 비평 방법을 제시하였다. 뵈브는 시대와 환경의 규명에서 더 나아가 생활환경·교육·교우관계·유파·성격을 비롯한 작가의 여러 가지 객관적인 조건들을 면밀하게 검토하고자 했다. 이를 통해 작가와 작품을 살펴보는 '정신의 박물관학'으로서의 비평을 표방하였다.

뵈브는 작가의 전기적 생애 연구를 강조하며 '그 나무에 그 열매(tel arbre, tel fruit)'라는 말을 남겼다. 이는 작가를 나무에, 문학작품을 열매에 비유한 것으로 작품을 이해하기 위해서는 작가를 알아야 한다는 의미를 담고 있다. 이러한 주장은 전기비평에 해당하는 것으로, 뵈브는 작품 비평에서 작가와 관련된 실증적 자료를 중요시하였다.

(2) 텐느(H. A. Taine)

텐느는 실증주의적 방법을 취해 뵈브의 견해를 과학적으로 발전시켰다. 그는 1864년 펴낸 『영국문학사』에서 문학결정의 본질적인 3요소로 '인종·환경·시대'를 제시하였다.

> **더 알아두기**
>
> **문학결정의 본질적인 3요소**
> - **인종** : 작가 개인의 유전적이고 선천적인 요인
> - **환경** : 작가와 작품을 둘러싼 사회적 환경요인
> - **시대** : 동시대 작가 또는 작품들이 주고받는 영향관계

(3) 그레브스타인(S. N. Grebstein)

① 그레브스타인은 『당대 비평의 전망』에서 역사·전기적 비평에서 유의해야 할 6가지 항목을 제시하였는데, 이는 '원전·언어·전기·평판과 영향·문화·문학적 관습'이다.

② **역사·전기적 비평에서 유의해야 할 6가지 항목** 〔종요〕

원전	• 원전은 여러 판본들 중 믿을 만큼 확실한 연구대상 작품을 결정하는 것이다. • 이 과정에서 판본들의 상이점을 대조·조사하고, 족보를 작성하며, 결정본을 확정하는 작업들이 이루어진다.
언어	작가가 작품을 썼던 그 시대와 장소의 언어를 연구하고 그 의미를 해명하는 작업이다.
전기	• 작가의 생애와 환경을 고려하는 것이다. • 작가의 정신적 자질·물질적 조건·교육 정도·건강상태·대인관계 등을 파악한다.
평판과 영향	• 작가나 작품이 독자 또는 다른 작가들과 주고받은 영향관계를 의미한다. • 평판은 독자들의 반응의 시차를 분석하여 작품의 가치를 평가하는 것으로, 작품 발표 당시와 시간이 흐른 후 독자들의 반응이 다를 때 유용하다. 이상의 시 「오감도」, 이광수의 소설 『무정』을 예로 들 수 있다. • 영향은 다른 작가들과의 관계를 말하며, '상호텍스트성'과 '텍스트 내성'을 들 수 있다.

	• '상호텍스트성'은 같은 시대 작가들의 텍스트들이 서로 영향을 주고받는 것이다. • '텍스트 내성'은 작품의 구성요소끼리 서로 닮으려는 속성으로, 이광수가 톨스토이의 인도주의 문학 사상에 영향을 받은 것이 그 예이다.
문화	• 문화(문학사)는 일정한 시대와 장소에서 일정한 언어로 쓰인 문학을 통하여 나타난 특정 민족의 표현을 기술하고 설명하는 작업을 한다. 간단히 말해 당대 문화와 시대 정신을 밝히는 것이다. • 스필러(R. E. Spiller)는 문학사 기술방법으로, '연대기적 서술·작품 상호 간의 원천과 영향 고찰·사회적 상황 고려·윤리적 시간관을 통한 변형된 반복 연구' 네 가지를 제시하였다. 그는 이 중 사회적 상황을 고려하는 것을 가장 바람직하게 보았다.
문학적 관습	• 문학적 관습은 '문학적 전통과 관례'라고도 하며, 당대 문학의 지배적인 경향과 특징 안에서 작품을 파악하는 것이다. 다른 말로 문학적 관습은 문학체계 내에서 발생하고 지속적으로 사용되다가 소멸하는 특정 장르·문체·주제 등이라고 할 수 있다. • 해리 르빈(Harry Levin)은 문학이 자체의 역사를 갖도록 하는 요소를 함유하고 있는 것을 문학적 관습(literary convention)이라고 보았다.

(4) 리온 이들(Leon Edel)

① 이들은 문학적 전기의 유형을 세 가지로 제시한다.

② 이들이 제시한 문학적 전기의 유형

포괄적 연대기 (chronicle compendium)	작가에 대해 수집한 역사적 자료를 연대기적으로 배열하는 방식
문학적 초상화 (literary portrait)	• 작가의 성격양상을 초상화처럼 시각적이고 간단명료하게 기술하는 방식 • 성격묘사, 프로필 등
유기적 전기 (organic biography)	작가에 대해 조사한 자료를 비평가가 해석한 방향으로 재구성하는 방식

3 이론의 분류

(1) 원전비평

① 원전비평은 작가가 처음에 구상한 텍스트의 본래성을 되살리는 서지·주석학적 비평을 말한다.

② 프레드슨 바우어즈(Fredson Bowers)는 원전비평을 '한 작가의 텍스트 본래의 순수성을 회복하는 한편, 판을 거듭함에 따라 생기는 와전(corruption)으로부터 순수성을 보존하는 것'으로 정의한 바 있다.

③ 바우어즈는 원전 확정의 과정을 다섯 단계로 구분하였는데, 이는 '문서적 증거 → 기본 텍스트의 결정 → 상이점들의 대조 조사 → 판본의 족보 → 결정본'의 순서로 이루어진다.

④ **바우어즈의 원전 확정 과정 5단계** 중요

문서적 증거	현존하는 문서들 중 가장 정확한 형태를 확정 짓는다.
기본 텍스트의 결정	여러 이본들 중 최선본 또는 최고본이 되는 텍스트를 정한다.
상이점들의 대조 조사	여러 판본들을 대조하여 차이점을 조사한다.
판본의 족보	여러 판본 간의 시간적 선후관계를 밝혀 족보를 작성한다.
결정본	이본들을 납득 가능하게 처리하고, 권위본에 오류는 없는지 검토한다.

(2) 전기비평

전기비평은 작가가 문학작품과 깊은 관련성이 있다고 가정하고 작가의 성장배경·교육수준·생활환경 등 작가의 생애에 관하여 최대한 많은 자료를 수집하고 분석하여 작품의 불확정적 요소를 해명하고자 하는 이론이다. 대표적 비평가로는 '그 나무에 그 열매'라는 말을 남긴 뵈브가 있다.

전기비평은 작가와 작품의 명성과 영향 역시 중요시하는데, 작가와 작품은 불가분의 관계이기 때문에 작가의 의도와 작품의 성패를 연결 짓기도 한다. 가드너(H. Gardner)는 작가의 반응양식과 사고유형을 '작가정신의 관습(the habit of his mind)'이라고 정리하였다.

(3) 역사비평

역사비평은 문학작품을 역사적 상황과 연결시켜 분석하는 이론이다. 역사비평과 전기비평을 한데 묶어 역사·전기적 비평이라고 일컫는다. 문학의 조건으로 인종·시대·환경을 제시한 텐느가 역사비평의 대표적 비평가이며 그레브스타인 역시 작품을 '한 시대에 소속된 것'이라 보았다.

4 이론의 의의와 한계

역사·전기적 비평은 문학연구에 자연과학적인 방법을 적용하여 기존 인상주의 비평의 비과학성을 극복하였다는 점에서 의의가 있다. 또한 작가와 작품에 대한 자료를 실증적으로 분석하여, 작가를 전반적으로 이해하고 작품의 의의를 평가하였다. 이를 통해 작가와 작품이 주고받는 영향을 해명하였다는 점이 역사·전기적 비평의 업적으로 꼽힌다.

하지만 역사·전기적 비평은 작가의 생애나 시대상황 등 작품 텍스트 외부의 요인을 지나치게 강조하여 작품 자체의 의미를 해명하지 못한다는 한계가 있다. 이로 인해 작품 내부의 구조나 미학은 간과되기 쉽다는 점이 지적된다.

제2절 실제 작품 분석

이육사의 작품 「꽃」은 1945년 12월 『자유신문』에 실린 버전과 1946년 출판된 『육사시집』에 실린 버전에 차이가 있다. 각 버전의 1연을 살펴보면 다음과 같다.

『자유신문』	『육사시집』
동방은 하늘도 다 꼿나고 비 한방울 나리쟌는 그따에도 오히려 꽃을 밝아케 되지 안는가	동방은 하늘도 다 끝나고 비 한방울 나리잖는 그때에도 오히려 꽃은 빨갛게 피지 않는가

『육사시집』은 출판 과정에서 원작내용을 일부 고쳤다. 이는 의도적 개작으로, 원작의 내용에 문제가 있다는 판단 하에 편자가 의도적으로 원작내용을 고친 경우이다. 역사 · 전기적 비평의 분류 중 하나인 원전비평의 관점에서, 이러한 개작에서 발생하는 와전(corruption)으로부터 텍스트 본래의 순수성을 회복하는 것은 중요한 작업이다.

제 **2** 장 │ 마르크스주의 비평

이번 단원에서는 마르크스주의 비평 이론의 역사와 체계, 그리고 해당 이론을 활용한 실제 작품 분석에 대해 알아본다. 역사와 체계 부분에서는 이론의 개요와 형성, 이론의 주요 개념인 토대와 상부구조 및 리얼리즘, 그리고 이론의 주요 유파와 비평가인 루카치, 소비에트 마르크스주의 비평, 구조주의 마르크스주의 비평에 대해서 파악한다. 실제 작품으로는 한설야의「황혼」과 이기영의「고향」을 살펴본다.

│ 출제 경향 및 수험 대책 │

다양한 이론과 개념이 등장하고 어려운 용어들이 많이 나오니, 용어들을 중심으로 개념을 차근차근 이해해가는 방법이 도움이 될 것이다. 가장 핵심적인 개념인 토대와 상부구조 및 리얼리즘의 개념을 잘 숙지한 뒤 뒷내용을 살펴보는 것을 추천한다. 또한 각 비평가들이 어떤 용어와 이론을 활용하였는지도 함께 알아두는 것이 좋겠다.

제1절 마르크스주의 비평 이론의 역사와 체계

1 이론의 개요와 형성

마르크스주의 비평은 경제적・계급적 이데올로기를 중심으로 작품과 사회 현실의 연관성에 집중한다. 19세기 중후반 칼 마르크스(K. Marx)와 프리드리히 엥겔스(F. Engels)가 밝힌 예술과 문학에 대한 견해를 통해 그 기초가 마련되었다. 이후 마르크스주의 비평은 다수의 비평가들에 의해 심화되고 체계화되며 발전하였다.

2 이론의 주요 개념

(1) 토대와 상부구조 중요

마르크스주의 비평은 마르크스와 엥겔스의 '**토대와 상부구조**(Base and Superstructure)' 이론에서 출발한다. 이는 '토대결정론'이라고도 알려져 있으며, 마르크스주의의 기본 전제로 작용한다. 토대와 상부구조에서 토대는 물질적 환경이며, 상부구조는 역사적 상황이다. 물질적 환경은 생산력과 생산관계를 비롯한 경제적 조건을 말한다. 생산력은 무언가를 생산해내는 힘이며, 생산관계는 자본가와 노동자 같은 사회경제적인 계급들 사이의 관계이다. 역사적 상황은 교육・철학・종교・예술・학문 등의 사회적・정치적・이데올로기적 현실을 의미한다. '토대결정론'은 물질적 환경과 같은 토대가 역사적 상황인 상부구조를 결정짓고, 물질적 환경과 역사적 상황은 함께 그 시대의 인간에게 영향을 미친다는 이론이다.

문학 역시 그것이 쓰인 시간과 공간의 물질적 환경 및 역사적 상황이 낳은 생산물로 볼 수 있다. 인간의 존재가 그 자체로 자기 자신을 둘러싼 물질적 환경과 역사적 상황의 생산물이라면, 저자의 의도가 어떤 것이었든 작품 안에는 그러한 이데올로기가 일정한 형식에 따라 구현되는 것이다.

마르크스는 토대가 일차적인 규정요인이기 때문에 토대에 대한 이해가 가장 우선시되어야 한다고 주장하면서도, 토대가 상부구조를 규정하는 방식이 항상 직접적이고 기계적으로 작동하지는 않는다고 덧붙인다.

(2) 리얼리즘

마르크스와 엥겔스는 예술 창조는 현실을 반영함과 동시에 현실을 자각하고 이해하는 방법이라고 주장하였다. 때문에 당대의 현실을 객관적으로 재현하고 전망을 제시하는 리얼리즘은 마르크스의 목적에 가장 알맞은 형식이었다. '리얼리즘'이란 문학이 현실을 표면적이고 단순한 모사 또는 복제의 수준으로 반영하는 것을 넘어, 사회가 특정 시기에 마주하는 고유한 모순과 현실의 본질적인 관련성을 적절하고 정확하게 그려내는 예술적 방법이라고 할 수 있다. 리얼리즘은 사회경제적 불평등 및 이데올로기적 모순과 현실 세계의 모습을 분명하게 재현함으로써, 독자가 문학을 통해 현실에 관한 불편한 진실을 알아챌 수 있도록 한다.

마르크스 · 루카치 · 엥겔스 등 마르크스주의 비평가들은 작가가 현실 세계를 정확하게 재현하면 그 안에 있는 사회경제적 불평등과 이데올로기적 모순이 드러난다고 보았다. 특히 엥겔스는 리얼리즘의 세 가지 조건으로 '세부적 진실 · 전형적 상황 · 전형적 인물'을 꼽았는데, 이를 통해 그가 리얼리즘에 대해 내린 정의는 '세부적 진실 이외에도 전형적인 상황에서 전형적인 인물의 진실된 재현'이다. 엥겔스는 '문학은 작가의 이념을 전달하는 확성기가 되어서는 곤란하고 오히려 작가의 견해는 숨겨지면 숨겨질수록 작품을 위해서는 더 낫다'고 말하며, 작가가 정치적 이념을 노골적으로 드러내는 것을 부정적으로 여겨 독일의 '경향소설'을 좋게 보지 않았다. 그는 발자크의 소설을 두고 '리얼리즘의 위대한 승리'라며 높이 평가했는데, 이는 19세기 중반 보수적인 왕당파와 시민파가 대립하고 있던 상황에서 왕당파를 지지하던 발자크가 소설에서 리얼리즘의 기법을 채택하여 시민파의 입장을 반영하였기 때문이다. 이는 작가가 어떤 생각을 가지고 있든 리얼리즘의 정신에 충실하여 당대 사회를 객관적으로 재현한 작품에는 작가의 인식과 능력을 뛰어넘는 진실이 담긴다는 리얼리즘 지지자들의 입장을 보여주는 예시이다.

3 이론의 주요 유파와 비평가

(1) 게오르크 루카치(G. Lukács)

루카치는 문학은 객관적 현실을 전체적 관련 아래 파악하고 다루어야 한다고 주장하였다. 그는 마르크스 · 엥겔스와 마찬가지로 문학에서의 리얼리즘을 지지하였으며, 전형성과 총체성 개념을 심화하였다. 또한 위대한 예술은 리얼리즘과 휴머니즘의 불가분한 통일체가 되며, 인간의 총체성을 묘사하고 인간의 존엄성을 수호한다는 입장을 취한다.

① 전형성

루카치에 따르면 '전형성'의 창조는 '예술가가 어떤 구체적인 인간들의 운명 속에 그들이 속해 있는 특정 시대와 국가 및 계급을 가장 잘 표출하는 어떤 역사적 상황의 가장 중요한 특징들을 구현하는 것'으로 이루어진다. 전형성은 일종의 독특한 유형의 종합으로서 인물과 상황을 연결하고 개별자와 보편자를 유기적으로 통일하는 것이다. 어떤 것이 하나의 전형으로 되는 것은 오직 한 역사적 시기의 인간적 · 사회적으로 본질적인 '계기'들이 그 속에서 함께 어우러질 때 가능하다.

② 총체성

루카치는 총체성을 두고 '자연과 정신, 도덕과 법률, 개인과 공동체가 분열되지 않은 시적 세계 상황'이라고 말하는데, 이는 '자아와 세계, 내면세계와 외면세계가 유기적 관계를 이룬 상태'를 의미한다. 이는 모순과 갈등에 의해 현대 세계에서는 상실된 것이며 회복의 대상이다. 루카치는 호머 서사시와 산문의 세계를 비교하며 호머 서사시의 시적 상황은 내면세계와 외면세계가 분열되지 않아 총체성이 유지되지만 산문의 세계는 총체성을 잃어버린 것으로 보았다. 또한 총체성의 파악 없이 현실을 직접 수용하여 자질구레한 사실들의 재현에만 관심을 갖는 자연주의를 리얼리즘과 구분하고 있다.

(2) 소비에트 마르크스주의 비평

① 플레하노프(Plekhanov)

게오르기 발렌티노비치 플레하노프는 러시아 최초의 마르크스주의 비평가이다. 플레하노프는 18세기 프랑스 유물론적 계몽철학과 텐느의 철학적·사회학적 실증주의, 러시아 인민주의자들의 주관주의적·주의주의(主意主義)적 역사관을 비판하였다. 그는 텐느의 실증주의를 비판적으로 수용하며 마르크스주의적 유물론의 가치를 확립하였다. 플레하노프는 토대와 상부구조 개념을 받아들이면서도 민족사적 특수성을 배려하고자 했고, 상부구조 계열의 발전에서 상대적인 고유법칙성을 강조하였다. 그는 예술을 특수한 사회적 조건의 반영이자 창조자의 계급적 관점의 반영이라고 보았으며, 예술가의 이데올로기와 예술적 방법과의 관계를 밝히고자 했다.

② 프리체(Friche)

블라디미르 막시모비치 프리체는 중세의 종말부터 19세기 말에 이르기까지의 예술사 또는 문학사를 자료로 하여 문학사 과정의 근본적인 합법칙성을 발견하고자 하였다. 프리체는 토대와 상부구조의 관계설정을 비교적 유연하게 보고자 했던 플레하노프와는 달리, 경제결정론적인 입장을 내세웠다. 그는 예술가의 계급의식은 자신이 속한 계급의 이해관계를 대변하는 이데올로기에 속하기 때문에 예술이 가지고 있는 진리를 무시하게 된다고 하였다.

프리체 중심의 1920년대 소비에트 마르크스주의는 '사회학적 도식주의'로 불리며 1930년대에 들어 사회주의 리얼리즘의 정립에 기여했지만, 동시에 다양한 비판을 받았다.

③ 1930년대의 소비에트 마르크스주의 비평

1930년대에는 소비에트 마르크스주의 비평에 여러 가지 전환점이 생겼다. 플레하노프와 레닌이 톨스토이의 문학을 두고 벌인 '세계관과 창작방법 논쟁'이나 1930년대에 들어 소비에트 마르크스주의의 중요한 미학적 원리가 되는 '당성(파르티노스트, partinost)'과 '민중성(나로드노스트, narodnost)'의 확립 등이 성과로 자리매김하였다.

당성	공산주의적 당파성을 의미하며, 사회주의 리얼리즘의 기본적인 정신은 공산주의의 승리를 지향하는 자각적이고 목적의식적인 투쟁임을 강조한다. 이때 예술은 당의 노선을 따른다.
민중성	예술이 민중의 사상과 감정 속에서 살면서 민중의 이상을 표현하는 것을 말한다.

(3) 구조주의 마르크스주의 비평 : 골드만(Lucien Goldmann)

뤼시앵 골드만은 유럽 구조주의의 영향을 받은 발생론적 구조주의자이다. 그의 발생론적 구조주의는 정통적
인 마르크스주의에서 시작되어 루카치의 소설론에 영향을 받았다. 그는 텍스트가 개인의 천재성의 창조물이
라는 개념을 거부하고, 텍스트는 특정 집단(또는 계급)에 소속된 '통개인적(trans-individual) 정신구조'에 기
반을 두고 있다는 입장을 취한다.

① 교환가치와 사용가치

교환가치는 사물이 상품으로서 교환시장에서 갖는 가치를 말하며, 사용가치는 사물이 가지고 있는 진정
한 가치를 말한다.

② 세계관

골드만에 의하면 '세계관'은 한 그룹의 성원을 모으고 다른 그룹과는 대립되게 하는 한 그룹의 열망·감정
·사고의 총체이며, 모든 위대한 예술과 문학은 세계관의 표현이다. 세계관은 작가나 사상가의 의식에서
개념적·감성적인 최대 한도의 명확성을 얻은 집단의식의 현상이며, 사상가나 작가는 그 집단의식을 작
품에 표현하는 '예외적 개인'이다. 세계관은 사회그룹과 그들의 사회적·자연적 환경 사이의 심적 표현이
므로 그 수가 한정되어 있다. 골드만이 제시하는 세계관은 플라토니즘·신비주의·경험주의·합리주의
·비극적 세계관·변증법적 사고 등이다. 골드만의『숨은 신』은 법복귀족 그룹의 비극적 세계관에 대해
연구한 것으로, 세계관 개념이 뚜렷하게 드러나 있다.

③ 『소설사회학을 위하여』

골드만은『소설사회학을 위하여』에서 소설구조와 사회구조의 상동관계를 밝히며, 소설형식을 두고 '시장
생산을 위한 개인주의 사회의 일상을 문학적 차원으로 전환한 것'이라고 주장하였다. 그는 19세기의 소설
은 주인공과 사회 사이의 '대립'과 '연대성'의 동시적인 관계, 즉 일종의 변증법적인 관계의 구조라고 설명
하였다.

(4) 그 외의 비평가들

① 벤야민(W. Benjamin)

벤야민은 텍스트를 자본주의가 생산하는 상품으로 보았고, 텍스트의 생산은 시장에 의해 결정된다고 주
장하였다. 그는 예술작품을 사회경제적 관계보다는 문화적 생산관계에서 바라보고자 하였다. 예술의 대
량복제와 생산이 가능해짐에 따라 과거 특권층이 가졌던 예술에 대한 독점적 지위가 사라지고 비로소 예
술이 정치로 향하게 되었다고 말했다. 벤야민은 마르크스의 몇 가지 논점을 빌리긴 했지만, 대부분 은유
적인 방식으로 활용하였다.

② 아도르노(T. W. Adorno)

아도르노는 루카치의 리얼리즘 이론을 비판하며, 예술은 현실과 일정한 거리를 두어야 하며 그 거리로
인해 예술의 현실 비판 가능성이 생긴다고 주장하였다. 대중예술에 대해서는 예술의 저급화를 논하며 부
정적으로 평가하였다. 또한 계급투쟁의 범주를 피하고자 했고 프롤레타리아의 변화의 중심이라는 개념을
받아들이지 않았다.

③ 알튀세(L. Althusser)

알튀세는 구조주의 마르크스주의자로, 상부구조가 토대의 반영이라는 가정을 거부하였다. 그는 상부구조가 반대로 토대에 영향을 줄 수 있으며, 이러한 방식으로 예술이 혁명을 불러일으킬 수 있다고 보았다.

④ 기타 비평가들

이외에도 문화를 지배 또는 자유의 양식으로 보고 헤게모니 이론을 발전시킨 그람시(A. Gramsci), 형식주의적 마르크스주의자에 가까운 브레히트(Brecht), 바흐찐, 아널드 하우저, 마르쿠제 등의 이론가들이 있다.

4 이론의 의의와 한계

마르크스주의 비평은 실천적 이론으로, 문학과 예술이 현실·사회·역사와 관계되는 양상을 과학적으로 분석하는 중요한 이론이다. 또한 문학을 텍스트 자체에 한정하지 않고 현실과의 관계 속에서 균형 있게 이해하고자 한다. 덧붙여 현재의 우리가 마르크스주의 비평을 공부하는 이유는 해당 이론이 자본주의의 내적 매커니즘과 문제점을 해명한다는 점에서 역설적이게도 자본주의를 이해하기 위한 유용한 방법론이기 때문이다.

하지만 우리나라의 경우 이데올로기의 제약이 심해 마르크스주의 비평에 대한 충분한 연구와 적용의 기회가 없었다. 또한 마르크스주의 비평은 형식주의자들로부터 강한 비판을 받아 왔으며, 작품의 미학적이고 창조적인 특성을 충분히 밝히지 못한다는 한계를 지닌다.

제2절 실제 작품 분석

1 한설야의 「황혼」

「황혼」(1936)의 표면적인 주제는 애정의 실현과 계급모순의 극복이지만, 궁극적으로는 계급모순의 극복에 중점을 둔다. 「황혼」의 주요 인물인 '경재'는 일본에서 유학을 하고 돌아온 사회주의자로, 함께 유학생활을 하며 사회주의 사상을 길렀던 '현옥'과 결혼을 약속하나 집안이 부유해지면서 사회주의 사상을 잃고 타락해 가는 '현옥'에게 더 이상 애정을 느끼지 못한다. '경재'는 사치를 일삼는 '현옥'과 달리 어려운 환경에서도 열심히 살아가는 '여순'에게 애정을 느끼기 시작하는데, '경재'는 두 여성 인물을 비교하며 '여순'에게 긍정적인 이미지를 부여한다.

소설의 말미에서 '여순'은 공장 동료들과 함께 공장 사장실에 쳐들어가는데, 이러한 '여순'의 성장은 해당 작품이 계급 간의 갈등과 계급모순의 극복을 강조하고 있음을 보여준다.

2 이기영의 「고향」

이기영은 『조선일보』에 1933년 11월 27일부터 1934년 9월 21일까지 연재된 「고향」에서 궁핍하게 살아가는 농민들의 삶을 사실적으로 그려내었다. 풍년이 들어도 소작료를 내고 나면 아무것도 남지 않는 소작인들은 힘겹게 살아가지만, 동네 마름인 '안승학'은 소작인들의 상황을 봐주지 않는다. 동경에서 유학을 하다 돌아온 '희준'은 계몽 활동을 통해 농민들의 지도자로서 입지를 다지고, 안승학의 딸 '갑숙(옥희)'은 희준과 힘을 합쳐 안승학에게 맞서 소작료 감면을 얻어낸다. 「황혼」과 마찬가지로 「고향」 역시 계급모순의 극복과 계급투쟁에 주안점을 두고 있는 작품이라고 할 수 있다.

| 단원 개요 |

이번 단원에서는 신비평 이론의 역사와 체계, 그리고 해당 이론을 활용한 실제 작품 분석에 대해 알아본다. 신비평 이론의 개요와 형성, 이론의 주요 개념인 의도의 오류와 감정의 오류, 모호성, 아이러니, 패러독스, 긴장 그리고 주요 비평가인 엘리엇과 리처즈 등에 대해 파악한다. 실제 작품으로는 이범선의 「오발탄」을 살펴본다.

| 출제 경향 및 수험 대책 |

신비평의 개념은 앞서 공부했던 역사·전기적 비평과 비교하여 공부하면 이해하기 쉽다. 역사·전기적 비평이 작가의 생애나 역사적 흐름 등 작품 외부에 무게를 둔 이론인 반면, 신비평은 텍스트 그 자체의 의미를 해명하는 데에 중점을 두기 때문이다. 주요 비평가와 중요 개념을 꼼꼼하게 이해하며 공부하는 것을 추천한다.

제1절　신비평의 역사와 체계

1 이론의 개요와 형성

(1) 이론의 개요

신비평은 텍스트를 역사 또는 작가의 부속물로 보지 않고 텍스트 그 자체로 보는 비평 방법이다. 이러한 비평 방법은 1930년대부터 1950년대까지 영·미 문학계에서 문학연구를 완전히 장악하였다. 한국 문학에서는 1960년대에서 1980년대 중반까지 신비평 방법이 활발하게 활용되었다. 신비평은 말 그대로 구비평과 대별되는 의미의 용어이며, 이때 구비평은 최초의 근대적 문학비평인 역사·전기적 비평을 의미한다.

신비평은 하나의 문학작품을 시간을 초월하여 존재하는, 자율적이고 자기충족적인 언어적 대상으로 여긴다. 따라서 신비평가들은 텍스트 자체에서 찾아낸 명확하고 구체적인 사례를 이용하여 자신의 해석을 입증하고자 한다. 신비평은 문학작품의 형식 요소, 즉 텍스트 자체로 제시된 증거들에 관심을 갖는다.

(2) 이론의 형성

신비평은 엘리엇(T. S. Eliot)과 리처즈(I. A. Richards)가 서로 영향을 주고받으며 정립한 개념이다. 1930년대에 존 크로 랜섬(John Crowe Ransom)이 이 개념에 '신비평'이란 이름을 붙였으며, 언어비평·기술비평·분석비평이라고도 불린다. 20세기 초반 역사·전기적 비평의 쇠퇴에 맞춰 발전하였으며, 문화에 나타난 사회·역사·경제적인 면보다는 문학의 형식성을 중시한다.

> **더 알아두기**
>
> **신비평과 형식주의 비평**
>
> 신비평은 영미 형식주의 비평의 또 다른 이름이다. 신비평은 엘리엇(T. S. Eliot)과 리처즈(I. A. Richards)
> 가 서로 영향을 주고받으며 정립한 개념이지만, 존 크로 랜섬(John Crowe Ransom)이 '신비평'이라는 이름
> 을 붙이기 전까지는 영미 형식주의, 또는 형식주의의 한 갈래로 이해되었다. 형식주의는 서로 연관이 있지
> 만 전체적으로는 일관성을 이루지 못한 다양한 이론의 복합체이다. 또한 형식주의는 영미 형식주의와 러시
> 아 형식주의로 나뉘는데, 이 두 가지는 서로 독립적으로 전개되었다.

2 이론의 주요 개념

(1) 의도의 오류와 감정의 오류 (중요)

의도의 오류	• 신비평가들은 작가와 시대에 초점을 맞추는 역사·전기적 비평은 '의도의 오류'를 범할 수 있다고 보았다. • 의도의 오류란 작가의 의도와 작품은 반드시 일치한다는 믿음을 부정하는 것으로, 의도와 작품을 동일시하는 역사·전기적 비평에 대한 반발에서 나온 개념이다. • 비어즐리(Monroe C. Beardsley)와 윔저트(W. K. Wimsatt)는 『의도의 오류』에서 작가와 의도와 작품 사이에는 차이가 있다는 논지를 밝혔다.
감정의 오류	• 문예작품의 가치를 그 독자에게 미치는 영향이나 효과에 두는 것은 잘못이라는 의미이며, '감동의 오류', '영향의 오류'라고도 해석된다. • 텍스트와 그 텍스트가 생산한 감정을 혼동하지 말아야 한다는 것으로, 텍스트에는 독자반응과 무관한 의미와 가치가 있다는 주장이다. • 비어즐리와 윔저트는 텍스트가 독자들에게 불러일으킨 반응을 작품 평가와 비평의 기준으로 두는 것은 인상주의로 떨어질 위험성을 내포한다고 보았다.

(2) 문학적 언어와 유기적 통일성

과학적 언어는 대상과 1:1 관계를 이루는 반면, 문학적 언어는 대상과 1:多 관계를 갖는다. 문학적 언어는
함축적인 언어이며, 암시와 연상 그리고 다양한 의미와 뉘앙스를 가진다. 유기적 통일성은 복잡한 문학적
언어로 이루어진 텍스트의 전체 요소가 같이 작동하면서 작품을 개별요소들로 분해할 수 없는 전체로 만들어
내는 현상을 말한다. 하나의 텍스트가 유기적 통일성을 갖춘다는 것은 그 안의 모든 형식 요소들이 함께 어우
러져 하나의 전체로서의 작품이 갖는 의미를 세우는 것이다.

유기적 통일성을 갖춘 작품은 복잡성과 질서를 동시에 갖추며, '모호성·아이러니·패러독스·긴장'을 강조
한다. 이 네 가지 강조점으로 인해 생산되는 모든 의미의 다양성과 상호 대립은 해당 텍스트의 주제에 공통적
으로 기여하는 방향으로 해소되거나 조화를 이루어야 한다. 이러한 유기적 통일성이 어떻게 구축되었는지
살피기 위해서는 텍스트의 구성요소들과 주제 사이의 복잡한 관계를 면밀히 검증하는 독법인 '꼼꼼히 읽기
(close reading)'를 행해야 한다.

모호성	• 모호성이란 작품에 쓰인 하나의 어휘가 둘 또는 그 이상의 거리가 먼 내용을 의미하거나 서로 다른 태도나 감정을 나타내는 것을 지칭한다. 즉, 하나의 낱말이나 이미지 또는 사건이 둘 이상의 서로 다른 의미를 발생시키는 경우를 뜻한다. • 모호성은 작품에 풍부함과 깊이를 더하며, 사유의 폭을 확장시킨다.
아이러니	• 아이러니는 문학작품에서 표면적 의미와 내면적 의미에 차이가 생기는 경우를 말한다. • 어떤 진술이나 사건이 그것이 발생한 맥락 속에서 오히려 그 존재 근거를 잃어버리는 경우가 이에 해당한다.
패러독스	역설이라고도 하며, 표면상으로 볼 때 자기모순적이고 부조리한 진술처럼 보이지만 깊이 생각해 보면 그 말의 의미가 올바로 나타나는 경우를 말한다.
긴장	• 긴장은 텍스트 안에서 서로 대립되는 성향들이 역동적인 상호작용을 하면서 발생하는 것이다. • 이는 서로 반대되는 것들을 하나로 엮는 데서 생성되며, 일반적인 관념을 구체적인 이미지 안에 구현해 낸다.

3 주요 비평가

(1) 엘리엇(T. S. Eliot)

신비평을 탄생시킨 비평가 중 한 명인 엘리엇은 20세기 형식주의에서 가장 중요한 글로 꼽히는 「전통과 개인의 재능」에서 형식주의의 기본 개념이 되는 세 가지 견해를 주장하였으며, 다음과 같다.

① 첫째, 문예전통과 문학사는 최종적으로 되돌릴 수 없게 확정된 것이 아니라 항구적으로 수정 및 재정리되는 것이다.

② 둘째, 예술가의 체험은 실제적인지 상상적인지와는 무관하게 그의 작품 속에 최종적으로 응집되므로 독자는 작품 그 자체에 관심을 가져야 한다.

③ 셋째, 예술가의 정서와 개성은 그 자체로는 중요한 것이 아니며, 그저 예술작품 속으로 사라질 뿐이다.

(2) 리처즈(I. A. Richards)

리처즈는 엘리엇과 함께 신비평의 개념을 처음 주장한 비평가이다. 주요 저서로는 『문예비평의 원리』와 『실제비평』이 있다. 리처즈는 작품 해석과 판단의 근거를 엄밀한 텍스트의 분석방법에 의존하였으며, 문예작품의 언어적인 측면에 관심을 집중하였다.

(3) 랜섬(John Crowe Ransom)

랜섬은 엘리엇과 리처즈의 이론을 받아들이고 그의 평론집 『신비평』에서 그들의 이론에 '신비평'이란 명칭을 붙였다. 그 밖의 신비평가로는 테이트·브룩스·윔저트·비어즐리·윌리엄 에슨·크레인·웨인 부스 등을 들 수 있다.

(4) 신비평가들이 강조한 점

① 첫째, 시는 시로서 다루어야 하며, 독립적이고 자족적인 대상으로 간주해야 한다.

② 둘째, 비평적 방법은 작품의 해설 또는 '꼼꼼히 읽기(close reading)'로 작품을 구성하는 부분들의 복잡한 상호관계와 모호성(다양성)을 상세하고도 정밀하게 분석해야 한다.

③ 셋째, 신비평의 원칙은 기본적으로 언어적인 것이다.

4 이론의 의의와 한계

신비평은 작품 외적인 조건에 집중했던 역사·전기적 비평 등의 이론에서 벗어나 텍스트 그 자체의 독립적이고 독자적인 위치를 확인했다는 데에 의의가 있다. 독자들에게 텍스트의 형식 요소들을 면밀히 볼 것을 요구하였으며, '꼼꼼히 읽기'를 통해 텍스트의 주제를 발견하고자 했고, 각각의 형식 요소들이 작품의 주제를 확립하는 방식을 해명하려 했다는 점 역시 주요 성과이다. 즉, 신비평은 텍스트 그 자체에 대한 관심을 환기하였다.

그러나 신비평 역시 분명한 한계를 지닌다. 신비평은 작품의 내적인 요소를 중시하기 때문에 길이가 짧은 서정시를 분석하는 데는 적합하지만 소설에는 성공적으로 적용시키기가 어렵다.

제2절 실제 작품 분석

1959년 발표된 이범선의 「오발탄」은 6·25 전쟁이 끝난 후의 처참한 현실과 분단의 아픔을 사실적으로 그린 작품이라는 평가를 받는다. 이러한 평가는 6·25 전쟁이라는 역사적인 상황을 바탕으로 작품을 해석한 것으로, 역사·전기적 비평의 성격을 띤다.

신비평의 방법으로 「오발탄」을 해석한다면 6·25 전쟁이라는 역사적 상황보다는 텍스트 내부의 요인에 집중해야 하는데, 작품에 나타난 아이러니는 「오발탄」을 설명하기에 좋은 개념이다.

1 '해방촌'이라는 명칭의 아이러니

주인공 '철호'와 가족들이 사는 곳은 해방촌이다. 해방촌은 그 명칭만 보면 조국의 해방, 나아가 인간 존재의 해방을 뜻하는 것처럼 보이지만, 막상 그 안에 사는 주민들은 빈곤하고 열악한 상황에 처해 있다는 점에서 아이러니를 보인다. 철호의 가족 역시 마찬가지로 힘들게 살아가고 있는데, 특히 철호의 어머니는 '가자! 가자!'라고 시도 때도 없이 소리치는 이상한 행동을 보인다. 이는 현실과 이상이 부합하지 못한 상태에 대한 고통의 광기적 표출로 그녀의 정신이 해방되지 못하고 아픔 속에 있음을 의미한다.

2 철호와 영호의 아이러니

계리사 사무실의 서기로 일하며 가난하고 힘든 현실 상황에서도 건실한 태도로 삶에 임하는 '철호'와 달리, 제대 군인인 철호의 동생 '영호'는 법과 윤리의 질서를 무시하며 살아간다. 그러나 양심을 지키며 성실하게 살아가던 철호는 거듭되는 어려움 앞에 결국 좌절하고 만다. 영호는 강도죄로 체포되고 말지만, 이는 영호라는 인간 자체가 현실에 굴복한 것이라고는 볼 수 없다. 퇴폐적 삶을 사는 영호가 아닌, 건실하고 윤리적인 삶을 살며 어떻게든 현실 상황을 타개하려고 했던 철호가 다시는 회복할 수 없을 정도로 심하게 고꾸라진다는 것은 아이러니한 일이다.

제4장 | 구조주의 비평

| 단원 개요 |

이번 단원에서는 구조주의 비평 이론의 역사와 체계, 그리고 해당 이론을 활용한 실제 작품 분석에 대해 알아본다. 역사와 체계 부분에서는 이론의 개요와 형성, 주요 개념, 시학에 구조주의를 적용한 경우, 설화학에 구조주의를 적용한 경우에 대해서 살펴보고, 실제 작품으로는 김동리의 「역마」와 최인훈의 「광장」을 분석한다.

| 출제 경향 및 수험 대책 |

구조주의는 그 이론을 파악하기 위해 알아야 할 주요 개념이 복잡한 편이다. 그러나 주요 개념과 기본 입장을 상세히 알아두면 다음 단원의 내용인 탈구조주의 비평 방법 역시 수월하게 파악할 수 있을 것이다. 구조주의 관련 등장하는 비평가가 많은 편인데, 각 비평가의 저서와 기본 입장을 숙지하는 것을 추천한다.

제1절 구조주의 비평 이론의 역사와 체계

1 이론의 개요와 형성

(1) 이론의 개요

구조주의 비평은 '관계가 사항을 규정한다'는, 언어를 구조화된 총체로 보는 언어학이론에 기초한다. 구조주의는 사물의 진정한 본질이 사물 그 자체가 아닌 사물들 상호 간의 관계 즉 구조에 있다고 보기 때문에, 구조주의 비평은 어떤 사물의 의미가 개별로서가 아니라 전체 체계 안에서 다른 사물들과의 관계에 따라 규정된다는 인식을 전제로 한다. 따라서 해당 비평의 목적 역시 작품의 총체적인 구조를 해명하는 데에 있다. 구조주의 비평은 개인의 행위나 인식 등을 궁극적으로 규정하는 총체적인 구조와 체계에 대해서 탐구하는 것을 목적으로 한다. 인간의 모든 경험 및 그에 따른 모든 행동과 생산의 토대를 이루는 기본 구조들을 체계적인 방식으로 이해하고자 노력한다. 따라서 구조주의는 인간 경험을 체계화하는 하나의 방법론으로써 언어학·인류학·사회학·심리학·문학연구 등 다양한 분야에서 고루 활용된다.

(2) 이론의 형성

구조주의 비평은 1950년대 프랑스의 문화인류학자 레비스트로스가 창시한 것으로, 신화적인 연구체계에서 출발하였다. 문화적 구조주의는 현대 구조언어학의 창시자인 페르디낭 드 소쉬르(Ferdinand de Saussure)의 이론을 1950~60년대에 인류학 및 문학에 적용하면서 활성화되었다. 소쉬르는 주네브 대학에서 '일반언어학 강의'를 세 번에 걸쳐 전개하였는데, 이를 통해 구조주의가 출발하였다. 이러한 구조주의는 언어학적 모델에 의해 성장하여 인문과학의 전 영역에서 활용되기에 이르렀다.

2 주요 개념

(1) 구조언어학

구조주의에서 쓰이는 대부분의 용어들이 구조언어학에서 파생된 만큼, 구조언어학을 알아보는 것은 중요하다. 구조언어학은 페르디낭 드 소쉬르(Ferdinand de Saussure)가 발전시킨 분야로, 그 연구는 그의 저서 『일반언어학 강의』(1916)에 나타나 있다. 소쉬르의 연구가 진행되기 전까지 언어는 시간의 흐름에 따른 개별 낱말의 변화를 관찰하는 통시적 관점에서만 연구되었다. 하지만 소쉬르는 언어의 일반적인 특징을 밝히는 공시적 연구를 진행하였다. 그렇기에 구조언어학과 구조주의는 언어의 원인이나 기원을 탐색하는 작업(통시적 연구)이 아닌, 언어를 근거 짓고 그 기능을 좌우하는 규칙들, 즉 구조를 탐구한다. 소쉬르는 '파롤'과 '랑그'를 구별하였는데, 파롤은 개별발화로 개인적 행위이며, 랑그는 심층구조로 언어의 사회적 규약이다. 구조주의자들은 이 중 랑그에 집중하였다. 랑그는 기호로 조직된 체계로, 각 기호는 음성 이미지인 '시니피앙'과 시니피앙에 의해 운반되는 개념 또는 의미인 '시니피에'의 두 측면을 보인다.

소쉬르는 어떤 실체를 식별하는 능력은 해당 실체와 다른 실체들 사이에서 인식되는 차이에 근거한다고 보았다. 이때의 차이는 해당 실체가 갖는 전체와의 관계 속에서 발생한다. 구조주의자들은 **이항대립의 관계**에서 이러한 차이가 가장 쉽게 발견된다고 주장한다. 이항대립은 의미를 발생시키는 차이 중 가장 선명한 관계이며, 그 때문에 구조주의자들은 이항대립적 관계, 즉 이분법적 관계를 찾아내려 노력한다.

나아가 소쉬르는 낱말은 단순하게 그 낱말이 나타내는 실제 대상을 가리키는 것이 아니라고 주장했다. 그에 따르면 하나의 낱말, 즉 언어적 기호는 소리 이미지인 기표와 개념인 기의를 더한 것이다. 이때 기표와 기의의 관계는 자의적이며, 필연적이지 않다.

이처럼 기표가 가리키는 것이 실제 사물이 아닌 우리 머릿속에 존재한 개념이라는 인식은 구조주의가 중요하게 다루는 부분이다. 구조주의자들에 따르면 우리는 인간 의식의 선천적인 특징인 개념적 체계에 의해 세계를 지각한다. 이는 우리가 머릿속 인식의 구조에 따라 사물을 받아들인다는 것을 의미하며, 인간은 세계를 있는 그대로 발견하는 대신 정신 속에 이미 있는 구조에 따라 세계를 '창조'해 낸다. 이러한 인간의 인식구조는 언어에 가장 잘 드러난다.

(2) 구조인류학

구조인류학은 1950년대 후반 클로드 레비스트로스(Claude Levi-Strauss)가 창안한 학문으로, 개별적인 문화가 갖는 차이들과 무관하게 모든 종류의 문화 속에 존재하는 공통분모, 곧 구조를 탐색한다. 구조인류학에 따르면 모든 인간 문화에는 공통적으로 존재하는 공식적인 절차가 있다. 문화에 따라 친족제도는 다르지만 공통적으로 근친상간을 금기시한다거나, 서로 다른 문화권의 신화가 비록 겉으로 나타나는 양상은 다르지만 그 사이에 구조적 유사성이 존재하는 점 등이 그 예이다.

(3) 기호학

기호학은 대중문화 분석에 사용되는 기호체계를 연구하는 학문이다. 구조인류학이 구조주의적 기법을 인간 문화에 대한 비교 연구에 적용했다면, 기호학은 구조주의적 기법을 기호체계와 연결시킨다. 기호체계는 언어적이거나 비언어적인 대상 및 행위를 뜻하며, 기호학은 이러한 언어적이거나 비언어적인 대상 및 행위들이 우리에게 무언가를 전달하고자 할 때 어떤 식으로 상징적인 차원에서 작용하는지를 분석한다. 문학적 측면에서 기호학은 문학의 구조를 형성하는 문학적 관습에 주목한다. 기호학은 언어를 가장 근본적이고 중요한 기호체계로 인식한다. 기호는 지표·도상·상징의 세 가지 유형을 갖는데, 이 중 오직 상징만이 기호학의 대상이다. 지표는 기표와 기의가 구체적인 인과관계로 맺어져 있는 기호이고, 도상은 기표와 기의가 물리적 유사성을 갖고 있는 경우이다. 이처럼 지표와 도상에서는 기표와 기의가 밀접한 관계를 맺는다. 반면 언어로 대표되는 상징에서는 기표와 기의의 관계가 자연스럽지도, 필연적이지도 않다.

(4) 구조의 세 가지 성격 〔중요〕

피아제에 의하면 구조는 **전체성·변이성·자율성**이라는 세 가지 성격을 지닌다.

전체성	• 체계가 하나의 단위로서 기능한다는 것으로, 전체는 부분의 총합과 다르다는 것을 전제로 한다. • 전체가 부분들의 총합과 다른 이유는 개별요소들이 한데 어울려 작동하면서 무언가를 새로이 만들어내기 때문이다.
변이성	체계가 정적이지 않으며, 역동적이고 변화를 일으킨다는 것을 말한다.
자율성	• 변형으로 발생한 새로운 요소들은 항상 체계 안에 속하면서 체계의 법칙을 따른다는 것을 의미한다. • 하나의 구조에서 진행되는 변형이 그 구조 체계를 넘어서지는 않는다는 의미이다.

3 시학에 구조주의를 적용한 경우

(1) 프라그 언어학파

로만 야콥슨(Roman Jakobson), 얀 무카로프스키(Jan Mukarovsky), 펠릭스 보디카(Felix Vodicka) 등의 프라그 언어학파는 러시아 형식주의에서 현대 구조주의로의 이행의 한 모습을 보여준다. 이들은 작품의 구조적 통일성을 주장하였다. 체코 구조주의자들은 예술작품을 폐쇄된 체계로 파악하지만, 무엇이 예술작품으로서의 가치를 갖는가의 문제는 사회·역사적 환경의 문제이다. 프라그 언어학파의 활동으로 인해 '구조주의'의 용어는 '기호학'이라는 용어와 대체로 유사한 의미를 지니게 되었다.

(2) 얀 무카로프스키(Jan Mukarovsky)

얀 무카로프스키는 예술작품을 구성원 전체의 의식 속에 자리잡고 있는 하나의 '미적 대상물'로 보았다. 모든 미적 작품은 자율적 기호로 구성되어 있는데, 이를 구성하는 것은 지각이 가능한 기호작용부로 기능하는 '인공물', 집단의식 속에 존재하며 '의미작용'으로 기능하는 '미적 대상', 의미화된 사실에 대한 '관계성'이다.

(3) 로만 야콥슨(Roman Jakobson)

야콥슨은 구조주의 비평이 정립되는 과정에서 언어학적 바탕을 제공하였다. 그는 언어의 시적 기능을 두고 '기호들의 감각성을 증진시키고 기호를 단지 의사소통의 도구로 사용하는 것만이 아니라 그 물질적 특질에 주의를 모은다'고 설명하였다.

야콥슨은 의사소통의 여섯 가지 요소에 대해서 설명하는데, 이는 '발신자·수신자·전언·전언을 이해할 수 있도록 공유된 약호·의사소통의 물리적 매체(접촉)·전후 맥락'이다. 또한 그는 소쉬르가 암시한 은유적인 것과 환유적인 것을 명확하게 구분하였다.

(4) 유리 로트만(Yuri Lotman)

로트만의 이론은 『예술적 텍스트의 구조』와 『시적 텍스트의 분석』을 통해 알아볼 수 있는데, 그는 이 저서에서 시적 텍스트의 의미는 문맥에 따라서만 성립하며 유사성과 대립들에 의해 지배되는 체계라고 설명하였다. 또한 텍스트의 기능을 두고 '텍스트의 체계·그 체계의 실현·발신자와 수신자 사이의 상호관계'라고 주장하였으며 문화를 텍스트의 전체성으로 보았다. 로트만에게 시적 텍스트는 체계들의 체계이자 관계들의 관계이다. 각 체계들은 고유한 긴장·유사관계·반복·대립을 가지며 다른 모든 체계를 변화하게 한다.

(5) 퍼스(C. S. Peirce)

퍼스는 미국 기호학의 창시자로, 기호의 기본적인 체계를 세 가지로 분류하였다. 기호의 체계는 기호가 대상과 닮은 '형상적인 것', 기호가 대상을 연상시키는 '연상적인 것', 기호와 대상의 관계가 자의적인 '상징적인 것'으로 구분되는데, 언어는 상징적인 것에 해당한다.

4 설화학에 구조주의를 적용한 경우

(1) 클로드 레비스트로스(Claude Levi-Strauss)

레비스트로스는 서사담론에 소쉬르의 언어학 원리를 적용하였다. 그는 '인간의 과학'의 주된 양상으로서 언어에 관심을 둔다. 레비스트로스는 『친족의 기본구조』, 『슬픈 열대』, 『야생의 사고』, 『신화학』 등의 저서에서 신화체계를 분석하여 신화소(mytheme)라는 '관계들의 꾸러미'를 발견하였고, 신화의 구조적 법칙을 통해 오래된 이야기를 과학적으로 바꿀 수 있다고 믿었다. 이러한 믿음을 바탕으로 레비스트로스는 「신화의 구조적 연구」에서 오이디푸스 신화에 담긴 신화소의 분석을 진행하였다.

(2) 블라디미르 프롭(Vladimir Y. Propp)

프롭은 러시아 민담을 연구하여 그 속에서 연합적인 수평구조를 찾아냈다. 『민담의 형태학』과 『민담의 역사적 기원』에서 민담은 구조적으로 동질이고 몇 가지 기본원칙을 구현하고 있다는 입장을 밝히며 민담에 작용하는 개별적 서사기능을 31개로 설명했다.

(3) 그레마스(A. J. Greimas)

그레마스는 「구조주의 의미론」(1966)에서 프롭의 이론을 정리하였다. 그는 프롭의 일곱 가지 행동영역 대신에 여섯 행위자(역할), 즉 세 쌍의 이항대립을 제시하였으며, 이를 다시 세 가지 패턴으로 분석하였다. 그레마스에 따르면, 인간은 두 가지 종류의 대립쌍으로 세계를 구조화하여 의미를 생성한다. 이항대립적으로 구성된 구조가 우리의 경험, 그리고 그 경험을 유기적으로 연결시키는 서사를 만들어낸다. 이러한 구조는 서사 안에서 갈등과 해소·투쟁과 화해·분리와 통합 등의 플롯 공식으로 구체화되고, 플롯 공식은 등장인물에 의해 실행된다. 이때 등장인물은 '행위자'라고 하는데, 이는 실제 등장인물이 주어진 이야기 안에서 점하는 자리를 말한다. 그레마스는 플롯은 '서사 속 특징이나 대상이 어떤 행위자로부터 다른 행위자로 옮겨가는 과정에서 전개된다'고 주장한다. 그레마스의 행위자 모델에서 여섯 행위자와 각 행위자 간의 수신과 발신 구조는 다음과 같다.

```
           발신자 → 대상 → 수신자
                     ↑
           조력자 → 주체 ← 적대자
```

발신자는 주체로 하여금 대상을 추구하도록 하는 것이며, 대상은 주체가 추구하는 것이다. 수신자는 주체가 대상을 추구함으로써 영향을 받는 인물이고, 조력자는 주체에게 도움을 주며, 적대자는 주체에게 반대하여 그를 방해한다. 이러한 행위자들이 갖는 역학구조는 뒤의 실제 작품 분석에서 더욱 자세히 살펴보기로 한다.

(4) 츠베탕 토도로프(Tzvetan Todorov)

그레마스는 의미론에 관심을 둔 한편, 토도로프는 통사론에 집중하며 『데카메론』의 통사적 분석을 시도하였다. 토도로프는 서사의 구조적 단위와 언어의 구조적 단위 사이의 유사성을 살폈다. 그에 따르면 서사의 단위에서 인물은 언어의 단위에서 고유명사의 위치를 점한다. 토도로프는 이러한 방식으로 '인물의 행동–동사, 인물의 속성–형용사, 명제(사건)–문장, 시퀀스–단락'처럼 서사의 단위와 언어의 단위 사이의 유사점을 정리하였다.

서사의 단위	언어의 단위
인물	고유명사
인물의 행동	동사
인물의 속성	형용사
명제(사건)	문장
시퀀스	단락

(5) 롤랑 바르트(R. Barthes)

바르트는 「서사구조의 분석 입문」에서 언어와 서사의 상동성을 주장하며 언어학에서 사용하는 방법론을 이야기 연구에 적용할 것을 제안하였다. 그는 모든 서사가 구조적 공통점을 가지고 있다는 입장에서 서사담론을 기능의 층위·행위의 층위·서술의 층위로 구분하였다.

(6) 제라르 주네트(G. Genette)

주네트는 「이야기 담론」에서 이야기 내부에서의 '구성·줄거리·서술형'을 구분하였다. 구성은 텍스트 내부 사건들이 배열된 순서이며, 줄거리는 해당 사건들이 실제로 일어난 차례, 서술형은 서술하는 행위 자체를 말한다. 또한 설화 분석의 다섯 가지 범주를 '순서·듀레이션·빈도·법·태'로 구분하였다.

5 이론의 의의와 한계

구조주의 비평은 언어학적 방법을 활용하여 문학텍스트가 하나의 소우주 또는 의미체계라는 인식을 도출해냈다. 또한 이러한 의미체계는 상호관련성을 갖는 자율적인 실체라는 결론에 도달하였다는 의의를 갖는다. 하지만 비평을 하나의 가치평가 행위라고 볼 때, 가치체계에 대한 판단 없이 체계를 연구한 구조주의 비평의 방법은 비평이라고 할 수 없다는 한계가 존재한다. 따라서 구조주의 비평은 하나의 방법론에 불과하다는 비판에서 자유로울 수 없으며, 기호체계의 이데올로기적 성향을 도외시하기 때문에 비역사적·반휴머니즘적이라는 점 역시 지적받는다. 더불어 구조주의에서 말하는 기본구조는 추상적이기 때문에, 개별 작품의 특수성을 소홀히 다룰 수밖에 없다. 이러한 한계 때문에 일부 구조주의자들은 탈구조주의로 나아갔는데, 그 예로 발자크의 작품을 연구한 이후 탈구조주의자가 된 바르트를 들 수 있다.

제2절 실제 작품 분석

1 김동리의 「역마」

김동리의 「역마」는 그레마스의 행위자 모델과 연관지어 분석할 수 있다. 그레마스의 행위자 모델에서 주체는 '성기'이다. 성기가 대상으로 삼는 것은 '역마살의 극복'이다. 이때 성기(주체)로 하여금 역마살을 극복하는 것을 대상으로 삼게 하는 발신자는, 역마살을 극복해야만 정상적으로 삶을 영위할 수 있는 '농경사회'라는 사회적 환경이다. 성기(주체)가 역마살 극복(대상)을 추구함으로 인해 영향을 받는 수신자는, 주체 본인인 성기 그리고 성기가 역마살을 극복하면 성기와 함께 살게 될 '계연'이다. 이를 통해 작품에서 행위자가 두 명 이상일 수 있음을 알 수 있다. 한편 성기(주체)가 역마살을 극복(대상)하도록 도움을 주는 조력자는 '옥화'인데, 성기(주체)가 역마살을 극복(대상)하지 못하도록 반대하고 방해하는 것 역시 옥화이다. 여기에서 아이러니가 발생하며, 한 명의 인물이 행위자의 역할을 둘 이상 수행하기도 함을 알 수 있다.

2 최인훈의 「광장」

최인훈의 「광장」은 토도로프의 이론을 적용하여 분석하기 좋은 작품이다. 토도로프는 보카치오의 『데카메론』을 분석하며 특정 행동 또는 속성을 각각의 인물과 연결시키는 방법으로 텍스트의 기본 명제를 찾아내고, 그 안에서 반복되는 행동 · 속성 · 명제를 범주화하였다. 「광장」 역시 반복되는 인물의 행동을 6개의 동사로 환원할 수 있는데, 인물(명사)은 각각 주인공인 '이명준'과 '사회'이며, 이들의 여섯 가지 행동은 다음과 같이 정리된다.

이명준	사회(국가)
원한다	금지한다
발견한다	위반당한다
행한다	처벌한다

이 여섯 가지 행동은 서사구조 내에서 두 번씩 반복된다. 이명준의 '원한다[1]'의 대상은 남한에서의 개인적이고 안락한 삶이다. 하지만 남한 사회는 이명준의 아버지가 북한의 주요 인물이라는 이유로 그를 경찰서로 끌고 가 구타하며 이를 '금지한다[1]'. 이에 이명준은 대안으로서 북한 사회를 '발견한다[1]'. 이명준이 월북을 결심하며 남한 사회의 규칙은 '위반당한다[1]'. 이명준은 월북을 '행하고(행한다[1])', 이때 '처벌한다[1]'는 남한에서의 이명준의 꿈이 좌절된 것을 의미한다. 월북한 이명준은 북한에서의 자유롭고 평등한 삶을 '원하지만(원한다[2])', 그의 꿈은 억압적이고 규제가 심한 북한 정부에 의해 '금지당한다(금지한다[2])'. 이러한 상황을 피하기 위해 전쟁에 참가했다가 포로가 된 이명준은 새로운 대안으로 중립국을 '발견한다[2]'. 이때는 북한 사회가 이명준에 의해 규칙을 '위반당한다[2]'. 이명준은 타고르호에 승선하며 '행한다[2]'를 달성하지만, 어디에서도 행복하거나 자유롭지 못할 거라는 생각에 자살을 감행하는데 이것이 바로 '처벌한다[2]'이다.

이처럼 토도로프의 이론을 적용하면 반복되는 동사로 인물의 행동을 환원하여 이야기 속에서 되풀이되는 하나의 중요한 양식을 찾을 수 있다.

제 5 장 | 탈구조주의 비평

| 단원 개요 |

이번 단원에서는 탈구조주의 비평 이론의 역사와 체계, 그리고 해당 이론을 활용한 실제 작품 분석에 대해 알아본다. 역사와 체계 부분에서는 이론의 개요와 형성, 해체의 이해, 주요 비평가와 중요 개념에 대해 파악하고, 실제 작품으로는 이광수의 『무정』을 분석한다.

| 출제 경향 및 수험 대책 |

탈구조주의 비평은 그 명칭에서 알 수 있듯이, 이전 단원인 구조주의 비평과 직접적인 연관이 있다. 구조주의를 형성했던 이론들을 역으로 생각해 보면 이해하는 데 도움이 된다. 또한 해체주의로도 불리는 만큼 해체의 개념을 잘 이해하는 것이 중요하고, 데리다의 이론이 가장 주요하게 꼽히므로 잘 알아두는 것이 좋겠다.

제1절 | 탈구조주의 비평의 역사와 체계

1 이론의 개요와 형성

(1) 이론의 개요

탈구조주의 비평은 언어를 불안정하고 유동적인 영역으로 보는 이론으로 후기구조주의·해체주의라고도 한다. 언어가 모호하기 때문에 언어로 이루어진 문학은 더욱 모호하고 불안할 수밖에 없다는 것이 탈구조주의 비평가들의 견해이다. 탈구조주의에서 언어의 의미는 하나로 고정되지 않기 때문에 해당 비평 이론은 난해하다는 평가를 받기도 한다.

(2) 이론의 형성

탈구조주의라는 명칭에서 알 수 있듯이, 구조주의를 비판하면서 시작되었다. 또한 1960년대 후반 유럽의 정치적 패배와 환멸에서 비롯된 혁명적인 분위기와도 관련이 있다.

프랑스의 데리다가 기존 구조주의의 명제들에 반발하며 시작되었으며, 이는 미국의 비평계에도 영향을 끼쳐 1970년대에는 미국에서도 탈구조주의적인 논의가 시작되었다. 예일학파인 폴 드 망·밀러·블룸·하트만 등이 미국의 탈구조주의자이다.

구조주의의 한계를 깨닫고 탈구조주의로 돌아선 이들도 있는데, 대표적인 이론가가 바르트이다.

2 해체의 이해

탈구조주의는 해체주의라고도 불리는 만큼, 해체는 탈구조주의 비평에서 매우 중요한 개념이다. 해체의 개념은 데리다가 형이상학에 대해서 가져온 것으로, 그는 해체(destruction)를 프랑스어로 번역하여, 처음으로 해체(deconstruction)라는 용어를 사용하였다. 해체론은 언어뿐 아니라 세계와 인간 정체성까지 해체의 대상으로 여긴다. 언어의 해체는 뒤에서 자크 데리다를 설명하며 자세히 보도록 하고, 여기서는 세계와 인간 정체성의 해체가능성에 대해 살펴본다.

(1) 세계의 해체

해체론에 따르면, 언어는 세계에 대한 우리의 경험과 지식이 생성되는 토대이자 우리의 존재 근거이다. 우리가 파악하는 모든 세계는 언어를 통해서만 가능하기 때문이다. 구조주의에서 주장하는 인간 의식의 구조는 인간 언어의 산물이기 때문에, 불안정한 언어가 만든 세계에 대한 근본 개념도 불안정할 수밖에 없는 것이다. 세상의 그 어떤 개념도 언어의 역동성에서 나오는 불안정성을 초월할 수 없다. 언어는 글 또는 말로 표현될 수 있는 의미들을 무한하게 생성해내기 때문이다. 따라서 언어는 경험의 산물이 아닌, 경험을 창조하는 개념적인 체계이다.

(2) 인간 정체성의 해체

해체론에 따르면 인간의 정체성 역시 언어로 이루어져 있기 때문에 역시 불안정한 것이 된다. 우리가 세계를 언어를 통해서만 파악할 수 있듯이 정체성도 언어를 통해서만 구성할 수 있고, 인간의 정체성이 어떤 서사, 즉 언어로 이루어진 것이라면 인간의 객관적이고 중립적인 정체성을 상정할 수 없다. 이처럼 해체론은 인간의 정체성도 세계와 같이 끊임없이 변화한다고 설명한다.
언어는 서로 다른 이데올로기들이 힘을 겨루는 불분명하고 불안정한 전투장이기 때문에, 인간인 우리 자신 역시 이데올로기들이 경쟁하는 장소가 된다.

3 주요 비평가와 중요 개념

(1) 자크 데리다(Jacques Derrida)

데리다는 탈구조주의의 중심 개념인 '차연'과 '해체'를 주장한 인물이다. 데리다는 의미가 끊임없이 미끄러지고 연기된다는 개념인 '차연'을 통해 언어의 불안정성을 해명하고, 언어로 인해 발생하는 이항대립의 구조를 설명하고자 한다.

① 차연 중요

차연(差延 ; différance)은 '차이가 나다(defer)'와 '지연하다(differ)'을 함께 의미하는 말로, 의미가 끊임없이 미끄러지고 연기된다는 것이다.

차이	차이는 겉으로 보기에는 언어가 자체적으로 의미를 갖는 것처럼 느껴지지만, 그 의미는 어떤 기표를 나머지 기표들과 구별할 수 있도록 만드는 차이들에서 비롯된 결과물이라는 사실을 뜻하는 것으로, 탈구조주의 자들이 구조주의자들과 공유하는 개념이기도 하다.
지연	• 지연은 기표들로 이루어지는 언어는 의미를 끊임없이 연기시킨다는 것을 말한다. • 예를 들어, '나무'라는 기표의 기의는 '줄기와 가지가 단단한 여러해살이 식물'이 될 수 있겠지만, 이러한 기의 역시 '줄기', '가지', '단단하다', '여러해살이', '식물'이라는 기표로 이루어져 있기 때문에 의미는 계속해서 연기되고, 기표는 절대로 그것의 개념, 즉 기의에 완벽하게 도달하거나 본원적 의미를 확정하지 못하게 된다. • 기표는 기의 앞에서 한없이 미끄러지는 셈이다.

② **이항대립적 구조**

이항대립적 구조는 차이를 통해 의미를 발견하려는 구조주의자들이 문학작품 속에서 찾아내고자 하는 것이다. 차이를 발생시키는 구조들 중 이항대립적인 것이 가장 그 차이를 선명하게 드러내기 때문이다. 데리다는 이항대립적 구조를 설정하여 경험을 개념화하려는 구조주의자들의 견해를 변형시키고자 한다. 구조주의자들은 하나의 개념을 이해하기 위해 상대적인 개념을 가져온다. 예를 들면, '선'의 개념을 이해하기 위해 '악'의 개념을 가져오는 식이다. 데리다는 구조주의의 이항대립이 의미를 발생시킨다는 것 자체는 인정하였지만, 이러한 이항대립이 위계질서를 동반하고 그 위계질서는 폭력적인 사유를 가져온다고 생각하였다. 서로 상반되는 두 개념이 이항대립적 구조로 설정되는 순간, 그 구조 안에는 위계적 서열이 생기기 때문이다. 예를 들어, '선과 악/이성과 감성/객관과 주관' 등의 개념을 이항대립적으로 나눌 때, 우리는 전자에 우선권을 부여한다. 이러한 위계는 억압과 폭력을 낳는다는 것이 데리다의 입장이다. 데리다에 따르면 언어는 기본적으로 유동적이고 모호한 영역이기 때문에, 언어로 이루어진 문학 역시 불안정하다. 그렇기 때문에 문학에서의 이항대립적 구조는 가변적이고 허구적일 수밖에 없다. 이러한 이항대립을 비판하고 극복하기 위해서는 이항대립의 두 항이 서로 완벽하게 대립하고 있는지, 또는 두 항이 서로 겹치거나 일정 부분에서 공통점을 가지고 있지는 않은지 검토해야 한다.

(2) 미셸 푸코(Michel Foucault)

푸코는 『광기와 문명』, 『진료소의 탄생』, 『감시와 처벌』, 『성의 역사』, 『사물의 질서』 등을 통해 이론을 펼쳤다. 그는 데리다가 언어를 모든 것에서 분리되어 독자적으로 존재하는 것으로 여긴다며 비판하였으며, '글쓰기'란 복합적인 의미를 창조하는 행위이고 '텍스트'는 이 복합적인 힘들이 권력투쟁을 벌이는 장소라고 설명했다.

푸코는 지식이 지배이데올로기와 결합하는 과정과 권력이 어떻게 인간 존재를 속박해 왔는지를 밝히고자 한다. 그에 따르면 텍스트는 역사적·사회적 요인들로부터 분리되어 존재하는 것이 불가능하고, 저자 또한 당대의 담론(discourse)에 동참하는 사회적·정치적 존재이다. 푸코는 우리가 진실이라고 믿는 것 역시 사실은 지배권력이 만들어 놓은 상대적 진실에 불과하며, 우리가 의지하거나 믿는 모든 것의 절대적 근원 역시 허상이라고 주장한다. 푸코가 생각하는 비평가의 역할은 은밀하게 감추어져 있는 지배담론을 밝혀내는 것이다.

(3) 폴 드 망(Paul de Man)

예일학파의 대표주자인 폴 드 망은 언어란 수사와 비유로 움직이는 은유적인 것이며, 은유는 확실한 근거를 갖지 않기 때문에 언어는 그 스스로의 자의적인 성격을 드러낸다고 보았다. 이처럼 폴 드 망은 언어가 불안정하고 유동적이라는 부분에서는 데리다와 비슷한 입장을 취하고 있지만, 데리다와는 달리 문학은 스스로 해체 작용을 하기 때문에 해체될 필요는 없는 대상이라고 여겼다.

(4) 그 외의 비평가들

위의 세 비평가 이외에도 바르트 · 하트만 · 해롤드 블룸 · 줄리아 크리스테바 · 에드워드 사이드 · 자크 라캉 등이 탈구조주의 이론을 펼쳤다.

바르트	• 바르트(R. G. Barthes)는 구조주의자에서 탈구조주의자로 전향한 비평가이다. • 구조주의를 지지하던 시절의 저서 『기호학의 요소들』에서는 구조주의를 통해 문화의 기호체계를 전부 설명할 수 있다고 주장하였다. • 그러나 『저자의 죽음』에서 이전의 주장을 철회하고 탈구조적인 입장을 취한다.
하트만	• 폴 드 망과 같이 예일학파의 일원이다. • 비평가가 행하는 해석의 행위 자체가 하나의 텍스트, 즉 창조적 글쓰기라는 견해를 펼쳤다.
해롤드 블룸	• 역시 예일학파의 일원이다. • 텍스트의 심층에 감추어져 있는 객관적 의미는 절대로 밝혀질 수 없다는 명제를 펼쳤다.

4 이론의 의의와 한계

탈구조주의 비평은 문학 텍스트의 의미를 다각도로 해석하여 기존의 통념화된 해석을 파기하는 기능을 갖는다는 점에서 의의가 있다. 그러나 다양한 해석의 가능성을 제시한다는 점에도 불구하고, 텍스트 내부에만 집중하여 정치, 역사, 사회 등 텍스트 외부의 요소에 소홀하다는 한계 또한 지적받는다.

제2절　실제 작품 분석

해체비평의 목적은 작품의 이분법에 바탕한, 통념화된 해석을 해체하는 데에 있다. 구조주의자들의 이항대립적 구조를 해체하고자 했던 데리다의 관점에서 이광수의 『무정』(1917)을 해석해 볼 수 있다.

『무정』의 초기 연구들은 해당 작품의 주제를 근대문명에 대한 지향 또는 근대화에 대한 강조로 분석하였다. 해당 작품이 근대와 전근대의 이분법을 통해 근대문명에 대한 지향을 나타낸다고 본 것이다. 작품에 나타난 근대와 전근대의 이항대립적 구조를 표로 나타내면 다음과 같다.

근대	전근대
서구	조선
신세대	구세대
영문식	한문식
선형	영채
김장로	박진사
배학감	노파

그러나 해체론적 관점에서 이 이분법은 선명하지 않다. 근대적 인물로 여겨지는 '김장로'는 첩을 두고 있으며, 전근대적 인물인 '박진사'는 검은 옷을 입고 신식학문을 강조하는 근대적 면모를 보여준다. 이외에도 명문학교 출신이지만 인간성이 결여된 '배학감'이나, 따뜻한 끌림을 느끼게 하는 '노파'의 존재는 기존 해석의 이분법을 흐리게 한다. 이러한 면에서 『무정』은 근대와 전근대, 서구와 조선의 이분법에서 전자만을 일방적으로 지향한다고 말할 수 없으며, 이러한 이분법의 해체는 기존 해석이 단정지었던 것보다 더욱 이채로운 의미를 찾아낼 수 있도록 돕는다.

| 단원 개요 |

이번 단원에서는 정신분석 비평 이론의 역사와 체계, 그리고 해당 이론을 활용한 실제 작품 분석에 대해 알아본다. 역사와 체계 부분에서는 이론의 개요와 형성, 프로이트의 정신분석학, 프로이트 이외의 비평가들에 대해서 파악한다. 실제 작품으로는 에드거 앨런 포에 대한 보나파르트의 분석과 이상에 대한 김종은의 분석을 살펴본다.

| 출제 경향 및 수험 대책 |

정신분석 비평에서는 복잡한 개념이 많이 등장한다. 정신분석학이라는 이론 자체가 어렵기 때문인데, 이럴 때에는 반복적으로 등장 하는 개념을 중심으로 공부하는 것이 좋다. 정신분석학에서 가장 중요한 인물은 프로이트이고, 프로이트가 가장 강조하는 개념은 무의식이기 때문에 무의식의 개념을 중점으로 하여 학습하는 것을 추천한다.

제1절 　 정신분석 비평의 역사와 체계

1 이론의 개요와 형성

(1) 이론의 개요

정신분석 비평은 정신분석학적인 이론을 문학비평의 방법으로 삼은 것이다. 정신분석학은 부조화 또는 장애 라고 불리는 심리적 문제들을 해결하는 데에 목적을 두는 학문으로, 본래 정신적으로 문제가 있는 환자들을 치료하기 위해 창안된 학문이다. 따라서 정신분석 비평은 문학작품을 정신적인, 또는 심리적인 동기에 바탕 을 두고 분석 및 해석하고자 한다.

(2) 이론의 형성

정신분석학이 본격적으로 연구되고 문학비평의 방법 중 하나로 자리잡은 것은 프로이트(S. Freud)의 등장 이후이지만, 문학의 영역에서 인간의 심리적인 측면을 살펴보려는 시도는 오래 전부터 있어 왔다. 아리스토 텔레스는 『시학』에서 '연민과 공포를 통한 카타르시스'라는 개념으로 비극·쾌락·모방본능을 설명하였다. B.C 1세기경 롱기누스(Longinus)는 『숭엄론』에서 작가는 독자에게 문학의 힘을 전달시킨다는 주장을 통해 심리학적인 접근을 시도하였다. 16세기 영국 르네상스기의 필립 시드니(Philip Sidney)는 시가 인간의 마음 을 움직이고 감동하게 한다는 효용의 관점에서 철학보다 효과적으로 인간을 교육한다고 주장하였다. 흄(T. E. Hume)은 『비극론』에서 인간이 비극의 묘사를 보고 쾌감을 느끼는 문제에 관해서 심리학적으로 고찰하 였다. 워즈워드(W. Wordsworth)와 콜리지(S. T. Coleridge)를 비롯한 영국 낭만주의 시인들 역시 심리학 적 관점에서 상상력을 중시하는 문학관을 펼쳤는데, 이 중 콜리지는 상상력과 공상력 중 상상력을 우위에 두었다.

2 프로이트의 정신분석학

(1) 프로이트 정신분석학

정신분석 비평이 본격적으로 전개되기 시작한 것은 20세기 프로이트의 등장 이후이다. 프로이트는『꿈의 해석』,『정신분석입문』,『성욕에 관한 세 편의 에세이』등의 저서를 통해 정신분석학의 기초를 다지고, 정신분석 비평에서 중요한 개념들을 소개하였다.

(2) 인간의 마음을 보는 세 가지 관점

역동적 관점		역동적 관점은 본능적 충동이 외부 현실의 요구와 충돌할 때 발생하는 긴장으로부터 생성된 정신 내의 여러 가지 힘이 상호작용하는 것이다.
경제적 관점		• 경제적 관점은 역동적 관점이 확장된 것으로, 경제적 관점에서 쾌락은 육체가 어떤 자극에 따른 방해를 적게 받을수록 증가한다. • 프로이트는 경제적 모델에서 '쾌락원칙'과 '현실원칙'이라는 두 가지 개념을 새로이 소개하는데, 이 두 개념의 갈등으로 육체는 사회의 요구에 부응하기 위해 불쾌를 어느 정도 수용하는 것을 배운다.
지형적 관점	초기	• 초기의 지형적 관점은 인간심리와 정신을 의식·전의식·무의식으로 나누었다. • 의식은 외부세계를 느끼고 질서 짓는 인식체계이고, 전의식은 언제라도 의식으로 떠오를 수 있는 경험의 요소이며, 무의식은 의식과 전의식의 체계 외부에 존재하는 모든 것이다.
	후기	• 후기의 지형적 관점은 인간의 정신을 이드·에고·초자아로 나누었다. • 이드는 본능적인 충동으로 육체의 필수적인 욕구에서 기인하며, 에고는 그 충동을 통제하고, 초자아는 또 다른 통제적 요인으로 이드로부터 사회를 보호한다.

(3) 기타 개념

① 무의식 중요

프로이트는 무의식을 두고 상처·두려움·죄의식이 따르는 욕망·해소되지 않은 갈등 등 우리가 피하고 싶어 하는 고통스러운 경험과 감정이 보관되는 곳이라고 설명하였다. 또한 그는 무의식은 어린 시절의 억압을 통해 형성되며, 여러 심리적 문제는 어린 시절 집안에서의 경험에서 비롯된다고 주장하였다. 무의식은 우리가 가족 안에서 스스로의 위치를 인지하고, 그러한 자기규정에 반응하는 방식에 따라 탄생하는 것이다.

인간은 스스로가 알지 못하는 욕망·두려움·욕구·갈등 즉, 무의식에 의해 자극을 받으며, 심지어는 그러한 감정들에 따라 행동을 하기도 한다. 우리는 이러한 감정들을 억압하고자 하지만, 억압은 고통스러운 경험과 감정들을 제거하지 않으며, 오히려 그것들에 힘을 부여하여 현재의 경험을 조직한다.

② 꿈과 꿈의 상징

프로이트는『꿈의 해석』을 통해 무의식과 꿈을 연관 짓는다. 프로이트는 꿈을 무의식에 이르는 통로라고 규정하였는데, 이는 꿈이 인간의 무의식적인 상처와 두려움, 죄의식이 따르는 욕망, 해소되지 못한 갈등 등을 안전하게 내보내는 출구의 역할을 한다는 의미이다.

프로이트에 따르면 꿈은 일차 가공과 이차 가공의 과정을 거치는데, 일차 가공은 무의식적인 경험이 압축과 전치의 과정을 통해 꿈으로 발현되는 과정이며 이차 가공은 해석의 과정에서 일어나는 변환이다.

③ **압축과 전치**

압축은 하나의 꿈에서 하나 이상의 무의식적 상처나 갈등을 재현하려 할 때, 단일한 꿈의 이미지 또는 사건으로 축약되는 과정이다.

전치는 무의식적 대상이 꿈에 나타날 때 본래의 모습과 다른 형태로 나타나는 것을 말한다. 예를 들어, 위협적인 인물이나 사건 또는 사물의 대체물로서 안전한 인물이나 사건 또는 사물이 나타날 수 있다.

④ **방어기제**

방어기제는 억압된 것을 억압된 상태로 유지하는 과정으로, 우리가 알게 되면 감당이 불가능한 어떤 대상을 알지 못하도록 만든다. 프로이트는 인간이 불안·갈등·불만족 등을 해소하기 위해 심리적 방어기제를 사용한다고 보았다. 이러한 방어기제로는 선택적 기억·부인·회피·전치·투사·반동형성·합리화·퇴행 등이 있다.

방어기제가 본래의 기능을 다하지 못하고 인간의 핵심문제를 드러낼 때 인간은 불안을 느낀다. 이러한 불안은 스스로가 억압한 고통스러운 경험이 다시 떠오를 때 발생한다.

⑤ **콤플렉스**

프로이트는 심리적 성욕을 아동의 인격형성과정과 연관 지어 설명하였다. 아동은 구강기·항문기·남근기·잠재기 등의 단계를 거쳐 성장하는데, 남근기의 아동들은 다른 성을 가진 부모를 욕망하고, 같은 성을 가진 부모와는 경쟁관계를 갖는다. 이를 남아의 경우에는 오이디푸스 콤플렉스, 여아의 경우에는 엘렉트라 콤플렉스라 부른다.

3 프로이트 이외의 비평가들

(1) 보나파르트와 존스

프로이트의 제자들은 프로이트의 정신분석학을 다듬고 발전시켜 문학 비평에 적용하였다. 그 중 가장 많은 주목을 받은 것은 마리 보나파르트(M. Bonaparte)의 『에드거 앨런 포의 생애와 작품』, 그리고 어니스트 존스(E. Jones)의 「햄릿과 오이디푸스」이다. 존스는 이 작업에서 햄릿의 복수 지연 문제를 오이디푸스 콤플렉스를 통해 해명하였다.

한편, 보나파르트와 존스의 작업은 여러 가지 비판을 받았다. 우선 작품의 문학성 또는 미적 자질을 고려하지 않는다는 점이 지적되었고, 작품을 일반화된 심리과정으로 단순히 환원해 버린다는 문제도 제기되었다. 더불어 무의식을 다루는 개념을 차용한 만큼 검증이 불가능하다는 근본적인 문제가 있었고, 프로이트가 성충동을 인간의 모든 행위의 근거로 보려고 했기 때문에 범성주의적 경향을 띤다는 점도 주의할 만하다.

(2) 융(C. G. Jung)의 원형이론

융은 프로이트와 리비도 및 성욕의 본질에 대하여 견해차를 보였다. 그는 프로이트와 다른 길을 걷게 된 뒤 분석심리학(analytical psychology)을 연구하였다. 융은 무의식을 집단무의식과 개인무의식으로 분류하였는데, 집단무의식은 모든 인류가 시공간의 차원을 뛰어넘어 공유하는 것이다. 원형은 이러한 집단무의식의 원초적 형식이며, 원형 중에서 중요한 개념으로는 페르소나 · 아니마 · 아니무스 · 그림자 등이 있다. 페르소나는 개인이 사회적 요구에 부응하여 나타내는 외부적인 얼굴, 즉 일종의 가면이다. 아니마는 남성의 내면에 있는 여성적인 요소와 여성지향성이며, 아니무스는 반대로 여성의 내면에 있는 남성적인 요소와 남성지향성이다. 그림자는 우리 성격 중 사악한 부분이다.

(3) 라캉(Jacque Lacan)의 구조주의 정신분석 비평

라캉은 구조주의 언어학에 프로이트의 정신분석학, 특히 무의식 이론을 접목하여 재해석을 시도하였다. 그는 '무의식은 언어와 같이 구조되어 있다'고 주장하며 무의식과 언어의 관계를 부각시켰다. 또한 소쉬르의 기호 개념을 일부 수정하며 시니피에와 시니피앙의 1:1 대응 구조를 받아들이지 않았다. 라캉은 야콥슨의 언어학에서도 영향을 받았는데, 야콥슨의 은유와 환유가 프로이트의 압축 및 전치와 유사하다고 파악하였다.

라캉은 자아형성의 과정에 언어가 영향을 준다고 생각하였다. 그는 아이가 언어를 배우는 과정을 통해 성장의 단계를 상상계와 상징계로 분류하고, 인간의 주체는 상상계에서 상징계로 진입할 때 형성된다고 보았다.

(4) 기타 비평가들

① 크리스(E. Kris) · 레서(S. O. Lesser) · 홀란드(N. Holland)는 후기 프로이트 비평 방법을 연구하였다.
② 들뢰즈(Deleuze)와 과타리(Guattari)는 분열분석을 시도하였다.
③ 아들러(A. Adler)는 개인심리학을 제시하고 문학작품의 분석에 열등콤플렉스와 우월콤플렉스 개념을 활용하였다.
④ 클라인(M. Klein)과 그린(A. Green)은 대상관계 이론을 발전시켰다.
⑤ 델(F. Dell)은 문학비평의 바탕은 마르크스주의에, 방법은 프로이트 심리학에 두었다.
⑥ 데리다(Jacques Derrida)와 블룸(H. Bloom)은 후기 구조주의 정신분석학을 연구하였다.
⑦ 트릴링(L. Trilling)은 정신분석 비평을 절충적인 방법으로 시도하였다.

4 이론의 의의와 한계

정신분석학과 정신분석 비평은 문학 텍스트를 심리적인 차원에서 보다 심층적으로 다룬다는 측면에서 의의가 있다. 비록 심리적 요인이 문학 텍스트의 본질 또는 전부는 아니지만, 이를 살펴보는 정신분석 비평은 문학의 가치 확장에 기여한다. 그러나 정신분석 비평은 작가를 신경증 환자로 볼 위험이 있고, 문학의 심리적인 측면만 부각하여 형식과 기교를 무시하는 경향이 있다는 한계 또한 가지고 있다.

제2절 | 실제 작품 분석

1 에드거 앨런 포의 소설에 대한 보나파르트의 분석

보나파르트는 프로이트의 제자로, 그의 연구『에드거 앨런 포의 생애와 작품』은 정신분석학적으로 작가를 연구한 작업 중 중요한 것으로 꼽힌다. 보나파르트는 포의 전기를 상세히 분석하며, 포를 '시체음란증 환자'로 규정하고 이러한 갈등을 내면에 가지고 있음에도 정신적으로 일관성을 유지하고 있다고 분석하였다. 보나파르트에 의하면, 포는 죽은 어머니를 잊지 못하여 어머니와 다시 결합하고자 하는 소망을 가졌으며, 이는 무의식 속에서 어머니를 작품 속에 끌어들이는 결과로 나타났다고 한다.

또한 보나파르트는 포의 작품이 프로이트의 반복충동을 보여주는 한 예인 동시에 어머니에 대한 정신병적일 정도로 깊은 사랑과 아버지에 대한 증오와 반항의 감정, 즉 오이디푸스 콤플렉스에 의해 형성된 것으로 보았다. 보나파르트의 이러한 분석은 프로이트와 정신분석학의 여러 이론을 문학 작품 분석에 활용한 결과라고 볼 수 있다.

2 이상의 창작심리에 대한 김종은의 분석

독특한 작품세계를 가진 이상은 국내 작가 중 정신분석 비평의 대상으로 많은 주목을 받았다. 오이디푸스 콤플렉스는 동성 부모에 대한 '동일시 현상'에 의해 대체된다는 것이 프로이트의 의견이다. 동일시 현상은 건강한 자아 형성과 건전한 정신생활의 기본 전제가 된다. 그러나 이상의 경우 개인적인 사정으로 인해 동일시의 대상, 즉 아버지의 대상이 아버지·큰아버지·할아버지 등으로 너무 많았기 때문에 동일시 형성과정에서 혼돈을 겪은 것으로 분석되었다. 이러한 동일시의 혼돈이 가장 대담하게 묘사된 작품은「오감도」의 시 제2호이다. 정신분석학의 관점에서 이는 방어기제 중 하나인 투사 현상으로 분석할 수 있다.

제 7 장 | 퀴어비평

| 단원 개요 |

이번 단원에서는 퀴어비평 이론의 역사와 체계, 그리고 해당 이론을 활용한 실제 작품 분석에 대해 알아본다. 역사와 체계 부분에서는 이론의 개요와 형성, 퀴어비평의 여러 가지 개념, 그리고 레즈비언 비평과 게이비평에 대해서 파악한다. 실제 작품으로는 윌리엄 포크너의 『에밀리에게 장미를』을 살펴본다.

| 출제 경향 및 수험 대책 |

역사가 비교적 짧은 비평 이론으로, 현대에 들어 매우 활발하게 연구가 진행되고 있는 분야이다. 따라서 퀴어비평 이전에 등장했던 레즈비언 비평과 게이비평을 함께 공부하며 해당 이론들에 등장하는 개념을 숙지하는 것이 좋다. 특히 성 소수자의 개념과 정체성에 대한 다양한 견해를 자세히 알아두는 것을 추천한다.

제1절 퀴어비평의 역사와 체계

1 이론의 개요와 형성

(1) 이론의 개요

포괄적 의미의 퀴어비평은 비이성애자의 관점에서 텍스트를 해석하는 모든 종류의 문학비평이라고 할 수 있다. 이론적인 시각에서 볼 때의 퀴어비평은 성적 범주들을 재현하는 방식에서 문제가 되는 부분을 드러내는 비평이다. '퀴어학'이 1994년에 시작된 것으로 볼 때, 문학비평 이론들 중 매우 최근에 발생한 이론이라고 할 수 있으며 현재에도 빠르게 발달하고 있다.

(2) 이론의 형성

'퀴어'는 본래 '이상한', '수상한', '기묘한'의 뜻을 가진 단어로, 성적 소수자에 대한 경멸과 모욕을 표현하기 위해 쓰이곤 했다. 1980년대 이후 미국의 성 소수자 활동가·예술가·연구자 등은 이 용어를 적극적으로 사용했는데, 이는 이성애주의자들이 성 소수자를 함부로 규정하는 것에 반발하고자 동성애 혐오 표현인 퀴어를 재전유한 것이다. 이를 통해 퀴어는 비규범적으로 여겨지는 성별 정체성, 또는 성적 지향을 가진 이들을 지칭하는 용어로 자리잡았다.

퀴어비평은 레즈비언 비평과 게이비평과도 중첩되는 부분이 많아 이 세 가지 이론은 서로 떨어트려 놓고 볼 수 없는데, 퀴어비평은 백인 중산층을 기준으로 이루어진 기존의 레즈비언 여성주의 운동이나 게이 해방 운동에서 배제된 유색인 또는 노동자들을 포함시키고, 동성애자를 비롯하여 비이성애자를 모두 포괄하는 집단적 정체성을 제시하고자 하였다.

2 퀴어비평의 개념

(1) 성 소수자(sexual minority) 중요

성 소수자는 사회적 다수인 이성애자, 시스젠더와 구분되는 성적 지향, 성 정체성 또는 신체 등을 가진 이들을 일컫는 용어이다. 이는 게이 · 레즈비언과 같은 동성애자뿐만이 아니라 양성애자, 트랜스젠더, 무성애자, 범성애자, 젠더퀴어 등을 포함한다. 즉, 성 소수자는 이성애중심주의의 질서 속에 포함될 수 없는 다양한 존재들을 포괄하는 용어이다.

(2) 성 소수자의 주변화

성 소수자는 다양한 시선과 규범에 의해 주변화되며, 이로 인해 정치적 소수자가 되기도 한다. 성 소수자를 주변화하고 타자화하는 담론으로는 동성애 혐오, 이성애주의, 이성애중심주의, 내면화된 동성애 혐오, 강제적 이성애 등이 있다. 이로 인해 성 소수자들은 그들이 속한 사회 내에서 차별을 받게 된다.

동성애 혐오	• 같은 성별을 가진 사람들 사이의 사랑에서 느끼는 병적인 두려움이다. • 동성애를 혐오하는 사람들은 동성애를 치료받아야 할 심각한 정신적 질환 또는 질병으로 인식하며, 동성애자들에게 근거 없는 부정적인 믿음을 갖는다. • 동성애자 또는 성 소수자에 대한 제도화된 차별로 작용한다.
이성애주의	• 동성애에 대한 내면화된 차별을 기반으로 이성애 문화에 특권을 부여하는 것이다. • '강제적 이성애'를 보편화하는 경향이 있다.
이성애중심주의	이성애는 보편적인 규범이라는 담론으로, 이성애의 감정으로 모든 사람들의 경험을 이해할 수 있다고 가정한다.
내면화된 동성애 혐오	사회에 팽배한 동성애 혐오로 인해 동성애자가 자기 자신을 혐오하는 것이다.
강제적 이성애	가정 · 학교 · 직장 · 매체 등 사회의 여러 집단이 이성애 또는 이성애자가 되기를 강요하는 것이다.

(3) 생물학적 본질주의와 사회구성주의

생물학적 본질주의와 사회구성주의는 정체성과 동성애에 대해 서로 다른 견해를 갖는다. 생물학적 본질주의는 소수화의 개념으로, 사회구성주의는 보편화의 개념으로 볼 수 있다. 두 가지 견해 모두 동성애에 대한 혐오와 지지의 근거로 동시에 작용한다.

생물학적 본질주의 (biological essentialism)	• 생물학적 본질주의는 동성애자의 성적 지향성을 선천적인 것으로 보는 개념이다. • 본질주의자들은 정체성을 자연적이고 고정되어 있으며 생래적인 것으로 간주한다. • 이들의 의견에 따르면 동성애는 시간을 초월해 보편적인 현상으로 지속되어 왔고, 일관적인 그 자체의 역사를 가진다.
사회구성주의 (social constructionism)	• 사회구성주의는 모든 인간 존재는 잠재적으로 동성에 대해서 욕망을 가지고 있으며, 동성애자의 성적 지향성은 사회적으로 구성되는 것이라고 주장한다. • 구성주의자는 정체성을 유동적이며 사회적 조건과 스스로를 이해하는 데 필요한, 다양하게 활용이 가능한 문화적 모델들의 효과라는 입장을 취한다. • 동성애 역시 동성 간 성행위가 각기 다른 역사적 맥락 안에서 서로 다른 문화적 의미를 지니고 있기 때문에 시공간을 초월하여 동일하게 존재하는 것은 아니라는 것이 구성주의자들의 견해이다.

(4) 사회적 구성의 산물로서의 섹슈얼리티

섹슈얼리티는 한 사람이 태어나면서부터 가지는 고정적인 것이 아니라, 사회적으로 구성된다는 입장이다. 그 예로, 고대 아테네의 성적 범주는 계급체계에만 근거했을 뿐 남성과 여성은 구분되지 않았다는 것을 들 수 있다. 동성애 또는 비이성애에 대한 기준 역시 시대와 국가 및 사회에 따라 달라진다.

3 레즈비언 비평

가부장제의 억압에 대한 반발로 등장했다는 점에서 여성주의 비평과 공통되는 부분이 있다. 그러나 레즈비언 비평은 성차별주의뿐만 아니라 이성애주의까지 다룬다는 점에서 여성주의 비평과 다르다.

(1) 레즈비언의 정의

레즈비언이란 기본적으로 다른 여성에게 성적 욕망을 느끼는 여성을 의미한다. 또한 19세기 서양에서 유행했던 '(여성 간의) 낭만적인 우정'을 가졌던 여성들을 뜻하기도 하는데, 그 당시에는 이성애중심적인 가부장제를 위반하는 여러 성적 욕망이 개입되기도 했다.

아드리안 리치(A. C. Rich)는 '레즈비언 연속체(lesbian continuum)'를 '다른 여성과의 성적 경험이라는 사실보다는 여성 개개인의 삶과 역사 전반에 걸친 일련의 여성정체화한 경험들을 포괄하는 개념'이라고 소개했다. 이러한 관점에서, 레즈비언 연속체에게 성적 욕망은 필수적인 것이 아니다.

(2) 레즈비언 문학 텍스트

어떤 텍스트가 레즈비언 문학 텍스트인가라는 물음에 대한 답은 다음 세 가지로 대답할 수 있다.

① 레즈비언과 관련된 의미를 간접적으로 암호화하여 표현한 경우
② 작가의 전기적 자료를 통해 레즈비언적인 성향을 확인하게 된 경우
③ 작가의 의도와는 다르더라도 레즈비언의 중요한 특징이 드러나는 텍스트의 경우

4 게이비평

(1) 게이의 정의

레즈비언이 동성과의 관계성을 중심으로 정의되는 데에 비해, 게이에 대한 정의는 시대와 사회에 따라 달라진다. 미국 백인 중산층의 경우에 게이에 대한 정의는 남성들 사이의 성적 관계 및 성적 욕망이 개입되는 모든 상황에 대해 내려졌다. 한편 멕시코나 남아메리카에서는 '마초적' 남성이 '여성적' 남성과 성적 관계를 맺는 경우에는 게이로 간주하지 않았다. 19세기 말에서 20세기 초반 미국 백인들의 노동계급에서도 게이에 대해 멕시코나 남아메리카와 비슷한 정의를 내렸다.

이처럼 게이 또는 동성애에 대한 정의는 섹슈얼리티를 바라보는 태도와 같이 시대와 장소, 사회와 계급에 따라 큰 차이를 보인다.

(2) 게이 감수성(gay sensibility)

게이 감수성은 주류 세계에서 허용되는 문화와는 다른 영역을 구성하며, '드래그 · 캠프 · 에이즈(AIDS) 문제에 대한 대처'의 세 가지로 분류된다.

① 드래그(drag)

드래그는 남성이 여성의 옷을 입거나 여장을 하는 것을 말한다. 이는 남성이 스스로의 '여성적인' 면모, 또는 비순응성을 적극적으로 나타내는 하나의 표현 방법이다. 직업적으로, 또는 정기적으로 드래그를 하는 게이 남성을 드래그 퀸(drag queen)이라고 일컫는다.

② 캠프(camp)

캠프는 대담하고 현란한 게이 드래그를 말한다. 이는 젠더 간에 구축되어 있는 경계선을 자유롭게 넘나들어 흐릿하게 만들고자 하는 시도이다. 전통적인 권위를 조롱하는 전복적인 성격을 지닌다.

③ 에이즈(AIDS) 문제에 대한 대처

1980년대 이후 게이 감수성을 구성하는 핵심적인 부분으로 에이즈(AIDS)의 문제가 대두되었다. 미국 정부는 에이즈가 동성애자뿐만 아니라 이성애자에게도 위험하다는 인식을 하기 전까지 해당 질병 문제에 큰 관심을 보이지 않았다. 1981년 이후 에이즈로 인한 미국의 국민건강 비상사태에 게이 공동체는 적극적이고 능동적으로 대처하였다.

5 퀴어비평의 의의

퀴어의 개념은 현재의 문학연구와 비평에서 광범위하게 쓰이고 있다. 퀴어는 레즈비언 여성과 게이 남성, 그리고 그 이외의 다양한 성 소수자의 연대의 의미로 활용되어 왔다. 이는 퀴어가 성 소수자들의 공통적인 정치적 · 문화적 기반을 나타내는 하나의 포괄적인 범주로 작용한다는 의미이다. 퀴어비평은 다양한 성 소수자 담론들을 통합하여 다룬다는 점에서 의의가 있다. 또한 퀴어비평의 핵심은 인간의 섹슈얼리티란 그 특성 자체로 복잡하고 명확히 규명되지 않는다는 것으로, 이는 해체론적인 통찰로 볼 수 있다.

제2절   실제 작품 분석

퀴어비평 이론을 통해 윌리엄 포크너의 『에밀리에게 장미를』(1931)의 주인공 '에밀리 그리어슨'을 분석해볼 수 있다. 에밀리의 젠더는 '남성적인' 것과 '여성적인' 것을 넘나들며 한 가지 범주에 고정되지 않는다.

에밀리는 '가냘픈 처녀'로 묘사되는 동시에 '정력적 남성의 면모'를 보여주는 인물이기도 하다. 또한 '여성적 예술을 가르치는 은둔자'인 동시에 '반항적 개인주의자'이다. 이처럼 에밀리에 대한 상반된 묘사는 에밀리를 한 가지 성별 범주에 고정시키지 않고, 두 범주의 경계를 흐릿하게 만든다.

| 단원 개요 |

이번 단원에서는 독자반응 비평 이론의 역사와 체계, 그리고 해당 이론을 활용한 실제 작품 분석에 대해 알아본다. 역사와 체계 부분에서는 이론의 개요와 형성, 주요 비평가와 방법론, 이론의 의의와 한계에 대해서 파악한다. 실제 작품으로 이광수의 『무정』을 분석한다.

| 출제 경향 및 수험 대책 |

독자반응 비평과 관련된 주요 비평가와 방법론이 많은 편이다. 각자 전개하고 있는 이론과 서 있는 입장이 다르므로 꼼꼼한 학습을 요한다. 각각의 비평가가 펼치는 이론은 '언어소통 모델', '청자', '기대지평' 등 특정한 명칭을 가지고 있으므로 해당 명칭들과 관련 이론을 잘 연결 짓는 것이 중요하다.

제1절 　독자반응 비평의 역사와 체계

1 이론의 개요와 형성

독자반응 비평은 독자중심 비평·수용미학·수용이론이라고도 불린다. 이는 문학텍스트의 독서이론에 대한 방법론으로, 말 그대로 작가·작품·독자 중 **독자**에 초점을 맞추는 비평 이론이다. 독자반응 비평은 이전의 마르크스 비평과 형식주의에 대항하여 발생하였는데, 독일에서 시작되어 미국으로 퍼져나갔다.

2 주요 비평가와 방법론

(1) 야콥슨(Roman Jakobson)

　　야콥슨은 언어의 여섯 가지 기능을 도식화하여 **언어소통 모델**을 제시하였다.

> 약호
> 발신인 − 메시지 − 수신인
> 접촉
> 문맥

　　시는 시인을 발신인으로 하며, 독자를 수신인으로 둔다. 야콥슨은 문학적 언술 또는 담론이 '메시지에 대한 관련항'을 가지기 때문에 일상적 언술이나 다른 종류의 담론과 구분된다고 주장하였다. 그는 독자를 중요시하며, 시는 독자에 의해 읽히기 전까지는 진정으로 존재할 수 없고, 시의 의미에 관한 논의 역시 독자들의 영역이라고 판단하였다. 독자는 시에서 메시지가 담긴 약호를 해석해내고, 감추었던 의미를 현실화한다. 이처럼 독자, 즉 수신인은 의미를 능동적으로 형성해내며, 이미 완성된 의미를 수동적으로 받아들이는 존재가 아니다.

(2) 움베르트 에코(Umberto Eco)

에코는 『독자의 역할(The Role of the Reader)』에서 텍스트를 열린 텍스트와 닫힌 텍스트로 구분하였다. 열린 텍스트는 독자를 텍스트의 의미 창출 과정에 포함시키고, 닫힌 텍스트는 독자의 반응을 미리 결정한다.

(3) 야우스(H. R. Jauss)

야우스는 수용자의 상태에 따라 수용대상이 수용된다는 해석의 원칙과 창작텍스트의 구성요소로 독자들의 기대가 포함되고 있다는 점을 들어 독자의 '**기대지평**(horizon of expectation)'을 제시하였다. '기대'는 수용자가 작품을 볼 때 가지는 선입견·생각·소망 등을 모두 포괄하는 개념이며, '지평'은 수용자가 가진 기대의 범주나 차원을 의미한다. 기대지평은 시적 언어 또는 문학적 언어라고 할 수 있으며, 이는 독자들이 어떤 주어진 시기의 문학텍스트를 평가하기 위해 사용하는 기준으로 작용한다.

야우스는 작품 이해를 위한 수용자의 실제적 전제조건으로 수용자의 이해를 형성하는 요소 전부를 포함하는 기대지평을 제시했다. 작품의 예술성은 기대지평에 반응하는 작품의 영향과 상태에 따라 결정된다. 읽기와 쓰기는 통상적으로 이 기대지평 안에서 벌어지는 일이다. 최초의 기대지평은 해당 작품이 나오던 시기에 어떤 방식으로 해석 및 평가되었는지에 대해서는 알려줄 수 있지만, 작품의 의미를 결정적으로 확정짓지는 않는다. 야우스는 특정 작품의 의미가 보편적으로 완전히 정해져서 시기와 독자에 상관없이 똑같이 수용된다는 생각은 잘못되었다고 주장한다.

'**지평의 전환**'은 새로운 작품을 수용할 때 일어나며, 수용자는 원래 가지고 있던 친숙한 지평이 새로운 지평과 충돌하는 것을 느낀다. 특정 작품을 올바르게 수용하기 위해서는 지평의 전환과 재구성의 과정을 거쳐야 한다. 문학작품은 계속해서 변화하는 시대상황에 따라 언제나 다르게 수용될 가능성을 지닌다.

(4) 제럴드 프린스(Gerald Prince)

제럴드 프린스는 소설에서 화자가 담론(discourse)을 행하는 상대방의 상이한 유형을 '**청자**(narratee)'라고 칭했다. 독자는 화자의 말을 듣는 사람일 수도 있고 아닐 수도 있기 때문에 청자를 곧 독자라고 할 수는 없다. 청자는 **실질적 독자**(virtual reader)와 **이상적 독자**(ideal reader)로 나뉘는데, 실질적 독자는 작가가 작품을 쓸 때 염두에 두는 독자이며, 이상적 독자는 작가의 의도를 완벽하게 이해하는 독자이다.

프린스는 청자의 존재를 제안함으로써 독자들이 알고는 있었지만 모호했던 서술의 차원을 밝혀냈다. 그는 이야기가 실제의 독자와 일치하지 않을 수도 있는 그 자체의 '독자'나 '청취자'를 언급하며 독자중심 이론에 기여하였다.

(5) 볼프강 이저(Wolfgang Iser)

볼프강 이저는 아우스의 이론을 발전시킨 인물이다. 이저는 텍스트가 독자에게 미친 영향을 설명하는 것을 비평가의 과제로 꼽았다. 이저는 문학텍스트는 작가나 작품이 아닌 독자에 의해 다시 탄생한다는 입장을 취하며 문학작품과 문학텍스트를 구분하였다. 문학텍스트는 독자의 독서행위를 거쳐 문학작품으로 완성되는데, 이때 문학텍스트는 작가의 창작물이며 문학작품은 독자가 독서행위를 통해 새로운 경험으로 창조한 것이다. 문학텍스트는 소통의 필요성을 발생시킨다는 의미에서 '소통 담지자'라고 정의되기도 한다.

이저는 독자가 문학텍스트를 구체화하는 과정을 '독서과정'이라고 보며, 이는 확정되지 않은 문학텍스트를 심미적으로 구체화하는 작업이라고 하였다. 그에 따르면 독자는 상상력을 활용하여 텍스트에 존재하지 않는 불확정성의 영역을 채워 넣는다.

이저는 독자를 '가상적 독자'와 '실제의 독자'로 분류하였다. 가상적 독자는 '반응유도 구조의 망'을 따라 텍스트가 정해주는 방식으로 작품을 읽는 독자이며, 실제의 독자는 독서의 과정에서 정신적 이미지를 얻더라도 그 이미지를 다시 '기존 경험의 총합'으로 재구성하는 독자이다.

(6) 스탠리 피시(Stanley Fish)

피시는 '영향론적 문체론'을 중심으로 독자중심 이론을 전개하였다. 그는 독자의 지평 조절 행위를 문장의 차원에 국한시켰는데, 문학적 문장과 비문학적 문장 모두 독서전략을 통해 해석한다는 입장을 취했다. 피시는 연속적으로 나타나는 독자의 반응에 초점을 두고, 의미에 대한 독자의 기대는 끊임없이 조정되며 의미는 결국 독서의 총체적 활동이라고 결론을 내렸다. 그는 독서행위를 하나의 사건으로 보았으며 문학적 의미는 텍스트를 읽는 과정을 체험하는 것에 있다고 설명하였는데, 이것이 '독자경험'이다. 피시는 충분한 문학적 · 언어학적 능력을 갖춘 독자를 두고 '정통독자'라 일컬었다.

하지만 조나단 컬러는 피시가 독서관습을 이론화하지 못했다는 점과 시간의 흐름에 따라 문장을 한 낱말씩 읽어나간다는 주장은 옳지 않다는 점을 들어 피시의 이론을 비판하였다.

(7) 미셸 리파테르(M. Riffaterre)

리파테르는 일상적 언어와 시적 언어를 구분하였는데, 일상적 언어는 실제적인 것으로 대부분 특정 현실을 지시하는 반면, 시적 언어는 메시지 그 자체에 주목한다고 설명하였다. 그는 교양과 능력을 갖춘 독자라도 시의 언어학적 자질을 밝힐 수는 없다고 주장하였는데, 이는 독자의 기능을 부정하지는 않지만 텍스트의 기능을 지속적으로 강조하고 있는 셈이다.

리파테르는 「시의 기호학」에서 독자의 능력을 강조하였다. 그에 따르면 유능한 독자는 표면적 의미를 심어서 나아가며, 통상적인 언어적 능력만으로도 시의 의미를 이해할 수는 있지만 이따금씩 등장하는 비문법적인 부분들은 문학적 능력을 갖춘 독자만이 파악할 수 있다고 한다.

(8) 조나단 컬러(J. Culler)

컬러는 독서이론은 독자의 해석작용을 밝혀야 한다고 주장하며, 독자에 따라 상이한 해석이 나오는 것은 당연한 일이라고 지적하였다. 텍스트에서 통일성을 찾아내기 위한 방법은 독자들마다 다를 수 있지만, 그들이 탐색하는 기본의미형(통일의 형식)은 같을 수 있다.

컬러는 「구조주의 시학」에서 장르와 텍스트의 구조를 다루는 이론이 불가능하다고 했는데, 이는 탈구조주의 방법을 일부분 수용한 것으로 볼 수 있다. 또한 해체주의를 소개와 동시에 비판하면서 기호학과 해체주의의 관계를 해명하기도 하였다.

컬러는 텍스트를 문학으로 읽어내는 것에는 '문학적 능력'이 요구된다고 주장하였다. 또한 한 해석의 관습은 시대에 따라 변화하며 한 장르에 적용되는 관습을 타 장르에 적용하기 힘들다는 사실을 인정하였음에도, 이론을 통시적이고 역사적인 의미체계가 아닌 공시적이고 정태적인 의미체계에 관련시키고자 하였다.

(9) 데이비드 블레이치(David Bleich)

블레이치는 홀랜드와 함께 독자이론의 접근법을 심리학에서 차용하였다. 그는 「주관적 비평」에서 비평 이론의 패러다임이 객관적인 것에서 주관적인 것으로 전환한 것에 대해 이론적으로 옹호하였다. 블레이치는 주관적 비평 이론에 초점을 두고 텍스트와 독자 간 갈등을 독자의 측면에서 해결하고자 하였다. 그는 독자들의 개성을 통해 문학작품의 지각과 구성이 가능해진다고 보았다. 더불어 블레이치는 'T. S. 쿤'을 비롯한 현대 과학철학자들이 객관적 세계의 존재를 부정한 것을 긍정적으로 평가하였다.

(10) 노먼 홀랜드(Norman Holland)

홀랜드는 독자반응의 정신분석적 모델을 새로이 가다듬었다. 그에 따르면 독자는 자신의 자아동일성과 개인적 문체를 텍스트적 요소에 대한 반응을 통해 재창조한다. 홀랜드는 시간이 지나면서 텍스트에서 독자로 초점을 옮겨, 독자를 두고 텍스트와의 지속적인 상호작용을 통해 감정과 의미를 생성해내는 인물이라고 설명했다.

홀랜드에 따르면 어린아이는 일차적 정체성의 흔적을 어머니에게서 찾는다. 어린아이가 자라 성인이 되면 정체성 테마를 가지고, 이 테마는 변화가 불가능하지는 않지만 고정된 정체성을 가진 중심구조는 흔들리지 않고 유지된다.

(11) 한스-게오르그 가다머(Hans-Georg Gadamer)

가다머는 문학이론에 하이데거의 상황적 접근법을 적용한 인물이다. 그는 저서인 『진리와 방법』에서 과학의 방법으로는 예술의 진리를 포착할 수 없다고 주장하였다. 가다머에 따르면 예술은 다의적이기 때문에 그에 대한 해석 역시 다양할 수 있으며, 모든 해석은 해석자의 상황에 의해 좌우된다.

> **더 알아두기**
>
> **현상학**
>
> 현상학은 의미를 결정하는 데 있어 지각자의 역할을 강조하며, 수용미학은 현상학적 문학론의 영향을 받았다. 후설(E. Husserl)은 철학적 탐구의 고유한 대상을 외부세계의 객체가 아닌 의식의 내용에서 찾았다. 또한 현상(phenomena)으로 표현되는 의식 속에 나타나는 존재들에서 그 대상들의 보편적이고 본질적인 성질을 찾아낸다고 하였다.
>
> 후설의 제자인 하이데거(M. Heidegger)는 후설의 객관적 관점을 거부하고 현존(giveness)이 인간실존의 특징이라고 주장하였다.
>
> 가다머(H. G. Gadamer)는 문학이론에 하이데거의 상황적 접근법을 적용하였는데, 「진리와 방법(Truth and Method)」에서 해석자의 역사적 상황에 따라 작품의 의미가 변화한다고 주장하였다.

3 이론의 의의와 한계

독자반응 비평은 작가와 작품, 또는 작품의 외적 환경에 주목했던 기존 비평 이론들과 달리 독자의 존재를 부각시켰다는 의의를 갖는다. 그러나 이러한 비평 방법에 의해 독자를 설정하지 않고는 문학연구에 접근하기 어려워졌다는 문제 또한 제기되었다. 더불어 독자들의 다양하고 주관적인 해석을 모두 인정하기 때문에 작품의 개념과 가치를 객관적으로 규명하기는 어렵다는 한계가 있다.

제2절 실제 작품 분석

이광수의 『무정』이 발표될 당시 단순독자의 반응은 두 부류로 나뉘었는데, 작가가 가상했던 독자들은 긍정적인 반응을, 잠재적인 독자들은 부정적인 반응을 보였다. 분석독자들의 반응 역시 단일하게 나타나지 않았는데, 김동인을 최초의 근대독자이자 분석독자로 꼽을 수 있다. 김동인의 해석은 오랫동안 중요하게 고려되어 왔지만, 작가에 대한 공격의도가 있었다는 점과 성격론에 기준을 두고 남자 주인공 한 사람만을 중심으로 텍스트를 재단해 버렸다는 오류가 존재한다는 점이 지적되었다.

김동인 이후 『무정』의 분석독자는 다섯 가지로 분류할 수 있다. 이는 『무정』에 대한 판단을 기준으로 최초의 근대소설로 보는 독자, 신소설에서 조금 진보했다고 보는 독자, 고소설의 연속으로 본 독자, 애정소설로서 향수가치를 본 독자, 통속적이기 때문에 문학성을 인정하지 않는 독자이다.

제 9 장 | 문화연구

| 단원 개요 |

이번 단원에서는 문화연구의 역사와 체계, 주요 비평가와 개념, 그리고 이론의 계보와 방법론을 알아본다. 역사와 체계 부분에서는 문화연구가 어떻게 시작되었는지를 주로 밝히며, 주요 비평가와 개념 부분에서는 문화연구에서 중요하게 다루는 인물들과 그 입장을 파악한다. 이론의 계보와 방법론에서는 문화연구가 어떤 흐름으로 전개되었는지 살펴본다.

| 출제 경향 및 수험 대책 |

문화연구 이론은 말 그대로 문화를 연구한다는 의미로 그 범위가 매우 포괄적이다. 또한 이전 단원까지의 다른 비평 이론들과는 달리, 이론의 중심을 이루는 독자적인 학문방법이 존재하지 않기 때문에 가닥을 잡기 어려울 수 있다. 따라서 중심 이론을 파악하려 하는 대신 문화연구가 어떤 흐름을 통해 전개되어 왔는지를 열린 마음으로 공부하는 것을 추천한다.

제1절 ┃ 문화연구의 역사와 체계

1 이론의 개요와 형성

(1) 문화연구의 시작

문화연구는 말 그대로 문화를 연구하는 것이다. 문화의 의미가 매우 포괄적이기 때문에 한마디로 정의하기 어렵고, 다른 비평 이론과는 달리 독자적인 학문적 방법이 존재하지 않는다. 문화연구는 하나의 통일된 학문이 아닌 여러 학문을 종합적으로 활용한다.

현대적 의미에서의 문화연구는 1930년대 프랑크푸르트학파가 체계적인 연구의 형태를 갖추며 문화현상을 강조한 것으로부터 시작된다. 프랑크푸르트학파는 산업화와 상업화에 따른 대중문화가 대중에게 끼치는 사회적·이데올로기적 영향에 대해 대중매체의 정치·경제학, 텍스트의 문화적 연구, 독자수용 연구 등을 결합하여 연구하였다. 해당 학파의 '문화산업' 연구는 현대 사회에서 여가가 지니는 중요성에 주목한 최초의 대중문화 연구로서 의미가 있다. 그러나 프랑크푸르트학파의 문화연구는 '고급문화'와 '저급문화'라는 이분법을 극복하지 못하고 대중문화를 단일한 것으로만 파악하면서 대중을 우매한 수동적 소비자로 본다는 비판을 받았다.

'문화연구'는 1950년대 영국에서 리비스(F. R. Leavis)와 『스크루티니(Scrutiny)』지의 영향으로 새로운 방향을 맞이한다. 새로운 연구경향은 문화를 문화적 조건과 관련지어 연구하는 양상으로 전개되었다. 리비스는 산업화와 상업화에 기반한 대중문화가 주는 저속한 쾌락에서 독자들의 감수성을 보호하고 고양시키기 위해 '위대한 전통'의 정전들을 가르칠 것을 제안한다.

위의 연구경향을 이어받아 이루어진 연구로는 윌리엄스의 『문화와 사회(Culture and Society)』(1958)·『장구한 혁명(The Long Revolution)』(1961), 호가트의 『읽고 쓰는 능력의 효용(The Uses of Literacy)』(1958)을 들 수 있으며, 이들을 '문화연구'의 효시로 볼 수 있다.

존슨은 「문화연구란 도대체 무엇인가?」라는 글에서 문화연구의 제도화를 비판하였다. 존슨은 고급문화와 대중문화의 이분법을 문제시하며 문화연구의 핵심은 '비판정신'에 있다고 보았다.

(2) 문화연구를 위한 용어

문화연구의 용어에는 몇 가지 혼란이 있는데, 관련 용어로는 대중문화 · 민속문화 · 민족문화 · 민중문화 등이 있다. 이 중에서 대중문화의 의미는 두 가지로 나뉘는데, 첫 번째 의미의 대중문화는 대중으로부터 생겨났거나 대중에게 인기 있는 문화이며, 두 번째 의미의 대중문화는 대중을 위해 대량으로 만들어지는 문화이다. 민속문화는 낭만주의에서 민족성 · 전통성 · 자생성을 강조하기 위해 사용한 용어이며, 민족문화는 제국주의적 외래문화에 저항하는 문화이고, 민중문화는 상업적인 문화에 저항하는 문화이다.

제2절 주요 비평가와 개념

1 레이먼드 윌리엄스(Raymond Williams)

윌리엄스는 문화의 개념을 네 가지로 정리하는데, 이는 다음과 같다.

- 지적 · 정신적 그리고 미적 발달의 일반적 과정
- 한 민족, 한 시기, 한 집단 혹은 일반적인 인간성의 독특한 삶의 방식
- 지적이고 특히 예술적인 활동의 작품들이나 실천들
- 물질적 · 지적 그리고 정신적인 총체적 삶의 방식

2 크리스 젠크스(Chris Jenks)

젠크스는 자신의 저서 『문화(Culture)』에서 문화를 '역사가 있는 개념'으로 정의한다. 젠크스가 주장한 문화범주 4가지는 상호 결합하여 활용이 가능하며, 내용은 다음과 같다.

인지적 범주	정신의 보편적인 상태
집단적 범주	사회에서 지적 그리고 도덕적 발달 상태로 문명과 관련성을 가짐
기술적 범주	예술과 지적 작업의 집합체
사회적 범주	한 민족의 총체적 삶의 방식

3 버밍햄 문화연구소

버밍햄 문화연구소의 문화연구는 현대 문화연구의 효시로 인정받는다. 버밍햄의 문화연구는 현대 산업사회의 문화에 대한 분석에 중점을 두는데, 이전의 전통적인 인문학 또는 인류학과는 다르게 문화연구의 대상을 고급문화로 한정하지 않고 모든 형태의 문화를 연구대상으로 삼는다. 버밍햄 문화연구의 가장 큰 특징은 '학제 간(interdisciplinary) 연구'이다.

(1) 윌리스(Paul Willis)

윌리스는 『일하기 위해 배우기(Learning to Labour)』에서 문화를 '우리의 일상적인 삶의 재료'로 규정한다. 그에게 문화는 우월성이 아닌 일상성과 관련된 물질성을 뜻하는 것이다.

(2) 윌리엄스(Raymond Williams)

윌리엄스는 버밍햄의 문화연구에서 선구적 위치를 지닌 인물이다. 그는 '문화라는 개념은 우리의 일반적인 삶의 조건에서 보편적이고 중요한 변화에 대한 보편적인 반응'이라고 정의하며 문화를 물질적이고 지적이며 정신적인 총체적 삶의 방식으로 규정하였다. 또한 역사적 변화에 대한 반응으로부터 문화를 정의하려는 시도가 나왔다고 주장하며, 특정한 시대의 사회적 맥락 속에서 문화를 정의하고자 한다.

(3) 홀(Stuart Hall)

홀은 「인종과 민족에 대한 연구에서 그람시의 적절성」에서 문화를 두고 '특정한 역사적 사회의 실천·재현·언어 그리고 관습의 실질적이고 근거가 있는 영역'과 '대중적인 삶에 뿌리를 내리고 있고 그것을 형성하도록 도와주는 상식의 상충하는 형태들'로 정의한 바 있다.

(4) 존슨(Richard Johnson)

존슨은 문화연구를 두고 '의식이나 혹은 주체성의 역사적 형태들에 관한 것'으로 정의한다. 존슨은 마르크스적 개념을 받아들여 '주체적 형태의 역사성'을 연구대상으로 강조한다. 그는 주체성과 의식을 구체적 연구의 대상으로 삼아야 한다고 주장하는데, 존슨에게 있어 주체성은 무의식적으로 영향을 받는, 예술적이고 감정적인 것으로 만들어지는 정체성이다. 존슨은 문화에 대한 전제 세 가지를 밝혔는데, 내용은 다음과 같다.

① 문화는 계급·성·인종·나이 등의 사회관계와 밀접한 관계가 있다.
② 문화는 개인이나 사회집단이 자신의 욕망을 실현하는 데 갖는 불균형에서 기인한 권력관계를 수반한다.
③ 문화는 자율적이거나 외적으로 구획된 영역이 아니라 사회적 상이함과 투쟁의 장이다.

제3절　이론의 계보와 방법론

1 문학비평에서 문화비평으로

문화연구는 문학비평에서 문화비평으로 확대되고 전환되는 것을 뜻한다. 초기 연구자들의 대중과 경험에 대한 강조 덕분에 이러한 전환이 가능해진 것이다. 19세기에 종교가 쇠퇴하고 문학이 정전의 개념으로 강조되었는데, 매튜 아널드(Matthew Arnold)는『문학과 신조』에서 종교를 문학으로 대체하고자 하였다. 문화 내에서 문학은 특권적인 위치를 점하고 대중에게서 멀어지는데, 윌리엄스는『문화와 사회』에서 아널드의『문화와 무질서』에서 보여지는 고전문학의 종교화에 반대하며 고급문화 옹호자들을 비판했다. 또한 윌리엄스는『장구한 혁명』에서 문화를 '특별한 삶의 방식에 대한 묘사'로 정의하고, 문화가 '예술과 배움에서뿐만 아니라 제도와 일상적인 행동에서 나타난 의미와 가치들'을 나타낸다는 입장을 취했다. 홀은『문화연구와 연구소─몇몇 의구점과 문제점들』을 통해 윌리엄스의 문화연구가 '전체적인 논쟁의 장을 문화의 문학적이고 도덕적인 정의에서 인류학적인 것'으로 변모했다고 밝혔다. 또한 홀은 사회과학과 대륙 이론을 적극적으로 받아들여 대중문화 연구를 보다 체계적으로 진행하였다.

2 정치적 실천으로서의 문화연구

문화연구는 학제 간 연구로, 다른 여러 학문들과 깊은 관련성을 지닌다. 마르크시즘은 문화연구의 성립과 변천에 매우 중요한 영향을 끼쳤는데, 문화연구는 사회적 조건과 역사적 조건을 고려한다는 점에서 마르크시즘을 따른다. 또한 문화 내부에 존재하는 지배이데올로기를 밝혀내려 했다는 점 역시 마르크시즘과 관련지을 수 있다. 그러나 문화연구는 신좌파적 성격을 가지고 환원적 경제주의를 비판하기도 한다.

문화연구는 문화를 사회관계의 맥락에서 연구하면서 모든 사회관계가 불평등하다고 보는 입장을 취한다. 초기의 문화연구는 문화와 사회의 관계를 규명하려 했는데, 이는 좌파적 리비즘의 전통을 따른 것이다. 이후에는 역동적인 투쟁과 협상의 장으로서 문화를 설명한다.

1980년대에 들어서면 문화연구에서 새로운 형태의 '문화주의'가 등장한다. 이는 '신우파'인 '대처리즘(Thatcherism)'과 '레이거니즘(Reaganism)'의 득세와 유관하다. 이들은 국가의 역할을 축소하고 자유시장의 논리를 펼치는데, 신우파의 신자유주의적 경향은 빈부격차를 심화하여 사회적 불안정을 불러일으킨다. '생존의 정치학(politics of survival)'으로서 '다름의 문화(culture of difference)'는 이러한 보수적이고 자본주의적이며 제국주의적인 경향에 대항하기 위해 만들어졌다.

제10장 │ 여성주의 비평

│ 단원 개요 │

이번 단원에서는 여성주의 비평 이론의 역사와 체계, 그리고 해당 이론을 활용한 실제 작품 분석에 대해 알아본다. 역사와 체계 부분에서는 이론의 개요와 형성, 이론의 주요 개념, 주요 비평가를 알아보고, 실제 작품으로는 양귀자의 『나는 소망한다-내게 금지된 것을』을 살펴본다.

│ 출제 경향 및 수험 대책 │

여성주의 비평은 현재까지 활발하게 논의되고 있는 이론이고, 시대의 변화에 민감한 방법론이다. 새로운 논의가 계속해서 쏟아져 나오고 있기 때문에 그 흐름에 따라 공부하는 것을 추천한다. 다만 아주 최신의 논의는 출제되지 않을 확률이 높으니, 이론의 배경과 초기 이론의 형성 과정을 위주로 알아두는 것이 좋겠다.

제1절 │ 여성주의 비평의 역사와 체계

1 이론의 개요와 형성

(1) 이론의 개요

여성주의 비평은 문학과 문학을 비롯한 문화적 생산물이 어떻게 여성에 대한 경제적·사회적·정치적·심리적 억압을 강화하거나 약화하는지 점검하는 이론이다. '페미니즘·여권주의·여성해방운동'이라고도 불린다.

(2) 이론의 형성

여성주의는 계몽주의로부터 시작되었는데, 미국의 메리 울스턴크래프트(Mary Wollstonecraft)가 1792년 여성주의 이론에 관한 최초의 주요 업적으로 '여권옹호론'을 선보였다. 이후 문화적 페미니즘 비평가들은 남성과 여성의 차이점을 강조하며 여성적 특징이 하나의 장점과 자부심으로 작용할 수 있다고 보았다. 강한 여성 사회, 즉 모권중심적 비전을 이론의 바탕으로 한 문화적 페미니즘 이론가들은 여성주의를 사회개혁과 연관 지으면서 20세기에 들어서 마르크스주의와 프로이트주의, 급진적 페미니즘 등에 접목하였다.

2 이론의 주요 개념

(1) 전통적 성역할

전통적 성역할은 여성주의의 주요한 논점이자 문제의식이다. 전통적 성역할은 가부장제에서 기인하는데, 가부장제는 대부분 잘못된 인과관계의 산물인 생물학적 본질주의에 기반을 두고 있다. 여기에서 생물학적 구성물로서 남성과 여성을 가리키는 '성(sex)'과 문화적 길들임의 산물로서 남성적인 것과 여성적인 것을 가리키는 '젠더(gender)'는 구분되어야 한다.

가부장적 여성이란 가부장제의 규범과 가치를 내면화해 온 여성이다. 가부장제는 여성의 자신감과 적극성을 훼손시키는 폭력을 계속해서 행하며, 이로 인해 여성이 선천적으로 자기를 내세우지 않는 순종적인 존재임을 증명한다고 강조한다.

(2) 여성문학의 단계 종요

여성주의의 성숙 정도에 따라 여성문학의 단계를 고발문학의 단계, 재해석의 단계, 새로운 인간해방의 비전을 제시하는 단계로 나눌 수 있다.

고발문학의 단계	억압을 당하고 있다는 사실을 인식하고 여성이 처한 부당한 상황을 고발하는 여성문학 시작 단계
재해석의 단계	이전까지 남성의 시각에서 구성되었던 세계를 여성의 관점에서 새롭게 해석하는 단계
새로운 인간해방의 비전을 제시하는 단계	앞의 두 단계에서 발전하여 여성, 나아가 인간의 해방을 제시하는 단계

(3) 유물론적 여성주의

프랑스 여성주의의 갈래 중 하나인 유물론적 여성주의는 여성에 대한 사회적 · 경제적 억압에 관심을 갖는다. 또한 사회가 여성을 억압하기 위해 동원하는 물질적 · 경제적 조건과 그 조건을 지배하는 가부장적 전통과 제도를 검토한다.

① 시몬 드 보부아르(Simone de Beauvoir)

보부아르는 유물론적 여성주의의 창시자이다. 가부장제 사회에서는 남성을 근본적인 주체이자 독립적 자아로 여기고 여성을 부수적인 존재, 즉 의존적 존재로 간주하며 여성이라는 말이 곧 타자라는 말과 같은 의미를 지닌다고 지적했다. 또한 사회적 구성주의에 따라 여성은 태어나는 것이 아니라 만들어지는 것이라고 주장하였다. 보부아르는 가부장제 사회에서 결혼은 여성의 지적 성장과 자유 획득을 저해한다며 가부장제 결혼을 반대하였다. 또한 여성 해방이 어려운 이유로, 비슷하게 억압받는 계급적 · 종교적 · 인종적 소수자와 달리 여성들에게는 공유 가능한 문화와 전통 또는 억압에 맞선 투쟁의 기록이 남아있지 않다는 점을 꼽았다.

② 크리스틴 델피(Christine Delphy)

델피는 유물론적 여성주의라는 명칭을 만들어 낸 인물이다. 델피는 사회에서 하위계급이 억압당하듯, 가정 안에서 여성은 하위계급으로 억압당한다고 주장하며, 결혼은 여성을 무보수의 가사노동에 옭아매는 노동계약이라고 비판하였다.

③ **콜레트 기요맹(Colette Guillaumin)**

기요맹은 남성은 사회적 위치 또는 직업으로 규정되는 데 비해, 여성은 성별로만 규정된다고 지적했다.

(4) 정신분석학적 여성주의

여성에 대한 억압이 경제적·정치적·사회적 영역에서뿐만 아니라 무의식의 수준에서 일어나는 심리적 억압으로까지 이어진다는 이론이다. 이 이론에 따르면 여성 대부분에게 심리적 예속이 일어나는 현장은 언어이며, 성차라는 유해한 가부장적 개념이 정의된 것도, 그 개념이 영향력을 행사하며 여성에 대한 억압을 조장한 것도 언어 내부이다.

3 주요 비평가

(1) 엘레인 쇼왈터(Elaine Showalter) 중요

쇼왈터는 『그들만의 문학』에서 여성문학의 발전 단계를 3단계로 나누어 설명하였다.

1단계	여성적 단계	• 1840년부터 1880년까지의 기간으로 '여성적 단계'이다. • 이 시기의 여성 작가들은 남성 작가들의 가치관을 그대로 모방하며 지배문화의 영향 아래 있었다. • 조지 엘리엇이 이 시기에 속한다.
2단계	페미니스트 단계	• 1880년부터 1920년까지의 기간으로 '페미니스트 단계'이다. • 이 시기 여성 작가들은 이전까지 침해받아 왔던 여권을 옹호하고자 했다. • 엘리자베스 로빈스가 이 시기에 속한다.
3단계	여성의 단계	• 1920년부터 현재까지의 기간으로 '여성의 단계'이다. • 이 시기 여성 작가들은 자신들의 경험과 특성을 작품화하였다. • 캐서린 메인스필드 등 많은 작가들이 이 시기에 속한다.

쇼왈터는 「페미니스트 시학을 위하여」(1979)에서 페미니스트 비평과 여성중심 비평을 구분하였다.

페미니스트 비평	남성 작가들의 작품을 대상으로 삼고 독자에게 여성으로서의 역할을 강조하며, '의심의 해석학'이라고도 한다.
여성중심 비평	여성 작가들의 작품을 대상으로 여성들만의 역사·문화·경험을 연구하는 비평 태도이다.

(2) 쥬디스 키건 가디너(Judith Kegan Gardiner)

가디너는 현대 정체성 이론을 연구한 에릭 에디슨, 정신분석학자 리히텐슈타인, 노먼 홀랜드에게서 영향을 받아 정체성 이론을 정립해 나갔다.

가디너는 '기본 정체성·성 정체성·유아적 동일시·사회적 역할·정체성의 위기·자아개념'을 성에 따른 차이점을 발견하기 위한 일반적인 용어들로 꼽았다. 또한 그는 아내와 어머니로서의 역할을 여성들의 두 가지 중요한 역할로 꼽았다. 가디너는 여성의 기본 정체성이 남성들보다 더 안정적이고, 더 상관적이고, 더 융통성이 있다고 주장하였다.

(3) 이외의 비평가

패트리샤 메이어 스팩스 (Patricia Meyer Spacks)	페미니즘 비평이 남성 중심에서 여성 중심으로 전환하는 것에 주목한 학계의 첫 비평가이다.
메리 엘만 (Mary Ellmann)	『여성에 대한 사고』에서 여성의 문학적 성공은 여성다움의 범주에서 벗어난 것으로 보았다.
데일 스펜더 (Dale Spender)	『남자가 만든 언어』에서 남성 지배적 언어에 의해 여성들이 억압받아 왔다고 주장한다.

제2절　실제 작품 분석

1 양귀자의 『나는 소망한다-내게 금지된 것을』

양귀자의 소설 『나는 소망한다-내게 금지된 것을』은 실험적 도전을 통해 남성주의 사회적 패러다임의 틀을 바꾼 작품이다. 이전까지 한국 문학의 여성주의 작품은 남성이 여성에게 행사하는 폭력과 억압을 고발한 데에 그친 반면 『나는 소망한다-내게 금지된 것을』은 직접 복수에 나서는 여성영웅상을 제시하여 해방의 비전을 보여주고 있다. 다만 남성과 여성이 평화롭게 공존하는 장을 마련하는 데에는 도달하지 못했다는 한계점을 지적받기도 한다.

2 1980년대 이후 한국의 여성주의 문학

1980년대 이후 한국문단에는 여성문제를 본격적으로 보여주는 작품들이 등장하였다. 윤정모의 『고삐』를 예로 들 수 있는데, 해당 작품은 여성문제를 개인의 차원이 아닌 총체적인 역사인식 속에서 그려냈다는 의의가 있다. 그러나 다른 1980년대 여성주의 작품과 함께 '환상적 낙관주의'를 그리고 있다는 한계점을 지적받는다.

1990년대의 페미니즘 문화는 '비관적 허무주의'의 양상을 보이는데, 이는 문민정부의 통치 아래에서 삶의 질적 가치를 중요시하는 사회 분위기에 영향을 받은 것이다.

제1장 역사 · 전기적 비평

01 19세기 중후반 사회학에서 실증주의가 유행하였는데, 역사 · 전기적 비평 역시 사회학의 실증주의에 직접적인 영향을 받았다.

01 다음 중 역사 · 전기적 비평의 형성에 직접적인 영향을 끼친 것은?

① 주지주의　　　　② 유미주의
③ 사회주의　　　　④ 실증주의

02 뵈브는 인상주의 비평을 극복하고자 사회학의 실증주의를 참고하여 역사 · 전기적 비평의 방법을 제시하였다.

02 생뜨 뵈브(C. A. Sainte-Beuve)에 대한 설명으로 적절하지 않은 것은?

① 작가의 여러 객관적 조건을 검토하고자 했다.
② 인상주의 비평의 방법을 참고하여 역사 · 전기적 비평의 방법을 제시하였다.
③ '정신의 박물관학'으로서 비평을 표방했다.
④ 작가와 관련된 실증적 자료를 중요시하였다.

03 작품 해석에 있어 작가의 생애를 중시하며 '그 나무에 그 열매(tel arbre, tel fruit)'라는 말을 남긴 인물은 생뜨 뵈브(C. A. Saint-Beuve)이다.

03 작품 해석에 있어 작가의 생애를 중시하며 '그 나무에 그 열매(tel arbre, tel fruit)'라는 말을 남긴 인물은 누구인가?

① 생뜨 뵈브(C. A. Saint-Beuve)
② 그레브스타인(S. N. Grebstein)
③ 텐느(H. A. Taine)
④ 스필러(R. E. Spiller)

정답　01 ④　02 ②　03 ①

04 생뜨 뵈브(C. A. Saint-Beuve)로부터 출발한 역사 · 전기적 비평을 이론화한 인물은 누구인가?

① 그레브스타인(S. N. Grebstein)

② 랑송(G. Lanson)

③ 해리 르빈(Harry Levin)

④ 프레드슨 바우어즈(Fredson Bowers)

05 텐느의 문화결정의 본질적 요소 중, '동시대 작가 또는 작품들이 주고받는 영향관계'는 무엇에 관한 설명인가?

① 환경   ② 인종

③ 사회   ④ 시대

06 그레브스타인(S. N. Grebstein)이 제시한 역사 · 전기적 비평에서 유의해야 할 6가지 항목에 대한 설명으로 적절하지 <u>않은</u> 것은?

① '평판과 영향'은 작가의 정신적 자질 · 물질적 조건 · 교육 정도 · 건강상태 · 대인관계 등을 파악하는 것이다.

② '원전'은 여러 판본들 중 믿을 만큼 확실한 연구대상 작품을 결정하는 것이다.

③ '언어'는 작가가 작품을 썼던 그 시대와 장소의 언어를 연구하고 그 의미를 해명하는 작업이다.

④ '전기'는 작가의 생애와 환경을 고려하는 것이다.

---

04 역사 · 전기적 비평은 생뜨 뵈브(C. A. Saint-Beuve)로부터 출발하였고 랑송(G. Lanson)이 이론화하였다.

05 동시대 작가 또는 작품들이 주고받는 영향관계는 '시대'에 관한 설명이다. 텐느가 제시한 문화결정의 본질적인 요소는 '인종 · 환경 · 시대'로 사회는 포함되지 않는다.

06 작가의 정신적 자질 · 물질적 조건 · 교육 정도 · 건강상태 · 대인관계 등을 파악하는 것은 전기에 대한 설명이다.

정답   04 ②   05 ④   06 ①

07 당대의 지배적인 문학 경향 및 특징 속에서 작품을 파악하는 것은 관습이다.

07 그레브스타인(S. N. Grebstein)이 제시한 역사 · 전기적 비평에서 유의해야 할 6가지 항목 중 '평판'에 대한 설명으로 적절하지 않은 것은?

① 독자들의 반응의 시차를 분석하여 작품의 가치를 평가하는 것이다.
② 당대의 지배적인 문학 경향 및 특징 속에서 작품을 파악하는 것이다.
③ 작품 발표 당시와 시간이 흐른 후 독자들의 반응이 다를 때 유용하다.
④ 이상의 시 「오감도」, 이광수의 소설 『무정』의 반응을 분석하는 데에 쓸 수 있다.

08 ① · ②는 문화, ③은 평판에 대한 설명이다.

08 그레브스타인(S. N. Grebstein)이 제시한 역사 · 전기적 비평에서 유의해야 할 6가지 항목 중 '관습'에 대한 설명으로 적절한 것은?

① 당대 문화와 시대 정신을 밝히는 것이다.
② 일정한 시대와 장소에서 일정한 언어로 쓰인 문학을 통하여 나타난 특정 민족의 표현을 기술하고 설명하는 작업을 한다.
③ 작품 발표 당시와 시간이 흐른 후 독자들의 반응이 다를 때 유용하다.
④ 문학체계 내에서 발생하고 지속적으로 사용되다가 소멸하는 특정 장르 · 문체 · 주제 등이다.

09 스필러(R. E. Spiller)가 제시한 문학사 기술방법 네 가지는 연대기적 서술 · 작품 상호 간의 원천과 영향 고찰 · 사회적 상황 고려 · 윤회적 시간관을 통한 변형된 반복 연구이다. 상호텍스트성은 같은 시대 작가들의 텍스트들이 서로 영향을 주고받는 것을 말한다.

09 스필러(R. E. Spiller)가 제시한 문학사 기술방법이 아닌 것은?

① 원천과 영향 고찰
② 사회적 상황 고려
③ 상호텍스트성
④ 연대기적 서술

정답 07 ② 08 ④ 09 ③

10 리온 이들(Leon Edel)이 제시한 문학적 전기의 유형 세 가지 중 '유기적 전기'에 대한 설명으로 적절한 것은?

① 작가를 조사한 자료를 비평가가 해석한 방향으로 재구성하는 방식이다.

② 작가의 성격양상을 초상화처럼 시각적이고 간단명료하게 기술하는 방식이다.

③ 작가에 대해 수집한 역사적 자료를 연대기적으로 배열하는 방식이다.

④ 텍스트 본래의 순수성을 회복하려는 방식이다.

10 작가를 조사한 자료를 비평가가 해석한 방향으로 재구성하는 방식은 유기적 전기에 대한 설명이다.
②는 문학적 초상화, ③은 포괄적 연대기에 관한 설명이며, ④는 프레드슨 바우어즈가 '원전비평'에 대해 내린 정의이다.

11 프레드슨 바우어즈(Fredson Bowers)의 원전 확정 5단계 중 '판본의 족보'에 대한 설명으로 올바른 것은?

① 현존하는 문서들 중 가장 정확한 형태를 확정짓는다.

② 여러 이본들 중 최선본 또는 최고본이 되는 텍스트를 정한다.

③ 여러 판본 간의 시간적 선후관계를 밝혀 족보를 작성한다.

④ 여러 판본들을 대조하여 차이점을 조사한다.

11 여러 판본 간의 시간적 선후관계를 밝혀 족보를 작성하는 것은 판본의 족보에 대한 설명이다.
①은 문서적 증거, ②는 기본 텍스트의 결정, ④는 상이점들의 대조 조사에 대한 설명이다.

12 다음 중 전기비평에 대한 설명으로 적절하지 <u>않은</u> 것은?

① 작가가 문학작품과 깊은 관련성이 있다고 가정한다.

② 작가의 생애에 관한 최대한 많은 자료를 수집하고자 한다.

③ 작가의 의도와 작품의 성패는 관련이 없다고 여긴다.

④ 작품의 불확정적 요소를 작가에 관한 자료를 통해 해명하고자 한다.

12 전기비평은 작가와 작품의 명성과 영향 역시 중요시하는데, 작가와 작품은 불가분의 관계이기 때문에 작가의 의도와 작품의 성패를 연결짓기도 한다.

정답 10 ① 11 ③ 12 ③

주관식 문제

01 정답

역사·전기적 비평은 문학작품과 연관된 시대의 사회적, 문화적 맥락을 통해 작품의 의미를 파악하는 비평 방법이다. 때문에 이 방법은 작품이 창작된 시대의 역사적 상황과 작가의 생애를 중시한다.

01 역사·전기적 비평에 대해 간략하게 설명하시오.

02 정답

'분류하다(classer)'와 '구별하다(distinguer)'라는 두 기능이 강조되었다.

02 역사·전기적 비평 방법에서 강조된 두 가지 기능이 무엇인지 쓰시오.

03 정답

『영국문학사』

03 텐느(H. A. Taine)가 문학결정의 본질적인 3요소를 제시한 저서가 무엇인지 쓰시오.

04 다음 내용에서 괄호 안에 들어갈 적절한 용어를 쓰시오.

> 원전비평은 작가가 처음에 구상한 텍스트의 본래성을 되살리는 (　　) 비평을 말한다.

05 프레드슨 바우어즈(Fredson Bowers)가 원전비평에 대해 내린 정의가 무엇인지 쓰시오.

06 프레드슨 바우어즈(Fredson Bowers)의 원전 확정 과정 다섯 단계를 순서대로 나열하시오.

07 정답

작가정신의 관습(the habit of his mind)

07 가드너(H. Gardner)가 작가의 반응양식과 사고유형을 정리한 이론은 무엇인가?

08 정답

해리 르빈(Harry Levin)

08 문학이 자체의 역사를 갖도록 해주는 요소를 함유하고 있는 것을 문학적 관습(literary convention)이라고 본 인물이 누구인지 쓰시오.

09 정답

역사・전기적 비평은 작가의 생애나 시대상황 등 작품 텍스트 외부의 요인을 지나치게 강조하여 작품 자체의 의미를 해명하지 못한다는 한계가 있다. 이로 인해 작품 내부의 구조나 미학은 간과되기 쉽다는 점이 지적된다.

09 역사・전기 비평의 한계에 대해 간략하게 설명하시오.

제2장 마르크스주의 비평

01 '토대와 상부구조'에 대한 설명으로 적절하지 <u>않은</u> 것은?

① 마르크스주의의 기본 전제이다.

② 마르크스는 항상 직접적이고 기계적으로 토대가 상부구조를 규정하는 방식으로 작동한다고 주장하였다.

③ 토대는 물질적 환경이며, 상부구조는 역사적 상황이다.

④ 문학은 물질적 환경과 역사적 상황의 생산물이다.

01 마르크스는 토대가 일차적인 규정요인이 되기 때문에 토대에 대한 이해가 가장 우선시되어야 한다고 주장하면서도, 항상 직접적이고 기계적으로 토대가 상부구조를 규정하는 방식으로 작동하지는 않는다고 덧붙인다.

02 마르크스주의 비평의 리얼리즘에 대한 설명으로 적절하지 <u>않은</u> 것은?

① 마르크스와 엥겔스는 예술 창조는 현실을 반영함과 동시에 현실을 자각하고 이해하는 방법이라고 주장하였다.

② 리얼리즘은 마르크스의 목적에 가장 알맞은 형식이다.

③ 마르크스주의 비평가들은 작가가 현실 세계를 정확하게 재현한다면 그 안에 있는 사회경제적 불평등과 이데올로기적 모순 역시 드러난다고 보았다.

④ 엥겔스는 독일의 '경향소설'을 높게 평가하였다.

02 엥겔스는 작가가 정치적 이념을 노골적으로 드러내는 것을 부정적으로 여겨 독일의 '경향소설'을 좋게 보지 않았다.

03 엥겔스(F. Engels)가 제시한 리얼리즘의 세 가지 조건이 <u>아닌</u> 것은?

① 세부적 진실

② 전형적 상황

③ 표면적 진실

④ 전형적 인물

03 엥겔스는 리얼리즘의 세 가지 조건으로 '세부적 진실, 전형적 상황, 전형적 인물'을 들었다.

정답 01 ② 02 ④ 03 ③

04 엥겔스는 "문학은 작가의 이념을 전달하는 확성기가 되어서는 곤란하고 오히려 작가의 견해는 숨겨지면 숨겨질수록 작품을 위해서는 더 낫다."라고 말하며 작가가 정치적 이념을 노골적으로 드러내는 것을 부정적으로 여겼다.

04 다음 내용과 같이 주장한 인물은 누구인가?

> 문학은 작가의 이념을 전달하는 확성기가 되어서는 곤란하고 오히려 작가의 견해는 숨겨지면 숨겨질수록 작품을 위해서는 더 낫다.

① 마르크스(K. Marx)
② 엥겔스(F. Engels)
③ 루카치(G. Lukács)
④ 골드만(Lucien Goldmann)

05 루카치는 마르크스, 엥겔스와 마찬가지로 문학에서의 리얼리즘을 지지하였다.

05 루카치(G. Lukács)에 대한 설명으로 적절하지 <u>않은</u> 것은?

① 문학은 객관적 현실을 전체적 관련 아래 파악하고 다루어야 한다고 주장하였다.
② 전형성과 총체성 개념을 심화하였다.
③ 위대한 예술은 인간의 존엄성을 수호해 왔다고 주장하였다.
④ 문학에서의 리얼리즘을 비판하였다.

06 루카치는 총체성을 두고 '자연과 정신, 도덕과 법률, 개인과 공동체가 분열되지 않은 시적 세계상황'이라고 말하는데, 이는 '자아와 세계, 내면세계와 외면세계가 유기적 관계를 이룬 상태'를 의미한다.

06 루카치(G. Lukács)의 입장에서 자아와 세계, 내면세계와 외면세계가 유기적 관계를 이룬 상태를 일컫는 말은?

① 전형성
② 총체성
③ 조화성
④ 개별성

정답 (04 ② 05 ④ 06 ②)

07 플레하노프(Plekhanov)에 대한 설명으로 적절하지 <u>않은</u> 것은?

① 토대와 상부구조 개념을 거부하였다.

② 18세기 프랑스 유물론적 계몽철학을 비판하였다.

③ 예술을 특수한 사회적 조건의 반영이자 창조자의 계급적 관점의 반영이라고 보았다.

④ 예술가의 이데올로기와 예술적 방법과의 관계를 밝히고자 했다.

08 골드만(Lucien Goldmann)의 '세계관'에 대한 설명으로 적절하지 <u>않은</u> 것은?

① 한 그룹의 성원을 모아 주며 다른 그룹에게는 대립되게 하는 한 그룹의 열망 · 감정 · 사고의 총체이다.

② 모든 위대한 예술과 문학은 세계관의 표현이다.

③ 세계관은 그 수가 무한대이다.

④ 골드만이 제시하는 세계관은 플라토니즘 · 신비주의 · 경험주의 · 합리주의 · 비극적 세계관 · 변증법적 사고 등이다.

09 벤야민(W. Benjamin)에 대한 설명으로 적절하지 <u>않은</u> 것은?

① 텍스트를 자본주의가 생산하는 상품으로 보았다.

② 텍스트의 생산은 시장에 의해 결정된다고 주장하였다.

③ 마르크스의 논점을 대부분 은유적인 방식으로 활용하였다.

④ 예술작품을 사회경제적 관계에서 바라보고자 하였다.

---

07 플레하노프는 토대와 상부구조 개념을 받아들이면서도 민족사적 특수성을 배려하고자 했다.

08 골드만에 의하면, 세계관은 사회그룹과 그들의 사회적 · 자연적 환경 사이의 심적 표현이므로 그 수가 한정되어 있다.

09 벤야민은 예술작품을 사회경제적 관계보다는 문화적 생산관계에서 바라보고자 하였다.

정답 07① 08③ 09④

10 아도르노는 루카치의 리얼리즘 이론을 비판하며, 예술은 현실과 일정한 거리를 두어야 하며 그 거리로 인해 예술의 현실 비판 가능성이 생긴다고 주장하였다.

10 아도르노(T. W. Adorno)에 대한 설명으로 적절하지 않은 것은?

① 예술은 현실과 일정한 거리를 두어야 한다고 주장하였다.
② 대중예술을 부정적으로 평가하였다.
③ 루카치의 리얼리즘 이론을 옹호하였다.
④ 계급투쟁의 범주를 피하고자 했다.

11 알튀세는 구조주의 마르크스주의자로, 상부구조가 토대의 반영이라는 가정을 거부하였다. 그는 상부구조가 반대로 토대에 영향을 줄 수 있으며 이러한 방식으로 예술이 혁명을 불러일으킬 수 있다고 보았다.

11 상부구조가 토대의 반영이라는 가정을 거부한 비평가로, 상부구조가 반대로 토대에 영향을 줄 수 있다고 주장한 인물은 누구인가?

① 알튀세
② 그람시
③ 브레히트
④ 바흐찐

12 소설의 말미에서 여순은 공장 동료들과 함께 공장 사장실에 쳐들어가는데, 이러한 여순의 성장은 해당 작품이 계급 간의 갈등과 계급모순의 극복을 강조하고 있음을 보여준다.

12 한설야의 「황혼」에서 계급 간의 갈등과 계급모순의 극복을 보여주는 인물은 누구인가?

① 여순
② 경재
③ 현옥
④ 준서

정답 10 ③ 11 ① 12 ①

주관식 문제

01 마르크스주의 비평의 기초를 마련한 인물 두 명을 모두 쓰시오.

01 정답
칼 마르크스(K. Marx)와 프리드리히 엥겔스(F. Engels)

02 엥겔스(F. Engels)가 '리얼리즘의 위대한 승리'라고 높이 평가한 소설을 쓴 작가는 누구인지 쓰시오.

02 정답
발자크

03 다음 내용에서 괄호 안에 들어갈 용어를 쓰시오.

프리체 중심의 1920년대 소비에트 마르크스주의는 (   )로 불린다.

03 정답
사회학적 도식주의

04 **정답**

당성은 공산주의적 당파성을 의미하며, 사회주의 리얼리즘의 기본적인 정신은 공산주의의 승리를 지향하는 자각적이고 목적의식적인 투쟁임을 강조한다.

04 '당성(파르티노스트, partinost)'에 대해 약술하시오.

05 **정답**

플레하노프는 토대와 상부구조의 관계설정을 비교적 유연하게 보고자 했지만, 프리체는 경제결정론적인 입장을 내세웠다.

05 '토대와 상부구조'에 대한 플레하노프(Plekhanov)와 프리체(Friche)의 관점의 차이를 간략하게 서술하시오.

06 **정답**

세계관과 창작방법 논쟁

06 플레하노프(Plekhanov)와 레닌이 톨스토이의 문학을 두고 벌인 논쟁을 무엇이라 하는지 쓰시오.

07 교환가치와 사용가치에 대해 간략하게 쓰시오.

08 골드만(Lucien Goldmann)의 저서 중 세계관 개념이 뚜렷하게 드러나 있으며, 법복귀족 그룹의 비극적 세계관에 대해 연구한 것은 무엇인지 쓰시오.

09 다음 내용에서 괄호 안에 들어갈 적절한 용어를 순서대로 쓰시오.

> 골드만은 19세기의 소설은 주인공과 사회 사이의 (㉠)
> 와/과 (㉡)의 동시적인 관계, 즉 일종의 (㉢)의 구
> 조라고 설명하였다.

제3장 신비평

01 신비평은 말 그대로 구비평과 대별되는 의미의 용어로, 이때 구비평은 최초의 근대적 문학비평인 역사·전기적 비평을 의미한다.

01 다음 중 신비평에 대한 설명으로 적절하지 <u>않은</u> 것은?

① 하나의 문학작품을 시간을 초월하여 존재하는 자율적이고 자기충족적인 언어적 대상으로 여긴다.
② 신비평가들은 텍스트 자체에서 찾아낸 명확하고 구체적인 사례를 이용하여 자신의 해석을 입증하고자 한다.
③ 문학작품의 형식 요소, 즉 텍스트 자체의 언어로 제시된 증거들에 관심을 갖는다.
④ 구비평과 대별되는 용어로, 여기에서 구비평은 정신분석 비평을 의미한다.

02 신비평의 방법은 1930년대부터 1950년대까지 영·미 문학계에서 문학연구를 완전히 장악하였다.

02 신비평의 방법이 영·미 문학계에서 문학연구를 완전히 장악한 시기는 언제인가?

① 1930년대~1950년대
② 1950년대~1970년대
③ 1900년대~1920년대
④ 1980년대~2000년대

03 신비평은 영미 형식주의 비평이라고도 한다. 신비평은 엘리엇(T. S. Eliot)과 리처즈(I. A. Richards)가 서로 영향을 주고받으며 정립한 개념이지만, 존 크로 랜섬(John Crowe Ransom)이 '신비평'이라는 이름을 붙이기 전까지는 영미 형식주의, 또는 형식주의의 한 갈래로 이해되었다.

03 다음 중 신비평의 또 다른 이름은 무엇인가?

① 해체비평
② 러시아 형식주의 비평
③ 정신분석 비평
④ 영미 형식주의 비평

정답 01 ④ 02 ① 03 ④

04 다음 중 신비평과 동일한 용어가 <u>아닌</u> 것은?

① 수용이론
② 언어비평
③ 분석비평
④ 기술비평

04 수용이론은 신비평이 아닌 독자반응 비평의 또 다른 이름이다.

05 '감정의 오류'에 대한 설명으로 적절하지 <u>않은</u> 것은?

① '감동의 오류', '영향의 오류'라고도 해석된다.
② 문예작품의 가치를 그 독자에게 미치는 영향이나 효과에 두는 것은 잘못이라는 주장이다.
③ 텍스트와 그 텍스트가 생산한 감정을 동일시해야 한다는 주장이다.
④ 독자들의 반응을 작품 평가의 기준으로 둘 때 인상주의로 떨어질 위험성을 경고한다.

05 감정의 오류는 텍스트와 그 텍스트가 생산한 감정을 혼동하지 말아야 한다는 것으로, 텍스트에는 독자반응과 무관한 의미와 가치가 있다고 지적한다.

06 문학작품에서 표면적 의미와 내면적 의미에 차이가 생기는 경우를 의미하는 용어는 무엇인가?

① 모호성
② 아이러니
③ 패러독스
④ 긴장

06 아이러니는 시어에서 표면적 의미와 내면적 의미에 차이가 생기는 경우를 말한다. 어떤 진술이나 사건이 그것이 발생한 맥락 속에서 오히려 그 존재 근거를 잃어버리는 경우가 이에 해당한다.

정답 04 ① 05 ③ 06 ②

07 하나의 낱말이나 이미지 또는 사건이 둘 이상의 서로 다른 의미를 발생시키는 경우를 뜻하는 것은 '긴장'이 아닌 '모호성'이다.

07 유기적 통일성을 갖춘 작품에서 강조하는 개념 중 '긴장'에 대한 설명으로 적절하지 <u>않은</u> 것은?

① 텍스트 안에서 서로 대립되는 성향들이 역동적인 상호작용을 하면서 발생한다.
② 일반적인 관념을 구체적인 이미지 안에 구현해 낸다.
③ 하나의 낱말이나 이미지 또는 사건이 둘 이상의 서로 다른 의미를 발생시키는 경우를 뜻한다.
④ 서로 반대되는 것들을 하나로 엮는 데서 생성된다.

08 과학적 언어는 대상과 1:1 관계를 이루는 반면, 문학적 언어는 대상과 1:多 관계를 갖는다.

08 문학적 언어에 대한 설명으로 적절하지 <u>않은</u> 것은?

① 함축적 언어이다.
② 대상과 1:1 관계를 맺는다.
③ 암시와 연상을 갖는다.
④ 다양한 의미와 뉘앙스를 갖는다.

09 신비평은 엘리엇(T. S. Eliot)과 리처즈(I. A. Richards)가 서로 영향을 주고받으며 정립한 개념이다.

09 엘리엇(T. S. Eliot)과 서로 영향을 주고받으며 신비평의 개념을 정립한 인물은 누구인가?

① 리처즈(I. A. Richards)
② 존 크로 랜섬(John Crowe Ransom)
③ 비어즐리(Monroe C. Beardsley)
④ 윔저트(W. K. Wimsatt)

정답 07 ③ 08 ② 09 ①

10 리처즈(I. A. Richards)에 대한 설명으로 적절하지 <u>않은</u> 것은?

① 해석과 판단의 근거를 엄밀한 텍스트의 분석방법에 의존하였다.

② 주요 저서로는 『문예비평의 원리』와 『실제비평』이 있다.

③ 문예작품의 언어적인 측면에 관심을 집중하였다.

④ 평론집인 『신비평』을 집필하였다.

10 평론집인 『신비평』은 랜섬(John Crowe Ransom)의 저서로, 그는 이 책에서 엘리엇과 리처즈의 이론을 받아들여 '신비평'이라는 명칭을 붙였다.

11 신비평의 의의에 대한 설명으로 적절하지 <u>않은</u> 것은?

① 텍스트 그 자체의 독립적이고 독자적인 위치를 확인했다.

② 작품 외적인 조건의 중요성을 강조하였다.

③ '꼼꼼히 읽기'를 통해 텍스트의 주제를 발견하고자 했다.

④ 각각의 형식 요소들이 작품의 주제를 확립하는 방식을 해명하고자 했다.

11 신비평은 작품 외적인 조건에 집중했던 역사 · 전기적 비평 등의 이론들로부터 벗어나 있다.

정답 10 ④ 11 ②

주관식 문제

01 '신비평'이라는 이름을 처음 붙인 인물은 누구인지 쓰시오.

01 **정답**
존 크로 랜섬(John Crowe Ransom)

02 신비평이 어떠한 특징이 있는지 간략하게 설명하시오.

02 **정답**
신비평은 텍스트를 역사 또는 작가의 부속물로 보지 않고 텍스트 그 자체로 보는 비평 방법이다.

03 '의도의 오류'에 대해 약술하시오.

03 **정답**
의도의 오류란 작가의 의도와 작품은 반드시 일치한다는 믿음을 부정하는 것으로, 의도와 작품을 동일시하는 역사 · 전기적 비평에 대한 반발에서 나온 개념이다.

04 텍스트의 구성요소들과 주제 사이의 복잡한 관계를 면밀히 검증하여 유기적 통일성이 어떻게 구축되었는지 살피는 독법은 무엇인지 쓰시오.

04 **정답**
꼼꼼히 읽기(close reading)

05 패러독스에 대해 약술하시오.

05 **정답**
역설이라고도 하며, 표면상으로 볼 때 자기모순적이고 부조리한 진술처럼 보이지만 깊이 생각해 보면 그 말의 의미가 올바로 나타나는 경우를 말한다.

06 엘리엇(T. S. Eliot)의 저술 중 형식주의의 기본 개념 세 가지를 담은 것으로, 20세기 형식주의에서 가장 중요한 문서로 꼽히는 것이 무엇인지 쓰시오.

06 **정답**
「전통과 개인의 재능」

07 **정답**

첫째, 시는 시로서 다루어야 하며, 독립적이고 자족적인 대상으로 간주해야 한다.
둘째, 비평적 방법은 작품의 해설 또는 '꼼꼼히 읽기(close reading)'로 작품을 구성하는 부분들의 복잡한 상호관계와 모호성(다양성)을 상세하고도 정밀하게 분석해야 한다.
셋째, 신비평의 원칙은 기본적으로 언어적인 것이다.

07 신비평가들이 강조한 점 세 가지를 쓰시오.

08 **정답**

㉠ 길이가 짧은 서정시
㉡ 소설

08 다음 내용에서 괄호 안에 들어갈 용어를 순서대로 쓰시오.

> 신비평은 작품의 내적인 요소를 중시하기 때문에 (㉠)을/를 분석하는 데는 적합하지만 (㉡)에는 성공적으로 적용시키기가 어렵다.

제4장 구조주의 비평

01 구조주의 비평에 대한 설명으로 적절하지 <u>않은</u> 것은?

① '관계가 사항을 규정한다'는, 언어를 구조화된 총체로 보는 언어학이론에 기초한다.

② 어떤 사물의 의미를 개별로서가 아니라 전체 체계 안에서 다른 사물들과의 관계에 따라 규정된다는 인식을 전제로 한다.

③ 구조주의 이론은 언어학과 문학에서만 쓰인다.

④ 총체적인 구조를 해명하는 데에 목적을 둔다.

01 구조주의는 인간 경험을 체계화하는 하나의 방법론으로 언어학 · 인류학 · 사회학 · 심리학 · 문학연구 등 다양한 분야에서 고루 활용된다.

02 프라그 언어학파에 속하지 <u>않는</u> 인물은 누구인가?

① 야콥슨(Roman Jakobson)

② 퍼스(C. S. Peirce)

③ 얀 무카로프스키(Jan Mukarovsky)

④ 펠릭스 보디카(Felix Vodicka)

02 퍼스는 미국 기호학의 창시자이다.

03 야콥슨(Roman Jakobson)에 대한 설명으로 적절하지 <u>않은</u> 것은?

① 구조주의 비평이 정립되는 과정에서 언어학적 바탕을 제공하였다.

② 언어의 시적 기능을 두고 '기호들의 감각성을 증진시키고 기호를 단지 의사소통의 도구로 사용하는 것만이 아니라 그 물질적 특질에 주의를 모은다'고 설명하였다.

③ 소쉬르가 암시한 은유적인 것과 환유적인 것을 명확하게 구분하였다.

④ 예술작품을 구성원 전체의 의식 속에 자리잡고 있는 하나의 '미적 대상물'로 보았다.

03 예술작품을 구성원 전체의 의식 속에 자리잡고 있는 하나의 '미적 대상물'로 본 것은 야콥슨(Roman Jakobson)이 아닌 무카로프스키(Jan Mukarovsky)이다.

정답 01 ③ 02 ② 03 ④

04 로트만은 시적 텍스트의 의미는 문
맥에 따라서만 성립하며, 유사성과
대립들에 의해 지배되는 체계라고
설명하였다.

04 유리 로트만(Yuri Lotman)에 대한 설명으로 적절하지 <u>않은</u> 것은?

① 시적 텍스트의 의미는 문맥 이외의 요소에 의해 성립된다고 주장하였다.
② 문화를 텍스트의 전체성으로 보았다.
③ 텍스트의 기능을 두고 텍스트의 체계, 그 체계의 실현, 발신자와 수신자 사이의 상호관계라고 주장하였다.
④ 시적 텍스트는 체계들의 체계이자 관계들의 관계라고 주장하였다.

05 프라그 언어학파의 활동으로 인해
'구조주의'의 용어는 '기호학'이라는
용어와 대체로 유사한 의미를 지니
게 되었다.

05 프라그 언어학파의 활동으로 인해 '**구조주의**'의 용어와 대체로 유사한 의미를 지니게 된 용어는 무엇인가?

① 구조언어학
② 현상학
③ 구조인류학
④ 기호학

06 퍼스는 기호의 기본적인 체계를 기
호가 대상과 닮은 '형상적인 것', 기
호가 대상을 연상시키는 '연상적인
것', 기호와 대상의 관계가 자의적인
'상징적인 것' 세 가지로 분류하였다.

06 퍼스(C. S. Peirce)가 분류한 기호의 기본적인 체계가 <u>아닌</u> 것은?

① 형상적인 것
② 총체적인 것
③ 연상적인 것
④ 상징적인 것

정답 (04 ① 05 ④ 06 ②)

07 다음 중 레비스트로스(Claude Levi-Strauss)의 저서가 <u>아닌</u> 것은?

① 『시적 텍스트의 분석』
② 『친족의 기본구조』
③ 『야생의 사고』
④ 『슬픈 열대』

08 레비스트로스(Claude Levi-Strauss)가 「신화의 구조적 연구」를 통해 신화소의 분석을 진행한 신화는 무엇인가?

① 아킬레우스 신화
② 오디세우스 신화
③ 프로메테우스 신화
④ 오이디푸스 신화

09 블라디미르 프롭(Vladimir Y. Propp)은 민담에 작용하는 개별적 서사기능을 몇 개로 설명하였는가?

① 11개
② 21개
③ 31개
④ 41개

07 『시적 텍스트의 분석』은 유리 로트만의 저서이다.
레비스트로스의 저서로는 『친족의 기본구조』, 『슬픈 열대』, 『야생의 사고』, 『신화학』 등이 있다.

08 레비스트로스는 신화의 구조적 법칙을 통해 오래된 이야기를 과학적으로 바꿀 수 있다고 믿었다. 이러한 믿음을 바탕으로 레비스트로스는 「신화의 구조적 연구」에서 오이디푸스 신화에 담긴 신화소의 분석을 진행하였다.

09 러시아 민담을 연구하여 그 속에서 연합적인 수평구조를 찾아낸 프롭은, 민담은 구조적으로 동질이고 몇 가지 기본원칙을 구현하고 있다는 입장을 밝히며, 민담에 작용하는 개별적 서사기능을 31개로 설명했다.

정답 07① 08④ 09③

10 그레마스는 「구조주의 의미론」(1966)에서 프롭의 이론을 정리하였는데, 이야기의 여섯 행위자(역할)를 세 쌍의 이항대립으로 나타내고 이를 다시 세 가지 기본 패턴으로 분석하였다.

10 「**구조주의 의미론**」을 통해 프롭의 이론을 정리한 인물은 누구인가?

① 롤랑 바르트(R. Barthes)

② 제라르 주네트(G. Genette)

③ 그레마스(A. J. Greimas)

④ 츠베탕 토도로프(Tzvetan Todorov)

11 토도로프는 서사의 구조적 단위와 언어의 구조적 단위 사이의 유사성을 살폈는데, 서사의 단위에서 인물은 언어의 단위에서 고유명사의 위치를 점한다고 주장하였다.

11 **토도로프**(Tzvetan Todorov)는 서사의 단위 중 '**인물**'이 언어의 단위 중 어떤 것과 같은 위치에 있다고 보는가?

① 고유명사

② 동사

③ 형용사

④ 문장

12 바르트는 모든 서사가 구조적 공통점을 가지고 있다는 입장에서, 서사담론을 기능의 층위 · 행위의 층위 · 서술의 층위로 구분하였다.

12 롤랑 바르트(R. Barthes)가 구분하는 서사담론의 층위가 <u>아닌</u> 것은?

① 기능의 층위

② 인물의 층위

③ 행위의 층위

④ 서술의 층위

정답 10 ③ 11 ① 12 ②

주관식 문제

01 소쉬르(Ferdinard de Saussure)가 주네브 대학에서 전개한 강의로, 구조주의를 출발시킨 강의 명칭이 무엇인지 쓰시오.

01 **정답**
일반언어학 강의

02 '파롤'과 '랑그'에 대해 간략하게 설명하시오.

02 **정답**
'파롤'은 개별발화로 개인적 행위이며, '랑그'는 심층구조로 언어의 사회적 규약이다.

03 피아제가 주장한 구조의 세 가지 성격에 대해 설명하시오.

03 **정답**
피아제에 의하면 구조는 전체성 · 변이성 · 자율성이라는 세 가지 성격을 지닌다. 전체성은 체계가 하나의 단위로 기능한다는 것이다. 변이성은 체계가 정적이지 않으며, 역동적이고 변화를 일으킨다는 것을 말한다. 자율성은 이러한 변형으로 발생한 새로운 요소들은 항상 체계 안에 속하면서 체계의 법칙을 따른다는 것을 의미한다.

04 **정답**
러시아 형식주의

04 다음 내용에서 괄호 안에 들어갈 용어를 쓰시오.

> 프라그 언어학파는 (   )에서 현대 구조주의로의 이행의
> 한 모습을 보여준다.

05 **정답**
발신자, 수신자, 전언, (전언을 이해
할 수 있도록 공유된) 약호, 의사소통
의 물리적 매체(접촉), 전후 맥락

05 로만 야콥슨(Roman Jakobson)이 설명한 의사소통의 여섯
가지 요소는 무엇인지 모두 쓰시오.

06 **정답**
클로드 레비스트로스(Claude Levi-
Strauss)

06 신화체계를 분석하여 신화소(mytheme)라는 '관계들의 꾸러미'
를 발견한 인물은 누구인지 쓰시오.

07 그레마스(A. J. Greimas)의 행위자 모델의 여섯 행위자가 무엇인지 모두 쓰시오.

07 **정답**
주체, 발신자, 대상, 수신자, 조력자, 적대자

08 다음 내용에서 괄호 안에 들어갈 용어를 쓰시오.

> 롤랑 바르트(R. Barthes)는 「서사구조의 분석 입문」에서 ( )을/를 주장하며 언어학에서 사용하는 방법론을 이야기 연구에 적용할 것을 제안하였다.

08 **정답**
언어와 서사의 상동성

09 제라르 주네트(G. Genette)가 구분한 설화분석의 다섯 가지 범주가 무엇인지 모두 쓰시오.

09 **정답**
순서, 듀레이션, 빈도, 법, 태

제5장 탈구조주의 비평

01 탈구조주의에서 언어의 의미는 하나로 고정되지 않기 때문에 해당 비평 이론은 난해하다는 평가를 받기도 한다.

01 탈구조주의 비평에 대한 설명으로 적절하지 않은 것은?

① 언어를 불안정하고 유동적인 영역으로 보는 이론이다.
② 언어가 불안정하기 때문에 언어를 통해 이해하는 세계 역시 불안정하다고 주장한다.
③ 언어의 의미를 하나로 고정하고자 한다.
④ 구조주의를 비판하며 시작되었다.

02 프랑스의 탈구조주의가 미국의 비평계에도 영향을 끼쳐 1970년대에는 미국에서도 탈구조주의적인 논의가 시작되었다.

02 탈구조주의 이론의 형성에 대한 설명으로 적절하지 않은 것은?

① 1960년대 후반 유럽의 정치적 패배와 환멸에서 비롯된 혁명적인 분위기와 관련이 있다.
② 일부 탈구조주의자는 구조주의의 한계를 깨닫고 돌아선 이들이다.
③ 프랑스의 데리다가 기존 구조주의의 명제에 반발하며 시작되었다.
④ 미국에서 탈구조주의적 논의가 시작된 것은 1980년대의 일이다.

03 해체론은 언어를 해체하는 것에서 멈추지 않고 세계와 인간 정체성까지 해체의 대상으로 본다.

03 해체의 개념에 대한 설명으로 적절하지 않은 것은?

① 탈구조주의 비평에서 매우 중요한 개념이다.
② 데리다가 형이상학에 대해서 가져온 것이다.
③ 데리다는 해체(destruction)를 프랑스어로 번역하여, 처음으로 해체(deconstruction)라는 용어를 사용하였다.
④ 해체의 대상을 언어에 한정한다.

정답 01 ③ 02 ④ 03 ④

04 해체론에서 보는 언어에 대한 설명으로 적절하지 <u>않은</u> 것은?

① 우리가 파악하는 모든 세계는 언어를 통해서만 가능하다.

② 일부 개념은 언어의 역동성과 불안정성을 극복할 수 있다.

③ 언어는 글 또는 말로 표현될 수 있는 의미들을 무한하게 생성한다.

④ 불안정한 언어가 만든 세계 역시 불안정하다.

04 해체론은 세상의 그 어떤 개념도 언어의 역동성에서 나오는 불안정성을 초월할 수 없다고 주장한다.

05 탈구조주의의 중심 개념인 '차연'과 '해체'를 주장한 인물은 누구인가?

① 자크 데리다(Jacques Derrida)

② 미셸 푸코(Michel Foucault)

③ 폴 드 망(Paul de Man)

④ 바르트(R. G. Barthes)

05 데리다는 탈구조주의의 중심 개념인 '차연'과 '해체'를 주장한 인물이다. 의미가 끊임없이 미끄러지고 연기된다는 개념인 차연을 통해 언어의 불안정성을 해명하고, 언어로 인해 발생하는 이항대립의 구조를 설명하고자 한다.

06 데리다가 주장한 차연(差延 ; différance)에 대한 설명으로 적절하지 <u>않은</u> 것은?

① '차이가 나다(defer)'와 '지연하다(differ)'를 함께 의미하는 말이다.

② 차이는 탈구조주의자들이 구조주의자들과 공유하는 개념이다.

③ 차이는 언어의 의미가 어떤 기표를 나머지 기표들과 구별할 수 있도록 만드는 차이들에서 비롯된 결과물이라는 사실을 뜻한다.

④ 기표는 기의에 완전하게 도달하게 된다.

06 기표는 기의로 이루어져 있고, 기의는 또다시 여러 기표로 이루어지기 때문에 기표는 절대로 기의에 완벽하게 도달하지 못한다.

정답 (04 ② 05 ① 06 ④)

07 『기호학의 요소들』은 바르트의 저서이다.
푸코는 『광기와 문명』, 『진료소의 탄생』, 『감시와 처벌』, 『성의 역사』, 『사물의 질서』 등을 통해 이론을 펼쳤다.

07 다음 중 미셸 푸코(Michel Foucault)의 저서가 <u>아닌</u> 것은?

① 『광기와 문명』
② 『기호학의 요소들』
③ 『진료소의 탄생』
④ 『감시와 처벌』

08 푸코는 데리다가 언어를 모든 것에서 분리되어 독자적으로 존재하는 것으로 여긴다며 비판하였다.

08 미셸 푸코(Michel Foucault)에 대한 설명으로 적절하지 <u>않은</u> 것은?

① '글쓰기'란 복합적인 의미를 창조하는 행위라고 설명하였다.
② 데리다가 언어를 독자적으로 여기는 것에 동조하였다.
③ 텍스트의 저자는 당대의 담론(discourse)에 동참하는 사회적・정치적 존재라고 주장하였다.
④ 지식이 지배이데올로기와 결합하는 과정과 권력이 어떻게 인간 존재를 속박해 왔는지를 밝히고자 하였다.

09 폴 드 망은 언어가 불안정하고 유동적이라는 부분에서는 데리다와 비슷한 입장을 취했지만, 데리다와는 달리 문학은 스스로 해체작용을 하기 때문에 해체될 필요는 없는 대상이라고 여겼다.

09 예일학파의 대표주자로, 문학이 해체될 필요가 없는 대상이라고 여긴 인물은 누구인가?

① 폴 드 망
② 에드워드 사이드
③ 줄리아 크리스테바
④ 자크 라캉

정답 (07 ② 08 ② 09 ①)

10 예일학파의 일원으로, 텍스트의 심층에 감추어져 있는 객관적 의미는 절대로 밝혀질 수 없다는 명제를 펼친 인물은 누구인가?

① 바르트
② 데리다
③ 해롤드 블룸
④ 하트만

10 해롤드 블룸은 폴 드 망 · 하트만과 함께 예일학파의 일원으로, 텍스트의 심층에 감추어져 있는 객관적 의미는 절대로 밝혀질 수 없다고 주장했다.

주관식 문제

01 탈구조주의와 같은 의미를 갖는 용어 두 개를 모두 쓰시오.

01 정답
후기구조주의, 해체주의

02 차이를 발생시키는 구조들 중 그 차이를 가장 선명하게 드러내는 것이 무엇인지 쓰시오.

02 정답
이항대립적 구조

정답 10 ③

03 정답
푸코가 생각하는 비평가의 역할은 은밀하게 감추어져 있는 지배담론을 밝혀내는 것이다.

03 미셸 푸코(Michel Foucault)가 주장한 비평가의 역할은 무엇인지 쓰시오.

04 정답
언어

04 해체론에서 세계에 대한 우리의 경험과 지식이 생성되는 토대이자 우리의 존재 근거로 보는 것은 무엇인지 쓰시오.

05 정답
데리다는 구조주의의 이항대립이 의미를 발생시킨다는 것 자체는 인정하였지만, 이러한 이항대립이 위계질서를 동반하고 그 위계질서는 폭력적인 사유를 가져온다고 생각하였다.

05 자크 데리다(Jacques Derrida)가 지적한 이항대립적 구조의 문제점은 무엇인지 쓰시오.

06 해체론적 관점에서 이광수의 『무정』을 볼 때, 이분법적 구조를 흐리게 만드는 요소로는 무엇이 있는지 쓰시오.

06 근대적 인물로 여겨지는 '김장로'는 첩을 두고 있으며, 전근대적 인물인 '박진사'는 검은 옷을 입고 신식학문을 강조하는 근대적 면모를 보여준다. 이외에도 명문학교 출신이지만 인간성이 결여된 '배학감'이나, 따뜻한 끌림을 느끼게 하는 '노파'의 존재는 기존 해석의 이분법을 흐리게 한다.

제6장 정신분석 비평

01 홀란드는 후기 프로이트 비평 방법을 연구한 인물이다.

01 프로이트의 등장 이전에 심리학적인 측면을 문학과 관련시켰던 인물이 <u>아닌</u> 것은?

① 아리스토텔레스
② 롱기누스
③ 홀란드
④ 필립 시드니

02 흄(T. E. Hume)은 『비극론』에서 인간이 비극의 묘사를 보고 쾌감을 느끼는 문제에 관해서 심리학적으로 고찰하였다.
워즈워드(W. Wordsworth)와 콜리지(S. T. Coleridge)를 비롯한 영국 낭만주의 시인들 역시 심리학적 관점에서 상상력을 중시하는 문학관을 펼쳤으며, 융은 원형이론을 전개하였다.

02 『비극론』을 통해 인간이 비극의 묘사를 보고 쾌감을 느끼는 문제에 관해서 심리학적으로 고찰한 인물은 누구인가?

① 워즈워드
② 콜리지
③ 융
④ 흄

03 콜리지와 워즈워드는 상상력을 중시한 영국 낭만주의 시인이지만, 이 중 콜리지는 상상력과 공상력 중 상상력을 우위에 두었다.
존스와 보나파르트는 프로이트의 제자이다.

03 상상력과 공상력 중 상상력을 우위에 둔 영국 낭만주의 시인은 누구인가?

① 존스
② 보나파르트
③ 콜리지
④ 워즈워드

정답 01 ③ 02 ④ 03 ③

04 다음 중 외부세계를 느끼고 질서 짓는 인식체계는 무엇인가?

① 의식
② 전의식
③ 무의식
④ 초자아

04 의식은 외부세계를 느끼고 질서 짓는 인식체계이고, 전의식은 언제라도 의식으로 떠오를 수 있는 경험의 요소이며, 무의식은 의식과 전의식의 체계 외부에 존재하는 모든 것이다. 초자아는 이드를 통제하고 사회를 보호한다.

05 하나의 꿈에서 하나 이상의 무의식적 상처나 갈등을 재현하려 할 때, 단일한 꿈의 이미지 또는 사건으로 축약되는 과정은 무엇인가?

① 일차 가공
② 압축
③ 이차 가공
④ 전치

05 압축은 하나의 꿈에서 하나 이상의 무의식적 상처나 갈등을 재현하려 할 때, 단일한 꿈의 이미지 또는 사건으로 축약되는 과정이다.
전치는 무의식적 대상이 꿈에 나타날 때 본래의 모습과 다른 형태로 나타나는 것을 말한다. 일차 가공은 무의식적인 경험이 압축과 전치의 과정을 통해 꿈으로 발현되는 과정이며, 이차 가공은 해석의 과정에서 일어나는 변환이다.

06 프로이트가 아동의 인격형성과정과 연관 지어 설명한 것은 무엇인가?

① 언어 습득 과정
② 사회적 욕구
③ 방어기제
④ 심리적 성욕

06 프로이트는 심리적 성욕을 아동의 인격형성과정과 연관지어 설명하였다.

정답 (04 ① 05 ② 06 ④)

07 남근기의 아동들은 다른 성을 가진 부모를 욕망하고 같은 성을 가진 부모와는 경쟁관계를 갖는다. 이를 남아의 경우에는 오이디푸스 콤플렉스, 여아의 경우에는 엘렉트라 콤플렉스라 부른다. 선택적 기억과 반동형성은 방어기제의 일종이다.

07 남근기의 여아들이 다른 성을 가진 부모를 욕망하고 같은 성을 가진 부모와는 경쟁관계를 갖는 것을 무엇이라고 하는가?

① 오이디푸스 콤플렉스
② 선택적 기억
③ 엘렉트라 콤플렉스
④ 반동형성

08 보나파르트와 존스의 작업은 무의식을 다루는 개념을 차용한 만큼 검증이 불가능하다는 근본적인 문제가 있었다.

08 보나파르트(M. Bonaparte)와 존스(E. Jones)의 작업에 대한 설명으로 적절하지 <u>않은</u> 것은?

① 다른 프로이트의 연구와 달리 검증이 가능하다.
② 작품의 문학성과 미학적 자질을 고려하지 않는다는 비판을 받았다.
③ 작품을 일반화된 심리과정으로 단순하게 환원해 버린다는 문제가 있다.
④ 프로이트의 정신분석학을 다듬고 발전시킨 결과물이다.

09 보나파르트는 에드거 앨런 포를 정신분석학적 연구대상으로 삼고 『에드거 앨런 포의 생애와 작품』이라는 연구를 남겼다.

09 보나파르트가 정신분석학적 연구대상으로 삼은 작가는 누구인가?

① 오스카 와일드
② 에드거 앨런 포
③ 아서 코난 도일
④ 마크 트웨인

정답 (07 ③ 08 ① 09 ②)

10 융(C. G. Jung)의 원형이론에서 모든 인류가 시공간의 차원을 뛰어넘어 공유하는 것은 무엇인가?

① 개인무의식
② 집단무의식
③ 사회무의식
④ 성욕무의식

10 융은 무의식을 집단무의식과 개인무의식으로 분류하였는데, 집단무의식은 모든 인류가 시공간의 차원을 뛰어넘어 공유하는 것이다.

11 라캉(Jacque Lacan)의 구조주의 정신분석 비평에 영향을 준 인물이 <u>아닌</u> 것은?

① 소쉬르
② 프로이트
③ 야콥슨
④ 마르크스

11 소쉬르와 야콥슨은 언어학의 측면에서, 프로이트는 정신분석학적인 측면에서 라캉의 구조주의 정신분석 비평에 영향을 주었다.

12 후기 프로이트 비평 방법을 연구한 인물이 <u>아닌</u> 것은?

① 데리다
② 크리스
③ 레서
④ 홀란드

12 데리다는 후기 구조주의 정신분석학을 연구하였다.

정답 (10 ② 11 ④ 12 ①)

01 **정답**
　　『숭엄론』

02 **정답**
　　역동적 관점은 본능적 충동이 외부
　　현실의 요구와 충돌할 때 발생하는
　　긴장으로부터 생성된 정신 내의 여
　　러 가지 힘이 상호작용하는 것이다.

03 **정답**
　　『꿈의 해석』

주관식 문제

01 롱기누스(Longinus)의 저서 중 '작가는 독자에게 문학의 힘을 전달시킨다'는 주장을 통해 심리학적인 접근을 시도한 저서가 무엇인지 쓰시오.

02 인간의 마음을 보는 세 가지 관점 중 '역동적 관점'에 대해 설명하시오.

03 무의식과 꿈을 연관 지은 프로이트(S. Freud)의 저서는 무엇인지 쓰시오.

04 프로이트가 '경제적 관점'에서 소개한 두 가지 원칙은 무엇인지 모두 쓰시오.

04 **정답**
쾌락원칙과 현실원칙

05 프로이트(S. Freud)는 무의식을 어떻게 설명하였는지 약술하시오.

05 **정답**
프로이트는 무의식을 두고 상처, 두려움, 죄의식이 따르는 욕망, 해소되지 않은 갈등 등 우리가 피하고 싶어 하는 고통스러운 경험과 감정이 보관되는 곳이라고 설명하였다.

06 존스(E. Jones)는 햄릿의 복수 지연 문제를 무엇을 통해 해명하였는지 쓰시오.

06 **정답**
오이디푸스 콤플렉스

07 정답

아니마는 남성의 내면에 있는 여성적인 요소와 여성지향성이며, 아니무스는 반대로 여성의 내면에 있는 남성적인 요소와 남성지향성이다.

07 융(C. G. Jung)의 아니마와 아니무스에 대해 약술하시오.

08 정답

페르소나

08 융(C. G. Jung)의 원형이론에서 개인이 사회적 요구에 부응하여 나타내는 외부적인 얼굴, 즉 일종의 가면을 일컫는 개념은 무엇인지 쓰시오.

제7장 퀴어비평

01 '퀴어'라는 용어에 대한 설명으로 적절하지 <u>않은</u> 것은?

① 1980년대 이후 미국의 성 소수자 활동가·예술가·연구자 등은 이 용어를 적극적으로 사용하였다.

② 비규범적으로 여겨지는 성별 정체성 또는 성적 지향을 가진 이들을 지칭하는 용어로 자리잡았다.

③ 레즈비언과 게이를 비롯한 성 소수자를 통합하는 용어이다.

④ 처음부터 성 소수자를 존중하기 위해 쓰인 용어이다.

02 퀴어비평 이론에 대한 설명으로 적절하지 <u>않은</u> 것은?

① '퀴어학'은 1984년에 시작되었다.

② 비이성애자의 관점에서 텍스트를 해석하는 모든 종류의 문학비평을 말한다.

③ 성적 범주들을 재현하는 방식에서 문제가 되는 부분을 드러낸다.

④ 현재에도 빠르게 발달 중이다.

03 성 소수자에 대한 설명으로 적절하지 <u>않은</u> 것은?

① 다양한 시선과 규범에 의해 주변화된다.

② 정치적 소수자가 되기도 한다.

③ 동성애자와 양성애자 두 부류만을 의미하는 말이다.

④ 그들이 속한 사회 내에서 차별을 받는다.

---

01 '퀴어'는 본래 '이상한'·'수상한'·'기묘한'의 뜻을 가진 단어로, 성적 소수자에게 대한 경멸과 모욕을 표현하기 위해 쓰이곤 했다.

02 '퀴어학'은 1994년에 시작되었으며, 문학비평 이론들 중 매우 최근에 발생한 이론이라고 할 수 있다.

03 성 소수자는 동성애자뿐만이 아니라 양성애자·트랜스젠더·무성애자·범성애자·젠더퀴어 등을 포함한다.

정답 01 ④ 02 ① 03 ③

04 생물학적 본질주의는 동성애자의 성
    적 지향성을 선천적인 것으로 보는
    개념이다. 본질주의자들은 정체성을
    자연적이고 고정되어 있으며 생래적
    인 것으로 간주한다.

04 생물학적 본질주의(biological essentialism)에 대한 설명으로 적절하지 않은 것은?

① 동성애자의 성적 지향성을 후천적인 것으로 보는 개념이다.

② 동성애는 시간을 초월한 보편적인 현상으로 지속되어 왔다고 주장한다.

③ 소수화의 개념이다.

④ 동성애는 일관적인 그 자체의 역사를 가진다고 본다.

05 생물학적 본질주의와 사회구성주의
    는 모두 동성애에 대한 혐오와 지지
    의 근거로 동시에 작용한다.

05 사회구성주의(social constructionism)에 대한 설명으로 적절하지 않은 것은?

① 모든 인간 존재는 잠재적으로 동성에 대해서 욕망을 가지고 있다고 본다.

② 동성애에 대한 지지의 근거로만 활용된다.

③ 동성애자의 성적 지향성은 사회적으로 구성되는 것이라고 주장한다.

④ 정체성을 유동적인 것으로 본다.

06 내면화된 동성애 혐오는 사회에 팽
    배한 동성애 혐오로 인해 동성애자
    가 자기 자신을 혐오하는 것이다.

06 동성애자가 자기 자신을 혐오하는 성 소수자의 주변화 현상을 무엇이라고 하는가?

① 강제적 이성애

② 이성애중심주의

③ 이성애주의

④ 내면화된 동성애 혐오

정답 (04 ① 05 ② 06 ④)

07 '레즈비언 연속체(lesbian continuum)'에 대한 설명으로 적절하지 <u>않은</u> 것은?

① 아드리안 리치(A. C. Rich)가 제시한 개념이다.

② 성적 욕망을 필수적으로 요구한다.

③ 여성 개개인의 삶과 역사 전반에 걸친 일련의 여성정체화한 경험들을 포괄하는 개념이다.

④ 다른 여성과의 성적 경험이라는 사실이 핵심은 아니다.

07 '레즈비언 연속체(lesbian continuum)'는 '다른 여성과의 성적 경험이라는 사실보다는 여성 개개인의 삶과 역사 전반에 걸친 일련의 여성정체화한 경험들을 포괄하는 개념'이라는 점에서 레즈비언 연속체에게 성적 욕망은 필수적인 것이 아니다.

08 게이의 정의에 대한 설명으로 적절하지 <u>않은</u> 것은?

① 게이에 대한 정의는 시대와 사회에 따라 달라진다.

② 레즈비언이 동성과의 관계성을 중심으로 정의되는 것과는 다른 정의를 따른다.

③ 미국 백인 노동계급은 게이에 대해 멕시코와 남아메리카와 비슷한 정의를 내렸다.

④ 미국 백인 중산층의 경우 '마초적' 남성이 '여성적' 남성과 성적 관계를 맺는 경우에는 게이로 간주하지 않았다.

08 미국 백인 중산층의 경우에 게이에 대한 정의는 남성들 사이의 성적 관계 및 성적 욕망이 개입되는 모든 상황에 대해 내려졌다. 한편 멕시코나 남아메리카에서는 '마초적' 남성이 '여성적' 남성과 성적 관계를 맺는 경우에는 게이로 간주하지 않았다.

09 레즈비언에 대한 정의로 적절하지 <u>않은</u> 것은?

① 다른 여성에게 성적 욕망을 느끼는 여성을 의미한다.

② 여성 간의 우정은 레즈비언의 범주에 속하지 않는다.

③ 동성과의 관계성을 중심으로 정의된다.

④ 이성애중심적인 가부장제를 위반한다.

09 레즈비언이란 기본적으로 다른 여성에게 성적 욕망을 느끼는 여성을 의미하며, 19세기 서양에서 유행했던 '(여성 간의) 낭만적인 우정'을 가졌던 여성들을 뜻하기도 한다. 그 당시에는 이성애중심적인 가부장제를 위반하는 여러 성적 욕망이 개입되기도 했다.

정답 07 ② 08 ④ 09 ②

10 미국 정부는 에이즈가 동성애자뿐만 아니라 이성애자에게도 위험하다는 인식을 하기 전까지 해당 질병 문제에 큰 관심을 보이지 않았다.

10 **게이와 관련하여 에이즈(AIDS)에 대한 설명으로 적절하지 않은 것은?**

① 게이 감수성을 구성하는 핵심적인 부분이다.

② 1980년대에 주로 대두된 문제이다.

③ 미국 정부는 에이즈가 이성애자에게도 위험하다는 인식을 하기 전에도 해당 질병에 막대한 관심을 가지고 있었다.

④ 에이즈로 인한 미국의 국민건강 비상사태에 게이 공동체는 적극적이고 능동적으로 대처하였다.

11 인간의 섹슈얼리티란 그 특성 자체로 복잡하고 명확히 규명되지 않는다는 퀴어비평의 핵심은 해체론적 통찰로 볼 수 있다.

11 **퀴어비평의 의의에 대한 설명으로 적절하지 않은 것은?**

① 퀴어는 레즈비언 여성과 게이 남성, 그리고 그 이외의 다양한 성 소수자의 연대의 의미로 활용되어 왔다.

② 퀴어는 성 소수자들의 공통적인 정치적·문화적 기반을 나타내는 하나의 포괄적인 범주로 작용하고 있다.

③ 퀴어비평의 핵심은 인간의 섹슈얼리티란 그 특성 자체로 복잡하고 명확히 규명되지 않는다는 것으로, 이는 구조주의적인 통찰로 볼 수 있다.

④ 퀴어비평은 다양한 성 소수자 담론들을 통합하여 다룬다는 점에서 의의가 있다.

정답 10 ③ 11 ③

주관식 문제

01 1980년대 이후 미국의 성 소수자 활동가 · 예술가 · 연구자 등이 '퀴어'라는 용어를 적극적으로 사용한 이유는 무엇인지 쓰시오.

02 동성 간 성행위가 각기 다른 역사적 맥락 안에서 서로 다른 문화적 의미를 지니고 있다는 주장은 어떤 입장의 견해인지 쓰시오.

03 성 소수자의 주변화 현상 중 '강제적 이성애'에 대해 설명하시오.

01 **정답**
이성애주의자들이 성 소수자를 함부로 규정하는 것에 반발하고자 동성애 혐오 표현인 퀴어를 재전유하였다.

02 **정답**
사회구성주의

03 **정답**
가정 · 학교 · 직장 · 매체 등 사회의 여러 집단이 이성애 또는 이성애자가 되기를 강요하는 것이다.

04 **정답**
가부장제의 억압에 대한 반발로 인해 등장하였다.

04 레즈비언 비평이 여성주의 비평과 공통되는 부분은 무엇인지 쓰시오.

05 **정답**
• 레즈비언과 관련된 의미를 간접적으로 암호화하여 표현한 경우
• 작가의 전기적 자료를 통해 레즈비언적인 성향을 확인하게 된 경우
• 작가의 의도와는 다르더라도 레즈비언의 중요한 특징이 드러나는 텍스트의 경우

05 '어떤 텍스트가 레즈비언 문학 텍스트인가'라는 물음에 대한 세 가지 답 중 두 개 이상을 쓰시오.

06 **정답**
게이 감수성

06 주류 세계에서 허용되는 문화와는 다른 영역을 구성하며, 드래그·캠프·에이즈(AIDS) 문제에 대한 대처 세 가지로 분류되는 것은 무엇인지 쓰시오.

07 캠프(camp)의 의미와 그 성격에 대해 약술하시오.

07 **정답**

캠프는 대담하고 현란한 게이 드래그를 말한다. 이는 젠더 간에 구축되어 있는 경계선을 자유롭게 넘나들어 흐릿하게 만들고자 하는 시도이다. 전통적인 권위를 조롱하는 전복적인 성격을 지닌다.

08 윌리엄 포크너의 『에밀리에게 장미를』에서 '에밀리 그리어슨'의 젠더가 어떻게 형상화되고 있는지 설명하시오.

08 **정답**

에밀리의 젠더는 '남성적인' 것과 '여성적인' 것을 넘나들며 한 가지 범주에 고정되지 않는다.

제8장   독자반응 비평

01 독자반응 비평은 독일에서 시작되어 미국으로 퍼져나간 방법론이다.

01 독자반응 비평에 대한 설명으로 적절하지 않은 것은?

① 독자중심 비평·수용미학·수용이론이라고도 불린다.

② 문학텍스트의 독서이론에 대한 방법론이다.

③ 미국에서 시작되어 독일로 퍼져나갔다.

④ 이전의 마르크스 비평과 형식주의에 대항하여 발생하였다.

02 야콥슨은 언어의 여섯 가지 기능을 도식화하여 언어소통 모델을 제시하였다.

02 다음 중 언어소통 모델을 제시한 비평가는 누구인가?

① 야콥슨

② 야우스

③ 움베르트 에코

④ 볼프강 이저

03 야콥슨은 문학적 언술 또는 담론은 '메시지에 대한 관련항'을 가지기 때문에 일상적 언술이나 다른 종류의 담론과 구분된다고 주장하였다.

03 야콥슨에 대한 설명으로 적절하지 않은 것은?

① 시의 의미에 관한 논의는 독자들의 영역이라고 판단하였다.

② 시는 독자에게 읽히기 전까지는 진정으로 존재할 수 없다고 하였다.

③ 문학적 언술은 일상적 언술과 구분되지 않는다고 주장하였다.

④ 독자들은 능동적으로 의미를 형성해 낸다고 하였다.

정답 (01 ③ 02 ① 03 ③)

04 '기대지평'에 대한 설명으로 적절하지 <u>않은</u> 것은?

① 새로운 작품을 수용할 때 '지평의 전환'이 일어난다.

② 수용자의 이해를 형성하는 요소 중 일부를 포함하는 개념이다.

③ 작품의 예술성은 기대지평에 반응하는 작품의 영향과 상태에 따라 결정된다.

④ 읽기와 쓰기는 통상적으로 기대지평 안에서 벌어지는 일이다.

05 제럴드 프린스(Gerald Prince)의 청자(narratee) 개념에 대한 설명으로 적절하지 <u>않은</u> 것은?

① 청자는 소설에서 화자가 담론(discourse)을 행하는 상대방의 상이한 유형이다.

② 청자가 곧 독자인 것은 아니다.

③ 실질적 독자는 작가의 의도를 완벽하게 이해하는 독자이다.

④ 독자중심 이론에 기여하였다.

06 볼프강 이저(Wolfgang Iser)에 대한 설명으로 적절하지 <u>않은</u> 것은?

① 야우스의 이론을 발전시켰다.

② 문학텍스트는 작가나 작품이 아닌 독자에 의해 다시 탄생한다는 입장을 취했다.

③ 문학작품은 독자의 독서행위를 거쳐 문학텍스트로 완성된다고 하였다.

④ 독자는 상상력을 활용하여 텍스트에 존재하지 않는 불확정성의 영역을 채워 넣는다고 하였다.

---

04 기대지평은 수용자의 이해를 형성하는 요소 일부가 아닌 전부를 포함하는 개념으로, 이는 작품이해를 위한 수용자의 실제적 전제조건이다.

05 실질적 독자는 작가가 작품을 쓸 때 염두에 두는 독자이며, 이상적 독자는 작가의 의도를 완벽하게 이해하는 독자이다.

06 문학텍스트는 독자의 독서행위를 거쳐 문학작품으로 완성되는데, 이때 문학텍스트는 작가의 창작물이며 문학작품은 독자가 독서행위를 통해 새로운 경험으로 창조한 것이다.

정답 04 ② 05 ③ 06 ③

07 가상적 독자는 '반응유도 구조의 망'을 따라 텍스트가 정해주는 방식으로 작품을 읽는 독자이다.

07 '가상적 독자'와 '실제의 독자'에 대한 설명으로 적절하지 <u>않은</u> 것은?

① 가상적 독자는 '반응유도 구조의 망'을 따른다.

② 실제의 독자는 독서의 과정에서 정신적 이미지를 얻더라도 그 이미지를 다시 '기존 경험의 총합'으로 재구성하는 독자이다.

③ 볼프강 이저가 독자를 분류한 내용이다.

④ 가상적 독자는 텍스트가 정해주는 방식을 따르지 않는다.

08 피시는 '영향론적 문체론'을 중심으로 독자중심 이론을 전개하였다. 그는 독자의 지평 조절 행위를 문장의 차원에 국한시켰는데, 문학적 문장과 비문학적 문장 모두 독서전략을 통해 해석한다는 입장을 취했다.

08 '영향론적 문체론'을 중심으로 독자중심 이론을 전개한 인물은 누구인가?

① 스탠리 피시

② 조나단 컬러

③ 미셸 리파테르

④ 야우스

09 리파테르는 일상적 언어와 시적 언어를 구분하였는데, 일상적 언어는 실제적인 것으로 대부분 특정 현실을 지시하는 반면 시적 언어는 메시지 그 자체에 주목한다고 설명하였다.

09 미셸 리파테르에 대한 설명으로 적절하지 <u>않은</u> 것은?

① 독자의 기능을 부정하지는 않았다.

② 텍스트의 기능을 지속적으로 강조하였다.

③ 교양과 능력을 갖춘 독자라도 시의 언어학적 자질을 밝힐 수는 없다고 주장하였다.

④ 일상적 언어는 시적 언어와 달리 메시지 그 자체에 주목한다고 설명하였다.

정답 07 ④ 08 ① 09 ④

10 데이비드 블레이치(David Bleich)에 대한 설명으로 적절하지 **않은** 것은?

① 현대 과학철학자들이 객관적 세계의 존재를 부정한 것을 비판하였다.

② 홀랜드와 함께 독자이론의 접근법을 심리학에서 차용하였다.

③ 주관적 비평 이론에 초점을 두고 텍스트와 독자 간 갈등을 독자의 측면에서 해결하고자 했다.

④ 독자들의 개성을 통해 문학작품의 지각과 구성이 가능해진다고 보았다.

11 노먼 홀랜드(Norman Holland)의 주장으로 적절하지 **않은** 것은?

① 독자는 텍스트와의 지속적인 상호작용을 한다.

② 독자는 감정과 의미를 생성해내는 인물이다.

③ 어린아이는 일차적 정체성의 흔적을 어머니에게서 찾는다.

④ 어린아이가 자라 성인이 되면 가지는 정체성 테마는 변화가 불가능하다.

12 독자는 자신의 자아동일성과 개인적 문제를 텍스트적 요소에 대한 반응을 통해 재창조한다고 주장한 인물은 누구인가?

① 데이비드 블레이치

② 노먼 홀랜드

③ 조나단 컬러

④ 한스–게오르그 가다머

---

10 블레이치는 'T. S. 쿤'을 비롯한 현대 과학철학자들이 객관적 세계의 존재를 부정한 것을 긍정적으로 평가하였다.

11 어린아이가 자라 성인이 되면 정체성 테마를 가지고, 이 테마는 변화가 불가능하지는 않지만 고정된 정체성을 가진 중심구조는 흔들리지 않고 유지된다.

12 노먼 홀랜드는 독자반응의 정신분석적 모델을 새로이 가다듬며, 독자는 자신의 자아동일성과 개인적 문제를 텍스트적 요소에 대한 반응을 통해 재창조한다고 주장하였다.

정답 (10 ① 11 ④ 12 ②)

01 **정답**
발신인, 수신인, 약호, 메시지, 접촉, 문맥

02 **정답**
『독자의 역할(The Role of the Reader)』

03 **정답**
'기대'는 수용자가 작품을 볼 때 가지는 선입견, 생각, 소망 등을 모두 포괄하는 개념이며, '지평'은 수용자가 가진 기대의 범주나 차원을 의미한다.

주관식 문제

01 야콥슨이 제시한 언어소통 모델에서 설명하는 언어의 6가지 기능 요소를 모두 쓰시오.

02 움베르트 에코(Umberto Eco)의 저서 중 텍스트를 열린 텍스트와 닫힌 텍스트로 구분한 저서는 무엇인지 쓰시오.

03 '기대지평'에서 '기대'와 '지평'이 의미하는 바를 각각 쓰시오.

04 볼프강 이저(Wolfgang Iser)가 비평가의 과제로 꼽은 것이
무엇인지 쓰시오.

04 **정답**
이저는 텍스트가 독자에게 미친 영향을 설명하는 것을 비평가의 과제로 꼽았다.

05 다음 내용에서 괄호 안에 들어갈 적절한 용어를 쓰시오.

볼프강 이저(Wolfgang Iser)의 관점에서, 문학텍스트는 소통의 필요성을 발생시킨다는 의미에서 (   )(이)라고 정의되기도 한다.

05 **정답**
소통 담지자

06 미셸 리파테르가 독자의 능력을 강조한 저술은 무엇인지 쓰시오.

06 **정답**
「시의 기호학」

07 **정답**

컬러는 피시를 독서관습을 이론화하지 못했다는 점과 시간의 흐름에 따라 문장을 한 낱말씩 읽어나간다는 주장은 옳지 않다는 점을 들어 비판하였다.

07 조나단 컬러(J. Culler)가 스탠리 피시(Stanley Fish)를 비판한 논지는 무엇인지 쓰시오.

08 **정답**

한스-게오르그 가다머(Hans-Georg Gadamer)

08 문학이론에 하이데거의 상황적 접근법을 적용한 인물은 누구인지 쓰시오.

09 **정답**

독자반응 비평은 작가와 작품, 또는 작품의 외적 환경에 주목했던 기존 비평 이론들과 달리 독자의 존재를 부각시켰다는 의의를 갖는다. 그러나 이러한 비평 방법에 의해 독자를 설정하지 않고는 문학연구에 접근하기 어려워졌다는 문제 또한 제기되었다. 더불어 독자들의 다양하고 주관적인 해석을 모두 인정하기 때문에 작품의 개념과 가치를 객관적으로 규명하기 어렵다는 한계가 있다.

09 독자반응 비평 이론의 의의와 한계를 약술하시오.

제9장 문화연구

01 문화연구에 대한 설명으로 적절하지 <u>않은</u> 것은?

① 문화의 의미가 매우 포괄적이기 때문에 한마디로 정의하기 어렵다.

② 여러 학문을 종합적으로 활용한다.

③ 학제 간 연구를 중요시한다.

④ 독자적인 학문방법이 존재한다.

01 문화연구는 말 그대로 문화 자체를 연구하는 것이며, 다른 비평 이론과는 달리 독자적인 학문적 방법이 존재하지 않는다.

02 1930년대에 현대적 의미에서의 문화연구를 시작한 학파는?

① 모스크바학파

② 프랑크푸르트학파

③ 프라그학파

④ 예일학파

02 현대적 의미에서의 문화연구는 1930년대 프랑크푸르트학파가 체계적인 연구의 형태를 갖추며 문화현상을 강조한 것으로부터 시작된다.

03 1950년대 문화연구에 대한 설명으로 적절하지 <u>않은</u> 것은?

① 새로운 흐름은 독일에서 주도되었다.

②『스크루티니(Scrutiny)』지의 영향을 받았다.

③ 이 시기의 연구경향은 문화를 문화적 조건과 관련지어 연구하는 양상으로 전개되었다.

④ 리비스는 독자들에게 '위대한 전통'의 정전들을 가르칠 것을 제안하였다.

03 '문화연구'는 1950년대 영국에서 리비스(F. R. Leavis)와『스크루티니(Scrutiny)』지의 영향으로 새로운 방향을 맞이하였다.

정답 01 ④ 02 ② 03 ①

04 존슨은 「문화연구란 도대체 무엇인가?」라는 글에서 문화연구의 제도화를 비판하였다. 존슨은 고급문화와 대중문화의 이분법을 문제시하며 문화연구의 핵심은 비판정신에 있다고 보았다.

04 존슨(Richard Johnson)은 문화연구의 핵심이 어디 있다고 보았는가?

① 고급문화와 대중문화의 이분법
② 문화연구의 제도화
③ 비판정신
④ 자유정신

05 『문화와 무질서』·『문학과 신조』는 매튜 아널드의 저서이며, 『문화연구와 연구소-몇몇 의구점과 문제점들』은 홀의 저서이다.

05 다음 중 윌리엄스의 저서에 해당하는 것은?

① 『문화와 사회』
② 『문화와 무질서』
③ 『문학과 신조』
④ 『문화연구와 연구소-몇몇 의구점과 문제점들』

06 윌리엄스가 정리한 문화의 개념 네 가지
- 지적·정신적 그리고 미적 발달의 일반적 과정
- 한 민족, 한 시기, 한 집단 혹은 일반적인 인간성의 독특한 삶의 방식
- 지적이고 특히 예술적인 활동의 작품들이나 실천들
- 물질적·지적 그리고 정신적인 총체적 삶의 방식

06 윌리엄스(Raymond Williams)가 정리한 문화의 개념 네 가지에 해당하지 <u>않는</u> 것은?

① 지적·정신적 그리고 미적 발달의 일반적 과정
② 지적이고 특히 예술적인 활동의 작품들이나 실천들
③ 물질적·지적 그리고 정신적인 총체적 삶의 방식
④ 전 세계에서 공통적으로 발견되는 삶의 방식

정답 (04 ③ 05 ① 06 ④)

07 크리스 젠크스(Chris Jenks)의 문화범주 4가지에 해당하지 <u>않는</u> 것은?

① 인지적 범주
② 집단적 범주
③ 기술적 범주
④ 개인적 범주

07 크리스 젠크스의 문화범주 4가지는 인지적 범주 · 집단적 범주 · 기술적 범주 · 사회적 범주이다.

08 낭만주의에서 민족성 · 전통성 · 자생성을 강조하기 위해 사용한 용어는 무엇인가?

① 대중문화
② 민속문화
③ 민중문화
④ 민족문화

08 민속문화는 낭만주의에서 민족성 · 전통성 · 자생성을 강조하기 위해 사용한 용어이다.

09 버밍햄 문화연구에 대한 설명으로 적절하지 <u>않은</u> 것은?

① 가장 큰 특징으로 '학제 간(interdisciplinary) 연구'를 들 수 있다.
② 현대 산업사회의 문화에 대한 분석에 중점을 준다.
③ 문화연구의 대상을 고급문화로 한정하였다.
④ 폴 윌리스, 윌리엄스 등이 참여했다.

09 버밍햄 문화연구는 이전의 전통적인 인문학 또는 인류학과는 다르게 문화연구의 대상을 고급문화로 한정하지 않고 모든 형태의 문화를 연구대상으로 삼는다.

정답 07 ④ 08 ② 09 ③

10 윌리엄스는 버밍햄의 문화연구에서 선구적 위치를 지닌 인물이다. 그는 '문화라는 개념은 우리의 일반적인 삶의 조건에서 보편적이고 중요한 변화에 대한 보편적인 반응'이라고 정의하며 문화를 물질적이고 지적이며 정신적인 총체적 삶의 방식으로 규정하였다.

10 버밍햄의 문화연구에서 선구적 위치를 지녔으며, '문화라는 개념은 우리의 일반적인 삶의 조건에서 보편적이고 중요한 변화에 대한 보편적인 반응'이라고 정의한 인물은 누구인가?

① 윌리엄스
② 폴 윌리스
③ 매튜 아널드
④ 크리스 젠크스

11 19세기에는 종교가 쇠퇴하고 문학은 정전의 개념으로 강조되었는데, 매튜 아널드(Matthew Arnold)는 『문학과 신조』에서 종교를 문학으로 대체하고자 하였다.

11 『문학과 신조』라는 저서를 통해 종교를 문학으로 대체하고자 하는 인물은 누구인가?

① 윌리엄스
② 매튜 아널드
③ 존슨
④ 홀

12 문화연구는 마르크시즘의 영향을 많이 받았지만, 신좌파적 성격을 가지고 환원적 경제주의를 비판하기도 한다.

12 문화연구와 마르크시즘의 관계에 대한 설명으로 적절하지 <u>않은</u> 것은?

① 문화연구는 사회적 조건과 역사적 조건을 고려한다는 점에서 마르크시즘을 따른다.
② 마르크시즘은 문화연구의 성립과 변천에 매우 중요한 영향을 끼쳤다.
③ 문화연구는 환원적 경제주의를 옹호한다.
④ 문화연구가 문화 내부에 존재하는 지배이데올로기를 밝혀내려 했다는 점을 마르크시즘과 관련하여 생각할 수 있다.

정답 (10 ① 11 ② 12 ③)

주관식 문제

01 존슨(Richard Johnson)의 저술 중 문화연구의 제도화를 비판한 것은 무엇인지 쓰시오.

02 대중문화의 두 가지 의미는 무엇인지 쓰시오.

03 저서인 『문화(Culture)』에서 크리스 젠크스(Chris Jenks)가 문화를 무엇이라 정의하였는지 쓰시오.

01 **정답**
「문화연구란 도대체 무엇인가?」

02 **정답**
• 대중으로부터 생겨났거나 대중에게 인기 있는 문화
• 대중을 위해 대량으로 만들어지는 문화

03 **정답**
역사가 있는 개념

04 정답
버밍햄 문화연구소

04 현대 문화연구의 효시로 인정받는 기관이 무엇인지 쓰시오.

05 정답
『일하기 위해 배우기(Learning to Labour)』

05 폴 윌리스(Paul Willis)의 저서 중 문화를 '우리의 일상적인 삶의 재료'로 규정한 것은 무엇인지 쓰시오.

06 정답
• 특정한 역사적 사회의 실천·재현·언어 그리고 관습의 실질적이고 근거가 있는 영역
• 대중적인 삶에 뿌리를 내리고 있고 그것을 형성하도록 도와주는 상식의 상충하는 형태들

06 홀(Stuart Hall)이 「인종과 민족에 대한 연구에서 그람시의 적절성」에서 내린 문화에 대한 두 가지 정의는 무엇인지 모두 쓰시오.

07 존슨(Richard Johnson)이 밝힌 문학에 대한 전제 세 가지는
무엇인지 모두 쓰시오.

07 정답
- 문화는 계급 · 성 · 인종 · 나이 등의 사회관계와 밀접한 관계가 있다.
- 문화는 개인이나 사회집단이 자신의 욕망을 실현하는 데 갖는 불균형에서 기인한 권력관계를 수반한다.
- 문화는 자율적이거나 외적으로 구획된 영역이 아니라 사회적 상이함과 투쟁의 장이다.

08 1980년대에는 문화연구에서 새로운 형태의 '문화주의'가 등장
하는데, 이는 '신우파'의 두 주의가 득세한 것과 관련이 있다.
이 두 주의는 무엇인지 모두 쓰시오.

08 정답
대처리즘(Thatcherism), 레이거니즘
(Reaganism)

제10장　여성주의 비평

01　성(sex)은 생물학적 구성물로서 남성과 여성을 가리키는 말이며, 문화적 길들임의 산물로서 남성적인 것과 여성적인 것을 가리키는 용어는 젠더(gender)이다.

01 전통적 성역할에 대한 설명으로 적절하지 <u>않은</u> 것은?

① 여성주의의 주요한 논점이자 문제의식이다.

② 가부장제에서 기인한다.

③ 생물학적 본질주의와 관련이 있다.

④ 문화적 길들임의 산물로서 남성적인 것과 여성적인 것을 가리키는 용어는 성(sex)이다.

02　여성주의의 성숙 정도에 따라 여성문학의 단계를 고발문학의 단계·재해석의 단계·새로운 인간해방의 비전을 제시하는 단계로 나눌 수 있다. 이 중 이전까지 남성의 시각에서 구성되었던 세계를 여성의 관점에서 새롭게 해석하는 단계는 재해석의 단계이다.

02 여성문학의 단계 중 '이전까지 남성의 시각에서 구성되었던 세계를 여성의 관점에서 새롭게 해석하는 단계'는 무엇인가?

① 고발문학의 단계

② 재해석의 단계

③ 재구성의 단계

④ 새로운 인간해방의 비전을 제시하는 단계

03　유물론적 여성주의는 프랑스 여성주의의 갈래 중 하나이다.

03 유물론적 여성주의는 어디에서 기인하였는가?

① 미국 여성주의

② 독일 여성주의

③ 프랑스 여성주의

④ 영국 여성주의

정답 　01 ④　02 ②　03 ③

04 시몬 드 보부아르(Simone de Beauvoir)에 대한 설명으로 적절하지 **않은** 것은?

① 유물론적 여성주의라는 명칭을 만들었다.

② 여성이라는 말은 곧 타자라는 말과 같은 의미를 지닌다고 지적했다.

③ 여성은 태어나는 것이 아니라 만들어지는 것이라고 주장하였다.

④ 유물론적 여성주의의 창시자이다.

04 유물론적 여성주의라는 명칭을 만든 것은 크리스틴 델피이다.

05 정신분석학적 여성주의가 주장하는 여성 대부분에서 심리적 예속이 일어나는 현장은 무엇인가?

① 경제

② 정치

③ 사회

④ 언어

05 정신분석학적 여성주의에 따르면 여성 대부분에게 심리적 예속이 일어나는 현장은 언어이며, 성차라는 유해한 가부장적 개념이 정의된 것도, 그 개념이 영향력을 행사하며 여성에 대한 억압을 조장한 것도 언어 내부이다.

06 엘레인 쇼왈터(Elaine Showalter)가 구분한 여성문학의 발전 3단계 중 여성 작가들은 남성 작가들의 가치관을 그대로 모방하며 지배문화의 영향 아래 있는 단계는 무엇인가?

① 모성적 단계

② 여성적 단계

③ 여성의 단계

④ 페미니스트 단계

06 여성 작가들이 남성 작가들의 가치관을 그대로 모방하며 지배문화의 영향 아래에 있었던 단계는 1단계인 '여성적 단계'이다.

정답 04 ① 05 ④ 06 ②

07 가디너는 정체성 이론을 정립해 나
갔는데 이때 현대 정체성 이론을 연
구한 에릭 에디슨, 정신분석학자 리
히텐슈타인, 노먼 홀랜드에게서 이
론적 영향을 받았다.

07 쥬디스 키건 가디너(Judith Kegan Gardiner)에게 영향을 준
인물로 적절하지 <u>않은</u> 것은?

① 에릭 에디슨
② 리히텐슈타인
③ 아드리안 리치
④ 노먼 홀랜드

08 스팩스는 페미니즘 비평이 남성중심
에서 여성중심으로 전환하는 것에
주목한 학계의 첫 비평가이다.

08 페미니즘 비평이 남성중심에서 여성중심으로 전환하는 것에
주목한 학계의 첫 비평가는 누구인가?

① 엘레인 쇼왈터
② 패트리샤 메이어 스팩스
③ 콜레트 기요맹
④ 크리스틴 델피

09 메리 엘만은 『여성에 대한 사고』에
서 여성의 문학적 성공은 여성다움
의 범주에서 벗어난 것으로 보았다.

09 다음 중 『여성에 대한 사고』의 저자는 누구인가?

① 쥬디스 키건 가디너
② 패트리샤 메이어 스팩스
③ 메리 엘만
④ 데일 스펜더

정답 (07 ③ 08 ② 09 ③)

10 양귀자의 소설 『나는 소망한다-내게 금지된 것을』에 대한 설명으로 적절하지 <u>않은</u> 것은?

① 남성과 여성이 평화롭게 공존하는 장을 마련하였다.

② 남성이 여성에게 행사하는 폭력과 억압을 고발하는 이전의 여성주의 작품과는 다른 양상을 보인다.

③ 직접 복수에 나서는 여성영웅상의 제시를 통해 해방의 비전을 보여준다.

④ 실험적 도전을 통해 남성주의 사회적 패러다임의 틀을 바꾼 작품이다.

11 1980년대 이후 한국의 여성주의 문학에 대한 설명으로 적절하지 <u>않은</u> 것은?

① 1980년대 한국의 여성주의 문학은 여성해방의 현실적인 해결방법을 그렸다는 의의를 갖는다.

② 윤정모의 『고삐』는 여성문제를 개인의 차원이 아닌 총체적인 역사 인식 속에서 그려냈다는 의의를 갖는다.

③ 1990년대 페미니즘 문화는 '비관적 허무주의'의 양상을 보인다.

④ 1980년대 이후 한국문단에는 여성문제를 본격적으로 보여주는 작품들이 등장하였다.

10 양귀자의 『나는 소망한다-내게 금지된 것을』은 남성과 여성이 평화롭게 공존하는 장을 마련하는 데에는 도달하지 못하는 한계점을 지적받는다.

11 1980년대 한국의 여성주의 문학은 '환상적 낙관주의'를 그리고 있다는 한계점을 지적받는다.

정답 10 ① 11 ①

01 정답

유물론적 여성주의는 여성에 대한 사회적·경제적 억압에 관심을 갖는다.

02 정답

비슷하게 억압받는 계급적·종교적·인종적 소수자와 달리 여성들에게는 공유 가능한 문화와 전통 또는 억압에 맞선 투쟁의 기록이 남아있지 않다.

03 정답

콜레트 기요맹(Colette Guillaumin)

주관식 문제

01 유물론적 여성주의의 관심사는 무엇인지 쓰시오.

02 시몬 드 보부아르(Simone de Beauvoir)가 꼽은 여성 해방이 어려운 이유는 무엇인지 쓰시오.

03 남성은 사회적 위치 또는 직업으로 규정되는 데 비해, 여성은 성별로 규정된다고 지적한 인물은 누구인지 쓰시오.

04 엘레인 쇼왈터(Elaine Showalter)가 여성문학의 발전 단계를 3단계로 나누어 설명한 저서는 무엇인지 쓰시오.

『그들만의 문학』

05 엘레인 쇼왈터(Elaine Showalter)가 구분한 개념인 페미니스트 비평과 여성중심 비평에 대해 각각 설명하시오.

05 **정답**
페미니스트 비평은 남성 작가들의 작품을 대상으로 삼고 독자들에게 여성으로서의 역할을 강조하며, '의심의 해석학'이라고도 한다. 여성중심 비평은 여성작가들의 작품을 대상으로 여성들만의 역사, 문화, 경험을 연구하는 비평 태도이다.

06 쥬디스 키건 가디너(Judith Kegan Gardiner)가 성에 따른 차이점을 발견하기 위해 꼽은 일반적인 용어들을 세 개 이상 쓰시오.

06 **정답**
기본 정체성, 성 정체성, 유아적 동일시, 사회적 역할, 정체성의 위기, 자아개념

07 **정답**
　문민정부의 통치 아래에서 삶의 질
　적 가치를 중요시하는 사회 분위기

07 1990년대 한국의 페미니즘 문화에 영향을 끼친 것은 무엇인지
　　쓰시오.

제 3 편

합격의 공식 SD에듀 www.sdedu.co.kr

한국근대문학 비평사

제1장	근대 초기의 문학론
제2장	프로문학론의 태동과 그 전개과정
제3장	1920년대 중반의 계급문학론 · 국민문학론 · 절충주의 문학론
제4장	농민문학론
제5장	주지주의 비평과 예술비평
제6장	1930년대 리얼리즘론과 창작방법논쟁
제7장	1930년대의 여타 문학론
제8장	해방 공간의 문학론
실전예상문제	

교육이란 사람이 학교에서 배운 것을 잊어버린 후에 남은 것을 말한다.

— 알버트 아인슈타인 —

제 1 장 | 근대 초기의 문학론

| 단원 개요 |

이번 단원에서는 단재 신채호와 춘원 이광수를 중점적으로 살펴보고, 최남선·백대진·안확의 문학론도 함께 살펴본다. 제1절에서는 신채호의 생애와 활동, 신채호 사관의 변천과정, 신채호 문학관의 변모와 민족주의 문학론, 신채호 문학론의 한계를 차례대로 살펴본다. 제2절에서는 이광수의 문학론과 예술관, 이광수 문학론의 변모양상, 톨스토이와 도산 안창호의 영향, 그리고 이광수 문학론의 의의와 한계에 대해 알아본다. 제3절에서는 최남선의 시조부흥론, 백대진의 자연주의 문학론, 안확의 조선주의 문학론을 파악한다.

| 출제 경향 및 수험 대책 |

단재 신채호와 춘원 이광수는 모두 많은 저서를 남겼으므로, 어떤 저서들이 있는지, 각 저서가 가진 의의가 무엇인지 알아두는 것이 중요하다. 또한 두 인물이 전개한 다양한 문학론을 묻는 문제들도 출제되고 있기 때문에 각 문학론이 어떠한 특성을 갖는지에 대해 파악할 필요가 있으며, 덧붙여 두 인물의 사상에 영향을 주었던 국내외 인물들도 알아두는 것이 좋겠다.

제1절 | 단재 신채호의 민족주의 문학론

1 신채호의 생애와 활동

(1) 신채호의 생애

단재 신채호(1880~1936)는 구한말부터 일제 강점기까지 일본의 제국주의에 저항한 **역사가·문학가·언론인·독립운동가·정치사상가**이다. 신채호의 다양한 활동은 모두 민족자강과 국권회복을 목적으로 한 것이었으며, 그는 이러한 활동을 통해 일본 제국주의에 저항하다 1936년 여순감옥에서 옥사하였다.

신채호는 민족자강과 국권회복을 위해 여러 활동을 하였는데, 그중 역사가·문학가·언론인·독립운동가로서의 활동을 살펴보고자 한다.

(2) 신채호의 역사가 활동

신채호의 많은 활동 중 단연 두드러지는 것은 역사가로서의 활동이다. 역사가로서 신채호의 주요한 업적은 다양한 역사적 저술과 단계적인 역사연구이다.

① **신채호의 역사적 저술**

ㄱ 1908년 『대한매일신보』에 「독사신론」 연재

ㄴ 1914년 서간도 동창학교 교재 『조선사』 집필

ㄷ 1915년 『조선통사론』 집필구상

ㄹ 1916년 집필하여 1931~1932년에 『조선일보』에 「조선상고문화사」 연재

ㅁ 1920년 집필하여 1931년 『조선일보』에 「조선상고사」 연재

② **신채호의 역사연구 단계**

제1기	1905~1910년	국권상실 때까지 언론인으로서 논설과 시론을 활발히 쓰던 시기
제2기	1910~1923년	신채호가 중국으로 망명하여 독립운동과 역사연구를 하던 때로, 실증성과 교조성이 혼재하던 시기
제3기	1923~1936년	신채호가 반주자학적 사관을 세워 근대사학 이론을 수용하고, 아나키즘을 접한 시기

(3) 신채호의 문학가 활동 `중요`

신채호는 국권회복을 위해 투쟁하며 문학가로서의 활동도 활발히 하였다. 그의 문학활동은 문학비평사로서의 활동과 소설창작가로서의 활동으로 나누어 살펴볼 수 있다.

① **문학비평가로서의 활동**

신채호는 문학비평가로서 다양한 문학논설을 발표하였는데, 주요 논설은 다음과 같다.

1908년	「근금 국문소설 저자의 주의」
1909년	「천희당시화」, 「소설가의 추세」
1910년	「문화와 무력」
1917년	「문예계 청년에게 참고를 구함」
1923년	「낭객의 신년만필」

② **소설창작가로서의 활동**

신채호는 애국적 영웅성이 드러나는 전기소설을 번역 및 창작하였다. 주요 번역서 및 소설은 다음과 같다.

1907년	『이태리 건국 삼걸전』 번역
1908년	『성웅 이순신전』, 『을지문덕전』
1909년	『동국거걸최도통전』
1916년	『꿈하늘』, 『일목대왕의 철퇴』
1928년	『용과 용의 대격전』

이 중 『꿈하늘』과 『용과 용의 대격전』은 각각 신채호 문학관의 2기와 3기를 대표하는 소설이다.

(4) 신채호의 언론인 활동

신채호는 장지연의 추천으로 1905년에 『황성신문』에 논설기자로 입사하여 언론인으로 활동하였다. 1906년부터는 『대한매일신보』의 논설기자로 일하며 언론을 통해 애국계몽운동을 펼치기도 했다. 언론에 발표된 신채호의 논설로는 「일본의 3대 충노」, 「역사와 애국심의 관계」, 「대아와 소아」, 「조선혁명선언」 등이 있다.

(5) 신채호의 독립운동가 활동

1910년 한일합방 이후 신채호는 중국으로 망명하여 독립운동가로서의 활동을 펼쳤다. 3 · 1 운동 이후 상해임시정부가 조직된 뒤, 신채호 역시 임시정부 내에서 독립운동을 하였지만 이승만의 국무총리 당선을 계기로 상해임시정부가 분열되자, 신채호는 반임정 항일독립운동을 전개하였다.

신채호는 1925년부터 독립운동을 위한 방법으로 아나키즘에 관심을 가지기 시작하였다. 이후 신채호는 1927년 무정부주의동방연맹에 가입하였고, 이 운동과 연관되어 1928년에 체포된 후 1936년 여순감옥에서 순절하였다.

(6) 신채호 생애의 의미

신채호는 역사연구 · 문필활동 · 언론활동 · 독립운동을 통해 민족주의 의식을 정립하였다. 문학적인 측면에서 그는 문학논설과 역사전기소설을 집필하였고, 이 역시 애국계몽운동의 한 갈래라고 볼 때, 문학을 급진 사회개혁을 위한 방법으로 활용한 그의 효용론적 관점을 엿볼 수 있다. 신채호의 역사전기소설은 민족주의 문학론을 배경으로 식민지의 모순된 현실을 개조하려는 의도를 가진다. 중국의 양계초와 아나키즘의 원조인 크로포트킨(Kropotkin)과 바쿠닌(Bakunin)의 영향을 받아 다양한 활동을 펼쳤다.

2 신채호 사관의 변천과정

신채호는『조선사』총론에서 역사에 대해 '아(我)와 비아(非我)의 투쟁이 시간부터 발전하며 공간부터 확대되는 정신적 활동의 상태의 기록'이라고 정의를 내렸다. 이러한 신채호의 역사적 인식은「조선혁명선언」에서 민중혁명론으로 발전한다. 신채호의 사상으로는 자강사상 · 신국민사상 · 민중혁명론 · 반존화주의 및 낭가사상의 회복 등이 있다.

제1기	1905~1910년	• 국권상실 때까지 언론인으로서 논설과 시론을 활발히 쓰던 시기이다. • 해당 시기에 신채호는 주자학적 가치관을 완전히 극복하지 못하였고, 유교적 관념에 기초한 자강사상에 입각하여 영웅대망론 또는 영웅사관을 보였다. 또한 그의 사관의 바탕을 이루는 민족주의적 성격이 강하게 드러난다. • 이 시기 신채호는『독사신론』에서 단군에서 부여와 고구려로 계승되는 고대사의 체계를 정통으로 보는 역사인식을 보인다.
제2기	1910~1923년	• 신채호가 중국으로 망명하여 독립운동과 역사연구를 하던 때로, 실증성과 교조성이 혼재하던 시기이다. • 망명 이후 역사인식이 크게 변화하였으며, 언문일치의 국한문문체에도 관심을 가지게 되었다. • 제1기의 영웅중심적인 역사주체 의식에 비해 이 시기의 역사주체의 인식은 뚜렷하지 않으며, 이전 시기에 비해 고대사의 인식체계가 보다 풍부해졌다. 또한 이 시기 신채호는 대종교의 영향을 받아 단군을 중시하는 국수적인 성격을 드러내기도 하였다.
제3기	1923~1936년	• 신채호가 반주자학적 사관을 세워 근대사학이론을 수용하고, 아나키즘을 접한 시기이다. • 이 시기 신채호는 주자학 및 유교적 사관의 한계를 극복하고, 반주자학적인 사관을 세웠다. 또한 영웅사관에서 벗어나 민중을 역사의 주체로 하는 '민중사관'을 세웠다. • 이 시기 신채호는 역사관 및 역사방법론에 있어 근대적인 사학 이론을 확립하였다.

3 신채호 문학관의 변모와 민족주의 문학론

신채호 사관의 변모는 그의 문학작품과 문학론에도 영향을 끼쳤다. 신채호의 문학관은 공리적 효용론・사실주의 문학론・민족주의 문학론에 바탕을 두고 있다. 신채호의 초기 문학관은 영웅대망론에 입각한 준비론에 가까웠지만, 후기로 갈수록 자유・평등 개념을 통한 민주주의와 공화주의를 지향하고 있다. 신채호의 역사관과 문학관의 바탕에는 민족의식이 자리하고 있었기 때문에 민족주의 문학관의 전통을 형성할 수 있었다. 또한 신채호는 민중혁명론에 바탕한 입헌적 국민국가를 건설하고자 하였다.

(1) 제1기(초기)

초기 신채호의 문학관은 영웅숭배론과 영웅대망론을 바탕에 둔 역사전기소설에 드러난다. 이 시기 신채호가 번역 및 창작한 역사전기소설로는 『이태리건국삼걸전』(1908, 번역), 『성웅이순신전』(1908), 『을지문덕전』(1908), 『동국거걸최도통전』(1909) 등이 있다. 이러한 역사전기소설에는 일제에 맞설 영웅을 기다리고 바라는 자세가 드러난다.

(2) 제2기(한일합방 이후)

한일합방 이후 중국으로 망명한 신채호는 독립운동가로 활동하며 본격적으로 역사연구에 몰두하기 시작한다. 이 시기에 신채호는 『꿈하늘』(1916)과 『일목대왕의 철퇴』(1916)를 발표하는데, 『꿈하늘』(1916)은 민족주체사관과 강렬한 투쟁의식이 강조된 작품이다. 『일목대왕의 철퇴』(1916)는 궁예의 일대기를 새롭게 창조한 역사소설로, 이 작품에서 신채호는 유교적인 이데올로기와 윤리관을 맹목적으로 추종하기보다는 당대의 불의와 모순에 맞선 혁명적인 인물을 높이 평가하는 인식태도를 보여준다. 이 시기에 신채호는 제1기와 달리 영웅을 기다릴 것이 아니라 주체적 투쟁의식을 가져야 한다고 주장하였다.

(3) 제3기(후기)

신채호가 아나키즘(무정부주의 사상)을 접하면서 변화한 시기로, 이때 「조선혁명선언」을 집필하였다. 이 시기에 창작된 『용과 용의 대격전』(1928)에는 이러한 변모가 잘 드러나 있다. 해당 작품은 민중세력의 지지를 받는 드래곤과 하늘에 순응하는 미리의 싸움에서 드래곤이 승리하는 내용을 통해 무정부주의의 민중혁명사상을 나타내었다.

4 신채호 문학론의 한계

신채호의 문학활동은 분명히 많은 업적을 남겼으나, 한계로 지적되는 점들도 있다. 신채호 문학론의 한계는 크게 네 가지로 나누어 살펴볼 수 있다.

- 신채호가 사회적 효용성을 지나치게 강조하여 문학을 역사와 정치에 종속된 것으로 보거나, 사회적 효용성을 지니지 않는 문학을 배척하였다는 것이다.
- 식민지의 현실을 환상적이고 공허한 민담 또는 기담처럼 전개하고 있어, 문학형식의 퇴행으로 받아들여질 위험이 있다는 것이다.
- 직설적인 진술에 의존하여 심미적 예술성 획득이 어렵다는 것이다.
- 유교적 보수주의에서 근대적 자유평등사상까지의 사상적 전환이 빠르게 이루어져 일관성이 부족하게 보일 수 있다는 것이다.

제2절 춘원 이광수의 계몽주의 문학론

1 이광수의 문학론

춘원 이광수(1892~1950)는 한국 근대문학사의 중요한 축을 이루는 작가로, 서구의 근대문학이론에 입각하여 근대소설을 개척한 인물이다. 이광수는 문사이기 이전에 계몽사상가였는데, 이는 그가 소설을 작업하면서도 문학의 사회적인 효용성을 강조한 이유였다. 또한 그의 사상은 대체로 우리 민족이 과거와의 단절을 이루고 새로운 민족으로 거듭나야 한다는 주장으로 이루어져 있는데, 이는 나아가 민족의 개조까지 요구한다. 이광수는 「민족개조론」(1922)을 통해 조선민족이 과거와 단절되어야 함을 역설하는데, 이 과정에서 이광수는 민족애보다는 인류애만을 강조하며 1930년대 후반부터는 친일적인 행각을 보인다.

2 이광수의 예술관

(1) 민족주의 예술관

이광수는 민족주의 예술관과 인도주의 예술관 그리고 민중적 예술관을 추구하였다. 특히 초기에는 민족주의 예술관을 추구하였는데, 이는 민중계몽의 차원에서 주장된 것이다. 이광수는 「민족개조론」을 통해 조선민족이 쇠퇴한 원인이 도덕적인 문제라고 지적하며 '민족개조는 도덕적'인 것임을 강조한다. 그러나 그의 민족문학론은 민족성의 부정적인 부분만을 부각시킨다는 점에서 당시 많은 비판을 받았으며, 정치성을 탈피하여 도덕적인 것에만 몰두하는 것이 일제에 타협하려는 태도라는 점에서 모순적이라고 할 수 있다.

(2) 인도주의 예술관

이광수가 인도주의를 주장한 까닭은 1919년 기미독립선언 후의 폐허파가 내세운 세기말적 경향 때문이었다. 폐허파를 비롯한 예술가집단은 퇴폐적 감상주의에 빠졌는데, 이광수는 이를 배척하며 인간이 본성을 되찾고 인생의 진정한 행복을 얻는 데에 문학예술이 도움이 되어야 한다는 인도주의적 이상을 주장하였다. 또한 그는 문학예술을 통해 민족의 도덕성을 개조하고 변혁을 도모하자는 문학의 사회적 효용성을 강조하기도 하였다.

(3) 민중적 예술관

이광수는 민중예술, 혹은 대중예술을 지향하였다. 그는 문학예술이 민중들의 기호에 맞게 창조되어 소박한 생활감정을 자유롭게 표현하게 하도록 형상화되어야 한다고 주장하였다. 이광수는 예술이 민중의 봉건적인 구도덕 또는 구관습에 대한 반발과 인생에 대한 새로운 자각·개성의 해방·민족적인 의식 등을 일깨워야 한다고 강조하였다.

3 이광수 문학론의 변모양상

(1) 문학론의 혼용 종요

이광수는 그의 저서 「문학이란 하오」(1916)에서 '문학'을 서구어(Literatur 혹은 literature)의 번역으로 해석함으로써, 전통적 문학관과는 별개로 문학의 개념을 서구학문의 이론을 토대로 정의하고 있다.

이광수에 따르면 문학은 '사람의 감정을 만족케 하는 서적'이다. 이광수의 또 다른 저서 「문학의 가치」(1910)에서는 문학은 과학과 달리 '정(情)에 의해 생기는 것'이라 설명하였다. 이처럼 이광수는 서구적이고 근대적인 '정의 문학론'을 전개하면서, 문학예술은 사람의 지(知)·정(情)·의(意) 삼자 중에서 '정'의 요구를 만족하게 하는 사명을 중시한다고 밝힌다. 또한 문학의 요의는 인생을 여실하게 묘사하는 것이라며 사실주의 문학론을 전개하였다.

이광수의 초기 문학론은 서구의 정의 문학론·사실주의 문학론·공리적 효용성의 문학론·낭만주의 문학론 등이 일관된 체계를 갖추지 못한 채로 혼합되어 존재하는 것처럼 보인다. 이후 이광수의 문학론은 교훈성과 계몽성에 바탕을 두는 공리주의 문학론으로 나아간다.

(2) 공리주의적 효용론 종요

이광수는 문학이 인간의 감정을 만족시키는 장르임을 강조하면서도 문학의 효용성에 대해 다음과 같이 말한다.

- 문학은 인생을 묘사한 자이므로 문학을 읽는 사람은 소위 세대인정의 기미를 찾아야 할 것
- 각 방면 각 계급의 인정세태를 이해하므로 인류가 다수 선행의 원동력이 되는 동정심을 가지게 함
- 사람이 죄악에 타락하는 경로를 막고 동시에 사람이 향상 진보하는 심리상태를 가지게 함
- 인생의 각 방면, 각종의 생활과 사상과 감정을 경험하여 전 세계의 정신적 총재산을 소유할 수 있게 함
- 세상 사람이 문학을 애호함으로써 유해한 타락에 빠지지 않게 함
- 선량한 문학은 도덕적으로 고취하려 하지는 않으나 쾌락을 취하는 중에도 품성을 도야하고 지능을 계발하게 함

도덕적 효용론을 강조하는 공리주의 문학관은 이광수의 초기 문학론에서부터 지속된다. 이는 특히 이광수의 저서 「문사와 수양」(1921), 「예술과 인생」(1922), 「여의 작가적 태도」(1931)에 드러난다.

이광수는 「문사와 수양」에서 문화의 효용성을 중시하는 '정의 문학론'과 상반되는 이론을 제시하며 '문예는 신문화의 선구요, 모(母)가 된다'고 주장한다. 공리성 측면에서 이광수는 세 가지를 강조하는데, 이는 다음과 같다.

- 문예가 신사상, 신이상의 선전자가 되어야 한다는 것이다.
- 문예는 감동하는 정서의 무기를 이용하여 독자에게 이상과 사상을 주입시켜야 한다는 것이다.
- 문예는 이지의 판단에 의존하는 과학이나 철학에 비교할 바가 아니라 종교에 비교할 수 있다는 것이다.

「예술과 인생」에서 이광수의 공리주의적 문학론은 도덕적 교훈주의로 더욱 기울게 된다. 그는 인생의 도덕화를 강조하며 문사는 수양에 수양을 거듭하여 청년의 모범이 되어야 함을 요구한다. 이는 이광수가 다시 유교적 도덕주의 문학론으로 되돌아간 듯한 인상을 준다.

(3) 중용적인 문학론

이광수는 「중용과 철저」와 「양주동씨의 '철저와 중용'을 읽고」를 『동아일보』에 연재하면서 프로문학 진영을 비판하였다. 이광수는 문학의 위대한 가치는 평범 속에 있으며, 모든 우주만물이 상(常)과 변(變)이 있듯이 문학에도 상과 변이 있음을 우주의 순환론적 입장에서 주장한다. 유학과 중용철학을 끌어와서, 혁명적인 문학은 일시적인 현상이며 혁명이 끝나면 다시 상의 문학으로 돌아간다는 점을 설명하며 상적 문학론을 전개한 것이다. 이광수에 따르면 상적 문학이란 항구성을 가진 문학으로, 모든 사람에게 공통되는 일상적인 감정을 제재로 한다. 혁명적인 문학을 비판하고 상적 문학을 지지하는 태도는 프로문학 진영을 비판하고, 위대한 가치는 평범 속에 있다는 중용적인 문학론과 관계된다.

4 톨스토이와 도산 안창호의 영향

(1) 톨스토이의 영향

이광수는 톨스토이와 도산 안창호에게 큰 영향을 받았다. 톨스토이는 『부활』, 『안나 카레니나』, 『전쟁과 평화』와 같은 문학작품 이외에도 「예술이란 무엇인가」, 「종교론」, 「인생론」, 「결혼의 행복」, 「국민교육론」 등을 집필하였다.

톨스토이는 예술을 인간생활의 하나의 조건으로 검토해야 하며, 쾌락의 수단으로 봐서는 안 된다고 주장하였다. 또한 '예술의 감염성'을 통해 좋은 예술은 감염성이 강한 예술이라고 하였는데, 예술의 감염성은 감염성의 개성·명확성·예술가의 성실성에 따라 좌우되는 것이다. 결국 예술은 생을 위한 예술이어야 하며, 인생에 기쁨과 활기와 향상을 주어야 하는 하나의 위대한 사업이자 인간생활의 한 기관이다. 이러한 톨스토이의 사상은 이광수로 하여금 예술의 공리성을 깨닫게 하였다.

(2) 도산 안창호의 영향

이광수는 도산의 사상 중 일부를 신념으로 받아들여 민족계몽운동에 활용하고자 하였다. 도산은 실력준비주의를 중시하였으며, 스스로를 잊고 조국을 생각하기를 요구하였다. 이광수는 도산의 행동주의적 사상과 단체 조직능력에 감동을 받았으며, 망명시절 함께 활동하기도 하였다.

5 이광수 문학론의 한계

춘원 이광수는 서구의 근대적 이론을 통해 문학을 개념적으로 정의함으로써 최초로 문학의 체계를 이론으로 정립하고자 했던 인물이다. 그러나 이광수 문학의 한계 역시 지적되고 있는데, 가장 큰 문제점은 역사의식의 결여와 친체제적인 사고방식으로 인해 결국 **친일문학**으로 변절했다는 점이다. 또한 문학론 역시 정의 문학론·사실주의 문학론·공리주의 문학론 등이 혼용되어 일관된 논리를 보여주지 못하고 있다. 이광수는 공리주의 문학론으로 기울기는 했지만, 이 역시 공허한 이상적 계몽주의를 지향하는 한계점을 가진다. 중용적인 문학론인 상적 문학론 역시 시대현실과 민족현실을 망각한 현실도피적인 주장에 머물고 있으며, 초기에 비판했던 유교적 이데올로기를 옹호하는 모순점을 안고 있다.

제3절 최남선·백대진·안확 등의 문학론

1 최남선의 시조부흥론

최남선은 「조선 국민문학으로서의 시조」라는 글을 통해 시조부흥에 대한 논의를 시작하였다. 그는 프로문학에 대항할 수 있는 국민문학운동의 실천방안 중 구체적 방법으로 시조부흥론을 제시하였다. 당시 조선에는 완성된 문학 양식이 없었지만, 소설·희곡·시 중에서 시가 그나마 발전되어 있었다. 최남선은 시 중에서도 형식·내용·용도 등의 면에서 발달된 장르로 시조를 꼽았다. 그는 '조선스러움'을 나타내기 적합한 장르가 시조라고 생각하였으며, 우리 문학에 생명을 불어넣기 위해 시조를 보급해야 한다고 여겼다. 최남선은 「시조 태반으로의 조선민성과 민속」에서 시조의 위치가 우리 민족성과 밀접한 관계를 갖는다고 파악하였다.

최남선의 시조부흥론은 프로문학이 계속해서 강조해오던 문학의 세계적 보편성의 문제에서 벗어나 우리 문학의 독자성과 특수성에 귀 기울였다는 데에서 의의가 있다. 그러나 시조부흥론은 조선이라는 장소의 특수성만 해결하였을 뿐, 당대라는 시간적 특수성에 대해서는 별다른 대책을 제시하지 못하였다는 한계가 있다.

2 백대진의 자연주의 문학론

백대진은 이광수와 같이 인간의 성정은 지(知) · 정(情) · 의(意)로 나눌 수 있으며, 문학이 이 중 정(情)을 담당한다고 보았다. 이는 당대 문학인들이 일반적으로 받아들였던 문학관이었지만, 백대진은 정의 만족과 함께 계몽성을 문학의 본질로 강조하였다.

백대진은 「문학에 대한 신연구」(1916)에서 문학의 본질을 외적 목적과 내적 목적으로 분류한다. 외적 목적은 실용이며, 내적 목적은 쾌락이다. 하지만 쾌락을 추구하는 문학은 조선의 현실상황을 악화시키기 때문에 당시 조선사회가 필요로 하는 문학은 인생주의 문학이라고 하였다. 백대진은 인생주의 문학이란 인생을 위하여 활동하는 자와 또한 인생의 건실한 내부생활을 주입하고자 하는 문학을 가리키는 것이라고 설명하였다.

백대진은 「현대 조선에 자연주의 문학을 제창함」(1915)을 통해 '자연주의 문학이라 함은 소위 현실을 노골적으로 진직히 묘사한 문학이니 빈에는 허위도 무하며 또한 가식도 무하며 공상도 무한 문학'이라고 주장하였다. 그는 인생주의 문학을 내세우며 신소설의 통속성을 비판하였는데, 조선의 현실 속에서 인생주의 문학, 즉 '인생을 위한 예술론'을 행하기 위해서는 자연주의 문학이 필요하다는 입장을 취하였다. 백대진에 따르면 '자연주의 문학이라 함은 소위 현실을 노골적으로 직진히 묘사한 문학이니 차에는 허위도 무하며 또한 가식도 무하며 공상도 무한 문학이 곧 자연주의 문학'이다. 이를 통해 백대진은 리얼리즘의 한 방식인 자연주의를 이해하고 있었음을 알 수 있다.

3 안확의 조선주의 문학론

안확은 「조선어의 가치」(1914)에서 우리 어문의 우수성을 입증하기 위한 학술적 연구의 필요성을 역설하였다. 또한 「조선의 문학」(1915)에서 문학에 대한 잘못된 인식을 강하게 비판하였다. 안확은 이광수의 「문학이란 하오」를 두고 문학은 독자를 즐겁게 하는 것으로부터 더 나아가 사상을 활동하게 하고 이상을 진흥시키는 기능까지 수행하여야 한다고 주장한다.

안확은 문학을 시가 · 소설 등의 순문학과 서술문 · 평론문 등의 잡문학으로 분류하였는데, 이 모든 것이 정신상 감명과 이상적인 활동을 활성화한다고 보았다. 이처럼 안확이 생각한 문학은 인간정신의 전체적인 활동을 구현하는 것이었다. 안확은 나아가 정치와 문학을 비교하며, 정치는 외형을 문학은 내정을 지배한다고 생각하였다.

안확은 문학의 기원을 두고 동양과 서양 모두에서 문학은 종교적 서사시에서 출발하였으며, 조선의 경우 기원의 증거를 대종교의 경전과 신가(神歌)에서 찾아볼 수 있다고 했다. 또한 한문학의 의의를 인정하며 한문학의 역사를 간명하게 요약하였지만, 우리 고유의 문학과 신성한 민족성을 되살리기 위해서는 한문학과 유학에 의한 폐단을 극복해야 한다고 보았다. 이처럼 안확은 조선주의 문학론을 전개하며 외래문학에 사로잡히는 세태를 경계하였다.

│ 단원 개요 │

이번 단원에서는 내용·형식 논쟁의 전개과정, 목적의식론과 예술대중화론을 살펴본다. 제1절에서는 프로문학의 성립과 카프의 결성, 내용·형식 논쟁의 발단과 전개과정을 알아보고, 제2절에서는 목적의식론과 예술대중화론과 관련된 논쟁을 파악한다.

│ 출제 경향 및 수험 대책 │

내용이 방대하므로, 시간적인 흐름에 따른 사건 발생의 경로를 따라 공부하는 것을 추천한다. 또한 각 이론이 주장하는 바와 그 한계점을 명확히 기억해두는 것이 좋고, 비평가 또는 이론가들이 어떤 저술을 남겼는지, 해당 저술의 주된 내용은 무엇인지를 꼼꼼히 알아두는 것이 좋겠다.

제1절 │ 내용·형식 논쟁의 전개과정

1 프로문학의 성립과 카프의 결성

(1) 프로문학의 성립

1917년 러시아 혁명 성공 이후 전 세계에 **사회주의 사상**이 퍼졌다. 우리나라에는 일본 유학생들을 통하여 사회주의 사상이 유입되었고, 이는 1920년대 문학에 영향을 끼쳤는데, 우리 문단에서 사회주의적 움직임을 가장 먼저 보인 사람은 팔봉 김기진이다.

김기진은 『개벽』지를 중심으로 하여 「지배계급교화, 피지배계급교화」, 「금일의 문학, 명일의 문학」, 「피투성이 된 프로혼의 표백」, 「너희들 양심에 고발한다」 등의 논설을 발표하며 프로 사상을 알리고자 하였다. 김기진과 함께 『백조』의 동인으로 활동했던 회월 박영희 역시 김기진을 따라 프로문학론을 펼쳤는데, 종래의 문학을 자연주의 문학으로, 프로문학을 신이상주의로 보았다. 김기진과 박영희는 모두 문학에서 '생활'과 '생활의식'에 중요성을 두었다.

(2) 카프의 결성 〔중요〕

1925년에 결성된 '카프(KAPF)'는 '염군사'와 '파스큘라(PASKYULA)'라는 서로 다른 두 조직이 합쳐져 만들어진 것이다. 염군사는 이적효·이호·김홍파·김두수·최승일·심대섭·송영·김영팔 등이 프로문학의 길을 찾던 모임이었으며, 파스큘라는 김기진과 박영희를 중심으로 안석영·김형원·이익상·김복진·연학연·이상화 등이 활동하던 단체였다. 이 두 조직은 프로문학이라는 공통기반 아래 더 많은 인물들과 '조선 프롤레타리아 예술가동맹(Korea Artista Proletaria Federatio)'을 결성하는데, 이것을 줄여 카프(KAPF)라고 부른다.

더 알아두기

파스큘라(PASKYULA) 이름의 유래

파스큘라(PASKYULA)는 박영희 · 안석영 · 김형원 · 이익상 · 김기진 · 김복진 · 연학연 · 이상화 등이 활동하던 단체이다. 파스큘라의 단체명은 구성원의 이름 일부를 조합해 만든 것이다. 구체적으로는 박에서 'PA', 상화에서 'S', 김에서 'K', 연에서 'YU', 이에서 'L', 안에서 'A'를 따서 만들어졌다.

2 내용 · 형식 논쟁의 발단과 전개 종요

(1) 내용 · 형식 논쟁의 발단

내용 · 형식 논쟁은 프로문학의 확산을 위해 함께 노력하던 김기진과 박영희가 처음으로 견해에 차이를 보여서 충돌한 사건으로, 김기진이 박영희가 프로문학가로서 쓴 일부 소설을 비판한 것이 발단이었다. 박영희는 1926년 『조선지광』에 「지옥순례」를, 『별건곤』에 「철야」를 발표하는데, 이를 읽은 김기진은 『조선지광』의 「문예월평」을 통해 두 작품을 혹평하였다. 그 내용의 일부는 다음과 같다.

> 그 결과 이 일편은 소설이 아니요 계급의식, 계급투쟁의 개념에 대한 추상적 설명에 시종하고 말았다. 일언 일구가 이것을 설명하기 위해서만 사용되었다. 소설이란 한 개의 건축이다. 기둥도 없이, 서까래도 없이, 붉은 지붕만 입히어 놓은 건축이 있는가? 비단 이 일편뿐만이 아니라 회월형(박영희)의 창작의 거개 전부가 이와 같은 실패에 종사하고 마는 것은 그의 작가로서의 태도가 너무도 황당한 까닭이다.[1]

이처럼 김기진은 소설을 필요한 재료들을 적절하게 배치하고 조합하여 완성하는 하나의 건축물로 보는 '**문학 건축론**'을 펼쳤는데, 김기진의 입장에서 박영희의 소설은 완성된 건축물이 아니라 사회주의 사상이라는 '붉은 지붕'만 얹어 놓은 불충분한 작품이었다.

(2) 내용 · 형식 논쟁의 전개

내용 · 형식 논쟁은 박영희가 「투쟁기에 있는 문예비평가의 태도」를 통해 김기진의 비판에 반박하면서 심화된다. 박영희는 이 글에서 프로문학가가 가져야 하는 태도에 중점을 둔다. 또한 여태까지 부르주아 문예비평가는 작품의 구조를 중요시했을지라도, 프로문예비평가는 작품의 사회적 의식을 통해 프로작품의 가치를 평가해야 한다고 주장한다. 이는 김기진의 비판은 프로문예비평이 아닌 부르주아 문예비평의 관점에서 이루어졌기 때문에 받아들일 수 없다는 의미이기도 하다. 박영희는 프로문학작품의 목적은 독립된 건축물을 만드는 것이 아니라, 프로문화 전체에서 하나의 구성물로서 그 역할을 하는 데에 있다고 보았다. 그렇기 때문에 완결된 형식보다는 그 계급의식의 명확성이 더 중요하다고 주장하였다.

요약하자면 김기진은 프로문학 역시 문학이기 때문에 그 역시 문학이 마땅히 갖추어야 할 형식을 지니고 있어야 한다고 주장한 것이고, 박영희는 형식보다는 내용, 즉 계급성을 우선시한 것이다. 비록 문학의 본질을

---

1) 김기진, 「문예월평」, 『조선지광』 제62호, 1926년 12월.

묻는 김기진의 비판에 박영희가 문학의 기능과 태도에 대한 답변을 함으로써 애초에 제기된 문제와는 멀어졌다는 지적이 있으나, 두 사람의 내용과 형식에 관한 논쟁은 카프 내부의 다른 인물들과 이후에 설명할 카프의 방향전환에 영향을 주었다.

김기진과 박영희 두 사람 사이에 논쟁이 진행되는 동안, 카프에서는 '아나키스트 논쟁'이라고 불리는 두 번째 내부논쟁이 벌어졌다. 이는 무정부주의자인 김화산·권구현 등이 윤기정·조중곤·한설야 등과 벌인 것이다. 이러한 두 가지 논쟁의 과정을 거쳐 카프는 방향전환의 방법을 찾게 된다.

> **더 알아두기**
>
> **내용·형식 논쟁의 결말**
>
> 김기진과 박영희 사이에서 발생한 내용·형식 논쟁은 김기진이 표면적으로 패배를 시인하면서 끝이 난다. 김기진은 「무산문예작품과 무산문예비평」이라는 글에서 자신의 과오를 인정한다. 하지만 이 글의 주된 내용은 김기진 본인의 주장이 잘못되지 않았다고 설명하는 것이고, 글의 말미 부분에서만 태도 문제를 일견 인정하고 있는 것을 볼 때 이는 완전한 승복 또는 박영희의 의견의 수용이라고 보기는 어렵다.

제2절　목적의식론, 예술대중화론

1 목적의식론

(1) 목적의식적 방향전환론의 배경

목적의식적 방향전환론의 배경은 크게 카프 내부적 요인과 카프 외부적 요인으로 나누어 살펴볼 수 있다. 카프 내부적 요인은 앞서 살펴보았던 내용·형식 논쟁과 아나키스트 논쟁으로, 지도의 노선을 명확하게 할 필요성이 생겨났기 때문이다. 카프 외부적 요인으로는 당시 조선이 사회운동의 방향전환을 거치고 있던 상황을 들 수 있다. 1926년 11월의 정우회선언을 바탕으로 한 방향전환은 개별적 경제투쟁에서 대중적 정치투쟁으로의 전환이었으며, 비타협적 민족주의자와 사회주의자의 협동으로 1927년 1월 결성된 신간회 역시 전면적 정치투쟁을 목적으로 하였다. 카프의 방향전환 논의 역시 이러한 흐름에 영향을 받았으며, 일본에서 활동하던 제3전선파의 귀국이 이러한 방향전환에 촉매적 역할을 했다.

이러한 내·외부적 요인으로 인해 카프는 활동방향을 분명히 하기 위해 방향전환의 방법을 모색하기 시작한다. 이때 등장한 목적의식적 방향전환은 자연발생적으로 진행되었던 여태까지의 문학활동과는 달리 목적을 가지고 문학운동을 전개하자는 것으로, 이러한 문학운동의 목적은 무산계급의 해방이다. 목적의식적 방향전환논쟁은 문학과 정치의 연관성과 그 속에서 문학의 특수성에 대한 문제를 제기하고 있다고 볼 수 있는데, 무산계급의 해방이라는 목적이 정치적이기 때문이다.

(1) 박영희의 목적의식론

김기진과의 내용 · 형식 논쟁에서 표면적으로나마 승리하여 카프 내에서 주도권을 쥐게 된 박영희는 1927년 2월『조선지광』에「신경향파 문학과 무산파의 문학」을 발표하였다. 그는 이 글에서 여태까지의 자연발생적인 신경향파문학을 넘어서는, 목적의식을 가진 문학의 필요성을 역설하였다. 또한 박영희는 과거 신경향파문학에서 주인공 행동의 발단은 사회적이었을지라도 그 종결은 사회적이지 않았다고 반성하며, 앞으로는 더 적극적이고 현실성이 있는 문학이 필요하다고 주장하였다. 박영희는 1927년 4월『조선지광』에「문예운동의 방향전환」이라는 글을 발표하였는데, 여기서도 이전과 유사한 입장을 유지하였다.

(2) 제3전선파의 목적의식론

제3전선파는 한식 · 장준석 · 이북만 · 윤기정 등 일본에서 유학했던 유학생들로, 자신들의 동인지인「제3전선」의 명칭을 따 왔다. 이들은 1927년 여름방학에 귀국하여 박영희와는 다른 견해의 목적의식론을 펼쳤다. 장준석은『개척』의 1927년 7월호에「방향전환기에 입각한 문예가의 직능」을 실으며 작가들에게 직접적으로 정치투쟁을 작품의 제재로 사용하라고 권한다. 같은 해 10월 윤기정은『조선일보』의「무산문예가의 창작적 태도」에서 예술의 특수성은 무산계급의 완전한 해방이라는 전체성에 복종해야 한다고 주장하며 예술의 특수성을 무시하였다. 이북만은『예술운동』에「예술운동의 방향전환론은 과연 진정한 방향전환론이었든가」를 게재하며 문예운동은 작품이 아닌 정치대중투쟁에 하나의 조직체로 참여하는 것으로 여기고 있음을 보였다.

2 예술대중화론

(1) 목적의식론에서 예술대중화론으로

박영희에 의해 시작되었고 제3전선파의 가담으로 이루어졌던 목적의식론 논쟁은 카프가 공식적으로 방향전환을 하고 조직개편을 하는 데까지 이르렀다. 카프는 문학가와 예술인 중심의 조직구도를 일반 대중이 구별 없이 참여하는 대중조직으로 개편하였다. 이러한 과정을 통해 카프는 본격적인 문학운동단체가 되었으며, 기관지『예술운동』의 창간호「무산계급 예술운동에 대한 논강」에서 밝힌 바와 같이 정치투쟁을 위한 무기로서 예술을 이해하고 그에 따라 예술운동을 전개하는 데에 목표를 두었다. 그러나 이는 예술을 정치투쟁의 무기로만 파악하여 기능주의적 예술관에 함몰되는 문제가 있었다.

(2) 김기진의 대중소설론 중요

김기진은 1928년 11월『조선일보』에「문예시대관 단편」을 게재하면서 대중에게 프롤레타리아 의식을 갖도록 하고 그들을 조직투쟁에 이르도록 하기 위해 마르크스주의 문예가 존재한다고 주장하며, 이를 위한 구체적 방안으로 대중소설을 제시하였다.

김기진은 대중소설론을 제기한 배경에 대해 '극도의 재미없는 정세에서 우리는 붓을 꺾을 수도 없고 반동적 문예에 대중이 감염되는 것을 막으려면 통속소설의 길을 개척해야 한다'고 말하였다. 그는 「문예시대관 단편」, 「대중소설론」에서 '대중'이란 노동자와 농민임을 명시하였고, '대중소설'이란 대중의 향락적 요구에 응하면 서도 그들을 타락한 부르주아 문학으로부터 구출하여 세계사의 주인공이 되도록 끌어올리는 소설이라고 정의하였다. 김기진은 프로소설과 대중소설을 구별하고자 했으며, 기능적 문학관을 통해 문학을 대중을 의식화하는 수단으로 여겼다.

김기진은 문장은 평이하게, 구절은 너무 길지도 짧지도 않게, 낭독하기 편하고, 화려하게, 묘사와 설명은 간결히, 성격이나 심리묘사보다는 인물이 처한 경우와 사건의 기복을 뚜렷이 드러내고, 전체의 사상과 표현수법은 변증적 사실주의로 할 것 등을 제안하여 대중소설을 항목화하였다. 이 중 중요한 것은 변증적 사실주의로, 김기진은 「변증적 사실주의」(1929)에서 이를 두고 현실을 객관적으로 바라보는 태도라고 설명하였다. 김기진의 대중소설론은 당위적이고 추상적인 문예운동론에서 구체적인 운동방식을 찾았다는 데에서 의의를 갖는다.

(3) 김기진과 임화의 논쟁

임화는 김기진의 대중소설론에 비판적인 입장을 취했는데, 김기진이 재반박하면서 대중화논쟁으로 이어졌다. 임화는 김기진이 '극도로 재미없는 정세에서 연장으로서의 문학은 그 정도를 수그려야 한다'고 한 것에 반대하며 '탄압기를 헤쳐나가는 것은 문학의 형식문제가 아닌 혁명적 투쟁'이라는 입장을 취했다. 또한 그는 김기진이 문학의 형식문제를 통해 탄압 또는 검열을 피하고자 하는 것을 지적하였다.

김기진은 「예술운동에 대하여」(1929)를 발표하며 임화의 비판에 맞섰다. 그는 '극도로 재미없는 정세에서 연장으로서의 문학은 그 정도를 수그려야 한다'는 것은 새로운 전술을 취하기 위한 일보퇴각을 의미하는 것이지 원칙의 포기나 무장해제는 아니라고 반박하였다. 또한 임화가 작품행동과 정치투쟁을 동일시하고 있다는 점을 지적하였다.

김기진은 기능주의 문학관을 극복하지 못하였고, 자신의 논의를 더 전개하지도 못하였다. 그러나 목적의식적 방향전환논의를 통해 문학을 정치투쟁의 일부로 보는 관점이 본격화되었으며, 그 실천방안으로 대중화논의가 전개되었다는 데에 의의가 있다. 김기진과 임화의 의견 차이는 좁혀지지 않고, 결국 예술운동의 볼셰비키화를 통해 조직적인 재정비가 진행되었다.

(4) 예술운동의 볼셰비키화

1930년대에 들어서면서 동경소장파를 중심으로 카프의 조직개편문제가 지속적으로 제기되었다. 조직개편의 필요성은 카프 내의 '불순분자'를 제거하고 기존의 대중조직을 문학, 예술인 중심으로 전환하려는 것에서 시작되었다. 카프는 결과적으로 1930년 4월 두 번째 조직개편을 진행하였는데, 기술부를 신설하여 문학예술인 단체의 특성을 강화하였다. 이러한 개편을 주도한 것은 동경소장파인 안막, 권환, 임화 등이었으며 비평 역시 이들이 주도하였다.

동경소장파는 예술운동을 당 사업의 일익으로 상정하며 당의 슬로건을 예술적 슬로건으로 전환하는 아지-프로 예술을 강조하였다.

안막은 **예술대중화론**을 본격적으로 탐구하였는데, 「프로예술의 형식문제」(1930)와 「마르크스주의 예술비평의 기준」(1930)을 통해 새로운 형식을 찾고자 하였다. 그는 '프롤레타리아트의 계급적 필요를 반영한 혁명적 이데올로기, 즉 프롤레타리아트 전위의 혁명적 이데올로기'로 프로문학의 내용을 정리하였다. 또한 프로문학의 형식은 과거 모든 혁명계급 예술의 형식적 요소와 결부되며, 종합적 · 조직적 · 합리적 · 근대적 · 계획적 표현형식을 요구해야 하고, 객관적이고 현실주의적인 유물론적 리얼리즘의 형식과 결부되어야 한다는 입장을 취했다. 결론적으로 안막은 내용과 형식의 관련 속에서 리얼리즘을 이해하고 있다.

볼셰비키 논자들의 대중화론은 리얼리즘을 도입하고 문학의 특수성을 무시하는 인식에서 벗어나 있다. 그러나 문학과 예술을 정치에 종속된 것으로 이해하는 방식을 극복하지 못하여 리얼리즘을 단순하게 받아들이고 있다는 문제점이 있다.

제 3 장

1920년대 중반의 계급문학론 · 국민문학론 · 절충주의 문학론

| 단원 개요 |

이번 단원에서는 계급문학 시비론과 국민문학파와 시조부흥운동 그리고 절충주의 문학론을 각 절별로 살펴본다. 제1절에서는 계급문학과 민족주의 문학의 비평가에 대해 진영을 나누어 알아본다. 제2절에서는 국민문학파의 등장과 시조부흥운동의 전개에 대해 공부한다. 제3절에서는 양주동의 절충주의와 그를 비판한 프로문학가들의 논지를 살핀다.

| 출제 경향 및 수험 대책 |

이번 단원에서 등장하는 이론과 등장하는 비평가가 많으며 그 입장도 다양하다. 따라서 어떤 비평가가 어떤 이론의 입장에서 어떤 입장을 펼쳤는지를 면밀히 알아두는 것이 좋다. 또한 각 비평가가 전개한 논지에는 의의와 한계, 또는 비판점이 동시에 존재하므로 이 또한 잘 살펴보는 것을 추천한다.

제1절 | 계급문학 시비론

1 계급문학과 민족주의 문학

카프의 결성 이후, 계급문학에 대립하는 **민족주의 문학 진영**이 구축되었다. 계급문학과 민족주의 문학이 두 진영으로 확연하게 나뉘게 된 것은 1924년 11월에 이광수가『조선문단』을 주재하고, 염상섭·나도향·박종화·현진건·최서해 등이 모여들며 박영희가 문예란을 담당하고 있던 『개벽』의 프로문학 진영과 대립한 시점으로부터였다. 이후 양주동이 1929년 5월에 창간된『문예공론』의 주간을 맡고, 이에 맞서 박영희가『조선문예』의 주간을 맡으며 이데올로기 차원에서 좌익과 우익의 대립양상이 더욱 심화되었다.

박영희는 좌·우익 문단 진영의 정면대립은 이성태와 박영희가 1925년『개벽』의 신년호에 「이광수론」을 싣고 민족문학 진영인 이광수의 문학을 비판한 데에서 비롯되었다고 진술한다. 하지만 본격적으로 문학이론을 다루는 논쟁은 박영희가 『개벽』에 기획한 '계급문학 시비론' 때문에 일어났다고 할 수 있다. 계급문학을 중심으로 한 또 다른 논쟁으로는 1926년『조선일보』신년호의 학예란에서 일어난 염상섭과 박영희의 논쟁을 들 수 있다.

2 민족주의 문학 진영

(1) 이광수

이광수는 「계급을 초월한 예술이라야」에서 계급을 초월한 예술의 존재를 중시하며, 효용론에 근거하여 프롤레타리아 문학을 거부하였다. 이광수에 따르면 예술은 특정 계급이 아닌 민족 전체를 위한 것이어야 하기 때문이다.

(2) 김동인

김동인은 「예술가 자신의 막지 못할 예술욕에서」에서 유미주의적 문학관에 근거하여 계급문학의 교훈성과 선정성을 부인하고 나아가 존재근거까지 비판하였다. 김동인의 입장에서는 계급문학 자체가 존재할 수 없기 때문에, 프롤레타리아 또는 부르주아의 용어 사용 또한 부인한다.

(3) 염상섭

프로문학의 성격을 피상적으로만 이해했던 이광수나 김동인과는 달리, 염상섭은 프로문학의 개념을 소상히 이해하고 있었다. 염상섭은 계급문학이 자연적으로 출현할 수 있는 가능성은 인정하면서도, 계급문학론의 오류를 지적하며 계급문학론을 '유행성 감기'와 같은 것이라 평했다. 염상섭은 문학은 계급을 비롯한 어떤 것에도 예속되지 않기 때문에 특정 계급의 선전물이 될 수 없다고 주장하였다. 또한 프로문학 역시 문학의 한 갈래이기 때문에 예술적인 소성분을 갖추지 않고서는 성립 자체가 불가능하며, 정서를 무시하면서도 존재가 가능한 문학은 없다고 단언하며 예술의 독립성을 강조하였다.

3 프로문학 진영

(1) 김기진

김기진은 「피투성이 된 프로혼의 표백」에서 민족주의 문학 진영이 프로문학을 제재의 차원에서 문제 삼는 것에 대응하였다. 그는 프로문학은 부르주아 중심의 근대 자본주의 사회가 초래하는 빈부 격차와 계급 모순에 의한 상부구조의 문제를 다루는 것이지, 단순히 제재 차원의 문제가 아니라고 지적하였다. 김기진은 계급문학은 피상적 제재 문제가 아닌 본질적 경향 문제라고 설명하였다.

(2) 박영희

박영희는 형식의 고전적 전통을 파괴하고 무산계급문학을 세울 것을 주장하였다. 그는 프롤레타리아 예술이 선동을 비예술적인 것으로 볼 필요가 없다고 제안하며, 루나찰스키의 「혁명과 예술」을 인용하였다. 박영희에 따르면 프로문학은 인도주의 문학이 아닌 혁명문학이었다. 염상섭과의 논쟁에서 역시 염상섭의 예술론은 허무하기 그지없는 망상적 예술론이라고 비판하였다.

박영희는 예술에는 '예술을 위한 예술'과 '인생을 위한 예술' 두 개의 분파가 있다고 설명하고, 프로문학을 전기프로문학과 후기프로문학으로 분류하였다.

① 예술의 2대 분파

예술을 위한 예술	• 예술을 위한 예술은 유희적이고, 향락적이며, 개인적인 성격을 가지는 예술이다. • 이는 미의 향락에 머물 뿐이며, 이를 따르는 예술은 부르주아 예술이 된다.
인생을 위한 예술	• 인생을 위한 예술은 건설적이고, 창조적이며, 집단적인 성격을 지닌 예술이다. • 이는 진리탐구의 예술로 사회적 기능을 수행하며, 이를 따르는 예술은 프롤레타리아 예술이 된다.

② 전기프로문학과 후기프로문학

전기프로문학	전기프로문학은 자본주의 사회의 제도 아래에서 무산계급이 프롤레타리아 운동을 시작하는 것이다.
후기프로문학	후기프로문학은 부르주아적인 사회의 제도에서 벗어나서 프롤레타리아 사회의 문화를 창조하는 것이다.

4 염상섭과 박영희의 논쟁

염상섭과 박영희 논쟁은 박영희가 1925년 12월에 「신경향파 문학과 그 문단적 지위」에서 「붉은 쥐」(김기진), 「땅속으로」(조명희), 「광란」(이익상), 「가난한 사람들」(이기영), 「살인」(주요섭), 「기아와 살육」(최서해), 「전투」(박영희) 등의 작품에 대해 부르주아 문학의 전통과 전형에서 벗어나 새로운 경향을 보여주는 작품이라고 평가한 데에서 시작되었다. 박영희는 신경향파는 프롤레타리아의 해방이 다가온 때에 무산계급에 유용한 문학을 생산해야 한다고 주장하였다.

염상섭은 이에 반박하여 1926년 『조선일보』에 「신흥문학을 논하여 박영희군의 소론을 박함」을 비롯한 평론을 연재하기 시작한다. 그는 계급문학은 내면적이거나 필연적인 요구에서 출발한 것이 아니며, 외면적 원인과 시류에 영합하려는 천박한 동기에서 나온 것이라며 공격을 가했다. 염상섭은 박영희가 신경향파가 무엇인지 밝히는 문제는 회피하면서 신경향파의 대두를 주장한다며 비판하였고, 결말에 주인공이 살인 또는 강도를 저지르거나 선전문을 작성하는 것이 프로문학이냐고 묻는다. 염상섭은 프로문학 역시 하나의 예술로서 예술적인 표현형식을 찾아야 할 필요성이 있다고 주장하였으며, 당시의 프로문학을 '문예도, 선전문도 아닌 딜레마에 빠진 상태'라고 평했다.

박영희는 염상섭의 반박에 대하여 「신흥예술의 이론적 근거를 논하여 염상섭군의 무지를 박함」이라는 글로 재반박하였다. 박영희는 본인의 글이 신흥예술 이론의 전체와 관련된 것이라며 논지를 전개하였고, 염상섭의 주장에 대해서는 반박할 가치가 없다고 일축하였다.

이후에도 염상섭은 「프롤레타리아 문학에 대한 '피'씨의 언(言)」을 발표하고, 박영희는 「신경향파 문학과 무산파의 문학」에서 염상섭을 프로문학을 잘못되게 이해한 예로 언급하며 논쟁을 심화하였다. 해당 논쟁 과정에서 김억과 이광수 역시 계급문학을 비판하고자 했다.

제2절 국민문학파와 시조부흥운동

1 국민문학파의 등장

정인섭은 「조선 현문단에 호소함」(1931)을 통해 한국의 우파 작가를 순수예술 지상주의자 김동인, 통속적 모더니스트 최독견, 심리해부적 리얼리스트 염상섭, 민족적 인도주의자 이광수로 사분하였다. 프로문학의 대립개념으로 형성된 민족주의 문학은 의식적인 측면과 무의식적인 측면으로 나뉘는데, 의식적 민족주의자는 절충파로 분류되는 이광수 · 양주동 · 김동인 · 염상섭 등을 들 수 있고, 이외의 인물들은 무의식적인 민족주의자라고 할 수 있다. 민족주의 문학은 조선주의를 바탕으로 한 국민문학으로 대두되었다. 이들은 프로문학과 1925~1930년까지 한국문단을 양분했지만, 1930년 이후 프로문학이 퇴조하면서 그들의 대립 개념으로 수동적으로 규정된 민족주의 문학 역시 그 의의를 점점 잃어갔다.

2 시조부흥운동의 전개 _{종요}

(1) 최남선과 시조부흥운동

민족주의 문학론은 최남선이 주창한 국민문학론에서 출발한다. 최남선은 민족문화의 전통에 대한 관심을 살리고 암울한 식민지 현실 속에서 민족의식을 되찾자는 두 가지 이유에서 시조부흥운동을 전개하였다. 최남선은 '조선심(朝鮮心)' 또는 '조선아(朝鮮我)'를 발견하는 데에 관심을 가지고 있었다. 최남선은 민족문학과 전통을 살리기 위한 시 형식으로 시조를 제안하며, 계급문학이 세계적 보편성을 추구하는 것을 간접적으로 비판하기도 했다.

(2) 시조부흥운동의 허점과 비판

최남선은 향토성을 강조하였는데, 사회현실과의 연계성과 역사의 필연성에 대한 인식 없이 세계성과 보편성에 대한 대립개념으로서의 향토성은 큰 힘도, 의미도 없었다. 또한 이미 그 생명력이 다하고 있는 시조를 되살리겠다는 의도 역시 장르이론에 대한 지식과 현실감각이 결여되었다는 허점이 있었다. 프로문학 진영의 김기진과 김동환은 이러한 점을 들어 시조부흥운동을 비판하였다.

① 김기진의 비판

김기진은 「문예시평」(1927)에서 조선주의를 두고 '그것은 일개의 국수주의의 변형이요, 보수주의요, 정신주의요, 반동주의요, 그 이상의 아무 것도 아니다'라고 강하게 비판하였다. 또한 최남선이 말하는 향토성 · 민족성 · 개성 등은 독립적으로 평가되거나 주관적으로 인식되는 것이 아니고 객관적이고 대비적으로 평가된다고 지적하였다. 더불어 향토성은 교통기관의 발달에 의하여 점점 그 문학상의 존재가 희박해지고 있었고, 민족성 역시 국가 형태의 변천과 생활조직의 변천에 따라서 문학에서 중요한 요소가 되지 못하는 상태에 이르렀으며, 생리적 차이 · 생활환경의 차이 · 지리적 차이에서 발생하는 개성의 차이는 계급적 차이를 뛰어넘을 만한 것이 못 된다고 덧붙였다.

② 김동환의 비판

㉠ 시조의 형식

김동환은 시조의 3장 형식이나 4 · 4조의 음률단위가 식민지 현실에 어울리지 않는다고 지적하였다. 그는 정서를 3단으로 무리하게 나누는 것은 구속적이고 정형적이라고 하였다. 또한 4 · 4조의 시형은 유교윤리와 사회질서가 잡혀 있던 조선조에 어울리는 것으로, 암울하고 어지러운 식민지 상황에는 어울리지 않는다고 보았다. 덧붙여 시조는 노래를 부르는 장르인데, 이 시대에 그러한 노래의 즐거움을 즐길 사람이 있겠느냐고 반문하였다.

㉡ 시조의 내용

김동환은 자연을 노래하는 시조는 그 묘사가 천편일률적이고 관념적이라고 지적했다. 또한 목적의식적으로 만든 시조는 백성들로 하여금 현실로부터 멀어지도록 유도하여 은둔과 도피사상을 고취한다고 비판하였다. 마지막으로 그는 시조는 부패문학이 잠든 곳이라고 결론을 내렸다.

제3절   절충주의 문학론

1 절충파

절충파는 프로문학 진영이 문단의 주류로 자리잡으면서, 1920년대 중반에 부수적으로 등장한 개념이다. 넓게 보면 양주동 · 염상섭 · 김기진 · 김화산 · 이향 · 김영진 · 정노풍 등이 모두 절충파에 포함되지만, 좁은 의미로 보면 프로문학을 비판하고자 했던 양주동과 염상섭이 절충파에 해당한다.

2 양주동의 절충주의와 프로문학의 비판

(1) 양주동의 절충주의

『동아일보』의 「문예비평가의 태도 기타」(1927)에서 절충적 입장을 밝힌 양주동은 문예비평가는 외재적 비평과 내재적 비평을 겸해야 한다고 주장하였다. 또한 유심과 유물의 이원론을 받아들여 문학을 유심론적으로만 해석하는 것이 오류이듯이, 유물론적인 관점에서만 해석하는 것 역시 편견이라고 지적했다.

① 문예사상적 조류 3가지

양주동은 「문단여시아관」(1927)에서 문예사상적으로 순수문학파 · 순수사회파 · 중간파 세 개의 조류가 있다고 밝혔다.

순수문학파	문학의 문학적 가치와 의의만을 중시하며, 정통파라고도 한다.
순수사회파	문학의 사회적 공과에만 집중하며, 반동파라고도 한다.
중간파	• 중간파는 순수문학파와 순수사회파를 절충하고자 하는데, 이는 사회가 문학에 앞서는 사회적 중간파와 문학이 사회에 앞서는 우익계열 중간파로 다시 나뉜다. • 양주동은 자신이 우익계열 중간파라는 입장을 밝혔다.

② 양주동의 프로문학 비판의 논지

양주동은 「문예상의 내용과 형식문제」(1929)에서 박영희와 김기진 중 김기진의 입장을 옹호하며, 내용보다 형식을, 사상보다 기교를 우위에 두는 절충주의적 견해를 밝힌다. 양주동은 프로문학을 세 가지 논지에서 비판하였다.

> • 내용 편중주의
> • 예술상 엄밀한 의미에서 인도주의와 사회주의 등은 '주의'가 아님
> • 계급문학은 형식과 내용의 조화를 공격하며, 작품의 스토리마저 막다른 골목으로 몰아져 살인 · 방화의 결말을 천편일률적으로 사용하여 문예의 포스터화를 주장하고 예술의 형식조건을 방기함

(2) 프로문학의 양주동 비판

양주동의 절충주의 비평은 형식에 바탕을 두고 있기 때문에, 내용을 중시하는 프로문학의 대척점에 서 있다. 양주동의 입장과 주장은 프로문단의 김기진에 의해 「시평적수언」(1929)에서 비판을 받았다. 김기진은 양주동의 주장이 모호하고 과거 국민문학파의 주장과 비슷하다고 지적하였다. 또한 계급문학과 국민문학이 합치 가능한 지점을 찾는 것은 현실적이지 않다고 덧붙였다.

윤기정과 임화 역시 『조선지광』에 각각 「문단시언」(1929)과 「탁류에 향하여」를 실으며, 프로문학에 대한 양주동의 공격에는 근거가 없으며 그의 태도는 중간파적 입장이 아니라 반동작가의 입장이라고 지적하였다.

제 **4** 장 | 농민문학론

| 단원 개요 |

이번 단원에서는 농민문학론의 대두와 그 배경 및 농민문학론의 전개양상에 대해 알아본다. 제1절에서는 농민문학론의 대두 배경, 김기진의 농민문학론 제기, 하리코프대회에 대해서 살핀다. 제2절에서는 안함광과 백철의 논쟁과 송완순·유해송·김우철 등의 논의를 파악하고 창작방법문제를 고찰한다.

| 출제 경향 및 수험 대책 |

농민문학론이 처음으로 소개된 배경과 농민문학과 프로문학의 관계에 대해서 자세히 학습할 필요가 있다. 안함광과 백철의 논쟁 역시 농민문학과 프로문학의 관계를 둘러싸고 벌어진 것으로, 그 과정과 내용을 잘 기억해두어야 한다. 또한 하리코프대회와 나프 등 외국의 사건과 단체가 소개되고 있는데, 낯설더라도 알아두는 것이 좋겠다.

제1절 농민문학론의 대두와 그 배경

1 농민문학론의 대두와 그 배경

농민문학은 1920년대 중반에 그 논의가 시작되어 1940년대까지 이어진다. 농민문학은 이 20여 년간 일관되게 전개된 것은 아니며, 문학사에서는 1930년대 프로문학 진영의 농민문학론 논쟁을 중요하게 다룬다. 농민문학에 대한 최초의 논의는 윤기정(효봉산인)의 「신흥문단과 농촌문예」(1924)에서 드러나는데, 이 글은 조선 사람의 대부분이 프롤레타리아의 생활을 하고 있고 그중 중요한 것이 농촌이기 때문에 농촌문예의 필요성이 있다고 주장한다. 이성환의 「신년문단을 향하여 농민문학을 일으키라」역시 이와 비슷한 내용을 다뤘다.

2 김기진의 농민문학론 제기

카프의 구성원 중 한국문단에서 처음으로 농민문학의 문제를 제기한 것은 김기진이다. 김기진은 「농민문예에 대한 초안」에서 농민문예를 어떻게 써야 하고 어떤 형식과 정신을 필요로 하는지에 대해 실천적인 방법을 제시하고 있으며, 그 내용은 다음과 같다.

- 농민문예는 농민으로 하여금 봉건적 또는 소시민적 의식과 취미를 떠나 서로 단결하고 나아가게 하는 기구가 되어야 한다.
- 대부분의 농민은 무식하기 때문에 농민들이 귀로만 듣고도 이해할 수 있도록 쉽게 써야 한다.
- 제재를 농민의 생활상에서만 구할 것이며, 그 의외의 자본가나 지주 등에 대해서 구할 때에는 반드시 농민의 생활과의 대조 차원에서만 다루어야 한다.
- 소설가의 경우에는 세밀하고 세세한 심리묘사나 성격묘사보다는 뚜렷하게 사건과 인물 그리고 그 속의 갈등 등을 다루어 사회비판을 보여야 한다.
- 시의 경우에는 그 양식으로 재래의 민요조를 취하도록 하며, 서사시의 형식도 무방하다.
- 모든 문장은 낭독과 듣기에 편하도록 써야 한다.

이러한 김기진의 입장은 농민문학을 그 자체로 보는 것이 아닌 문예대중화론의 연장선상에 두었다는 것을 한계로 지적받기도 한다.

3 하리코프대회 종요

1930년 11월 소비에트의 하리코프시에서 열린 '프롤레타리아혁명작가 제2회 국제대회(이하 하리코프대회)'는 농민문학에 대한 프로문학 진영의 관심이 크게 높아진 계기이자 농민문학론에 대한 논의가 활발해진 요인으로 작용하였다.

하리코프대회로 인해 일본 프롤레타리아작가동맹 내부에 '농민문학연구회'가 결성되었고, 이는 국내에도 영향을 미쳤다.

카프 소장파이던 권환은 「하리코프대회 성과에서 조선 프로예술가가 얻은 교훈」이라는 글에서 하리코프대회의 성과를 '파시즘예술에 대한 투쟁·동반자 획득문제·노동통신원문제·농민문학운동 문제·국제적 연락' 크게 다섯 가지로 나누었다. 이 중 농민문학론과 관련이 깊은 것은 노동통신원문제와 농민문학운동 문제이다.

프로문학 내부의 농민문학 문제에 대한 관심은 하리코프대회의 성과, 하리코프대회 이후 일본 프롤레타리아작가동맹 내부의 변화, 그리고 코민테른이 내린 국내운동에 관한 일련의 테제들로부터 발생하였다고 볼 수 있다. 테제는 문학운동뿐만 아니라 전체 사회주의 운동을 아우르는 지침서이며, 특히 '토지혁명에 의한 부르주아 민주주의 혁명이 조선혁명의 제1단계이라야 한다'고 규정한 코민테른의 12월 테제는 사회주의 운동노선에 막대한 영향을 미쳤다.

제2절 농민문학론의 전개양상

1 안함광과 백철의 논쟁

(1) 안함광의 「농민문학문제에 대한 일고찰」

안함광과 백철의 논쟁은 안함광의 「농민문학문제에 대한 일고찰」에서 출발하였다. 안함광은 이 글에서 농민문학을 프로문학에 종속되는 일개 범주의 문학으로 파악하였다. 그에 따르면 농민문학이란 노동자계급의 입장에서 생각해야 하는 문제였다.

(2) 백철의 「농민문학문제」

백철은 「농민문학문제」에서 안함광이 농민문학과 프롤레타리아 문학을 구분하지 못한다는 것을 지적하였다. 백철은 안함광의 기계적인 대입과는 다른 입장에 있으며, 농민의 계급적 요구는 프롤레타리아의 계급적 요구와 다르다고 비판하였다.

당시 일본에 머물고 있던 백철은 나프(NAPF, 전일본무산자예술연맹)의 이론을 받아들여 안함광의 견해를 비판하였다. 이때 나프는 혁명적 소부르주아 문학이 동반자문학인 것과 같은 원리로 혁명적 빈농으로서의 농민문학이 있으며, 그것은 동반자문학에 비교하여 동맹자문학이 된다는 입장을 취하고 있었다. 또한 농민문학과 프로문학은 궁극적으로는 일치하지만 현재 단계에서는 혁명적 빈농의 이데올로기와 프롤레타리아트의 이데올로기는 구분되기 때문에 농민문학을 프로문학에 포함시킬 수 없다는 것이 나프의 주장이었다.

(3) 안함광의 「농민문학의 규정문제-백철군의 테마를 일축한다」

안함광은 「농민문학의 규정문제-백철군의 테마를 일축한다」에서 농민문학과 프로문학을 구분하고, 농민문학만의 이데올로기적 특수성에 다가갈 필요성을 인식하였다. 그러나 장기적으로는 변증법적인 통일을 바라보는 입장을 취하였다.

2 그 외의 논의

송완순	농촌을 계급적으로 파악하는 것을 참된 농민예술의 임무로 보았다. 또한 농촌의 계급은 지주와 빈농으로 이분되는 것이 아니기 때문에, 빈농층을 주축으로 하되 중농층 역시 고려해야 함을 주장하였다.
유해송	농민문학을 프로문학의 일부분이라고 파악하면서도, 지주에게 노동력을 착취당하는 농민들의 무기이자 문학으로 정의했다.
김우철	문학운동에 있어 카프가 해외이론을 무조건 따라하는 태도를 강력하게 비판하였다.

3 카프 농민문학론 논쟁의 한계

카프는 농민문학론 논쟁에서 농민계급 내부의 다층성을 무시하고 '지주 대 빈농'이라는 지나친 이분법적인 도식화에 기댄다는 문제점이 있다. 또한 식민체제의 생산체계에 저항하는 농민운동을 민족해방운동의 관점이 아닌 계급투쟁의 관점에서 봄으로써 농민을 지나치게 수동적인 계급으로 인식한다는 허점이 있다.

4 농민문학의 창작방법 문제

안함광은 농민문학 창작의 문제를 「농민문학문제 재론」에서 밝히며 프롤레타리아 리얼리즘을 제창하였다.
프롤레타리아 리얼리즘은 카프 볼셰비키화를 주도했던 안막·권환 등의 글에서 볼셰비키화 창작방법론을 뒷받침하는 리얼리즘 이론의 근거로서 제기되었다. 그 내용은 대체로 '당의 요구에 충실한 문학'과 '프롤레타리아의 혁명적 과제와 결부된 전위의 관점에서 세계를 관찰하라'는 것으로 요약할 수 있다.
프롤레타리아 리얼리즘은 정치편향의 방향으로 급선회한 카프 볼셰비키화의 미학적 근거가 되는 리얼리즘이라고 할 수 있으며, 이는 작가의 창작역량보다는 이념성 혹은 계급성에 더 큰 가치를 둔다는 특징이 있다.

제5장 | 주지주의 비평과 예술비평

| 단원 개요 |

이번 단원에서는 김기림과 최재서의 주지주의 문학론과 비평, 그리고 김환태와 김문집의 예술비평에 대해서 알아본다. 제1절에서는 주지주의와 관련된 서구의 비평가를 소개하고, 김기림과 최재서가 한국문단에서 어떻게 주지주의를 발전시켰는지 파악한다. 제2절에서는 김환태와 김문집의 인상비평과 유미주의 비평을 살펴본다.

| 출제 경향 및 수험 대책 |

주지주의에는 서구의 다양한 비평가가 소개되고 있고, 최재서의 주지주의 비평에 대한 내용이 많기 때문에 각 이론을 잘 기억해두는 것이 중요하다. 예술비평에서는 인상비평과 유미주의 비평의 특성을 자세히 알아두는 것을 추천한다.

제1절 | 김기림 · 최재서의 주지주의 문학론과 비평

1 서구 주지주의 이론의 도입

(1) 주지주의와 그 소개

주지주의란 감정과 정서보다도 이성과 지성을 중요시하는 경향을 말한다. 또한 질서와 전통을 회복하여 현대 문명을 혼란으로부터 구해내고자 하는 모더니즘의 한 경향이라고도 할 수 있다. 한국문단에서 주지주의는 김기림과 최재서 등이 서구의 비평가인 흄·엘리엇·리처즈·리드 등의 이론을 수용하면서 소개되었다.

(2) 흄(T. E. Hulme)

흄의 사상 중에서 주목받는 것은 불연속적 실재관이다. 흄은 수학과 물리학의 무기적 절대세계, 생물학과 심리학 및 역사의 유기적 상대세계, 그리고 윤리 및 종교적 가치의 절대세계 등 각 세계 사이에는 단절이 존재한다고 주장한다. 이러한 흄의 예술관은 기하학적 예술(기계적 예술)과 생명적 예술(유기적 예술)의 대립관념 속에서 파악할 수 있다. 그의 문학이론 역시 낭만주의와 고전주의의 대립개념에서 파악된다.

(3) 엘리엇(T. S. Eliot)

엘리엇은 「전통과 개인의 재능」에서 역사적 의식을 의미하는 전통을 통해 진실한 뜻을 알아내서 잃어버린 참된 문학전통을 밝히고자 하는 견해를 펼친다. 그는 전통과 창작의 관계를 역사적 비평의 일원칙으로서가 아닌, 심미적 비평의 원칙에서 수용한다. 엘리엇은 창작에 있어서의 개성의 문제에 관한 혁명적 선언으로, 예술가의 발전이란 부절한 자기희생, 부절한 개성멸각에 있다는 입장을 밝힌다. 또한 창작과정에서 중요한 것은 정서의 위대성이나 긴장과 같은 화합의 성분이 아니라 이러한 성분들로 하여금 화합을 하게 만든 압력, 즉 기술적 수단의 긴장력이라는 주장을 세운다.

엘리엇은 시를 두고 '정서의 해방이 아닌 정서로부터의 도피'라 주장하는데, 이는 시가 '개성의 표현이 아닌 개성으로부터의 도피'라는 의미이다.

(4) 리처즈(I. A. Richards)

리처즈는 리드(H. Read)와 함께 프로이트와 융의 심리학적 방법을 통해 과학적 비평의 기초를 다진 인물이다. 리처즈는 시의 효능을 두고 충실한 생의 활동과 함께 자유로운 충동의 조화를 우리에게 준다고 하였으며 시의 정의 · 기능 · 가치 등에 대한 학설을 제기하였다.

2 김기림의 주지주의 문학론

(1) 김기림의 과학적 시론

김기림은 언어의 건축인 시의 창작은 감정이 아닌 지성에 의해 이루어져야 한다는 입장을 취하였다. 또한 그는 리처즈의 이론을 적극 수용하였는데, 이를 통해 과학적 시론을 정립하고자 하였다. 김기림은 리처즈의 분석적 비평 방법을 활용하여 실증주의적 시비평 방법을 도입하고자 하였다.

김기림은 이후 자신의 과학적 시론의 바탕이 된 리처즈보다도 더욱 과학에 대한 집착을 보였는데, 그는 과학적 태도를 두고 '새 정세가 요구하는 유일하고 진정한 인생 태도이며 새 모랄'이라고 하면서 과학주의에 경도된 모습을 보였고 이는 리처즈의 시론을 비판하는 데까지 나아갔다.

또한 김기림은 시는 객관적이어야 한다는 점을 강조하였는데, 그가 말하는 '객관주의시'란 시 자체의 구성을 위한 사물의 재구성으로, 사물에 의하여 주관을 노래하거나 사물의 인상을 표현하는 것이 아니라 시가 사물을 재구성하여 시로서 독자의 객관성을 구비하는 새로운 가치였다. 다시 말해, 김기림은 시를 통해 사물 자체의 성격을 객관적으로 파악하고자 하였다.

주지주의 시론은 과학을 강조하는데, 김기림은 과학을 객관적이고 지적인 요소를 강조하는 비평적 태도로 해석한다. 그런데 김기림은 『시의 이해』(1950)에서 과학을 '시적인 경험을 설명하는 과학적인 이론'이라는 의미로 활용한다. 과학의 개념은 시가 독자에게 미치는 영향까지 분석하는 것으로 변화하며, 사물의 본질에 대한 탐구를 중심으로 한 비평 태도는 심리학으로 좁혀진다. 심리학은 시인뿐 아니라 독자의 심리까지 포괄하는데, 김기림은 초기부터 시인과 독자의 관계에 주목하였으므로 심리학에 관심을 가졌다.

(2) 김기림 문학론의 한계

김기림은 흄의 불연속적 실재관과 엘리엇의 몰개성론을 문학에서의 '인간 추방'으로 오해하는 잘못을 범하였다. 또한 흄과 엘리엇의 시론을 청교도적이고 장식적인, 비인간적 고전주의로 오인하여 비난했다는 문제점도 있다.

김기림이 영미 주지주의 이론을 수용하는 과정에서도 여러 가지 문제점이 나타난다. 먼저, 형식의 문제에만 집착하여 엘리엇의 「황무지」를 문명 비판의 수준으로 격하하여 영미 주지주의의 본질인 '내면적 정신의 객관화'를 잘못 파악하였다는 문제가 있다. 또한 기교에 집착하여 시의 언어를 자기 정체성이 결여된 것으로 여겼다. 이는 김기림으로 하여금 '언어의 실험에만 치우친 기교파 시인'이라는 지적을 듣게 했다. 마지막으로 외래어와 신어를 남용하여 경험의 단순화와 편향주의를 낳았다.

3 최재서의 주지주의 비평

(1) 현대적 위기에 대한 인식과 지성의 옹호

최재서는 1934년 『조선일보』의 학예면에 「현대 주지주의 문학 이론」에서 흄과 엘리엇을 소개하고, 같은 해 발표한 「비평과 과학」에서는 리처즈와 리드를 소개하였다. 그는 비평에 있어서 과학적 가치판단의 태도와 모랄에 바탕을 둔 윤리성 문제에 집중하는 새로운 비평적 인식태도를 정립하였다.

최재서는 현대사회의 특질을 두고 과도기적 혼동성이라고 규정하였으며, 이러한 시대인식에서 현대비평의 방법이 비롯됨을 주장하였다. 그는 「지성옹호」를 통해, '현대인의 형성'을 주제로 니스에서 개최된 지적협력국제협회에 보낸 토마스 만의 서간을 다루며 현대비평의 방법에 대한 생각을 밝히기도 하였다.

최재서는 집단주의와 영웅주의적 신화로 민중을 오도하는 일제를 비롯한 제국주의의 식민지 현실에 대처하는 방안으로 개인이 자유를 재획득하는 것과 신휴머니즘의 정의에 따라 지성을 옹호하여 민중 개개인의 조화로운 발달을 도모하고 문화의 전통을 옹호하는 것이 절실하다는 인식에 도달했는데, 이는 지성옹호론으로 요약할 수 있다.

(2) 비행동적 행동 역설

최재서는 기계적 행동을 하는 비즈니스맨(같은 사람)과 충동적 행동을 하는 탕아를 행동인으로 제시하였으며, 두 행동 모두 사색의 과정을 거치지 않는다고 주장하였다. 그는 문학은 인텔리겐치아의 소산이며, 지식인의 비행동성은 기계적 혹은 충동적 행위의 기피를 의미한다고 밝혔다.

최재서는 리처즈의 견해에 입각하여 지성의 비행동성을 적극적으로 강조하였다. 그는 예술가의 태도는 충동의 만족을 외면화하는 대신 발달적 행동에 그치는 상태이며, 예술가의 임무는 이런 세계를 제공하는 것이라고 생각하였다. 이것은 비행동성에 근거한 지성인의 역할을 강조하는 것으로, 문학 내적으로는 카프 등 문학의 현실참여에 대한 거부감을 표출한 것이고, 문학 외적으로는 파시즘으로 인해 표현의 자유가 확보되지 않는 것을 지적한 것이다. 그러나 이는 자기합리화 또는 자기변명에 그칠 뿐이라는 지적을 받기도 한다.

(3) 최재서 문학론의 변모양상 (중요)

① 지성론

최재서의 문학론은 '지성론'에서 '모랄론'으로, 다시 '휴머니즘'으로 변화하는 과정을 거친다. 그는 지성론에서 지성을 행동의 안티테제로 파악했는데, 이때 지성은 수준 높은 문화의식을 의미한다. 또한 지성을 '취미' 또는 '교양'으로 여겼는데, 취미에 대해 '미각기관이 음식물을 향락 또는 배척하는 것과 마찬가지로 예술작품이나 자연물을 감미 또는 배척하는 정신적 능력'이라고 정의하며, 취미를 예술작품 또는 자연물을 변별하는 정신기능으로 보았다. 이러한 취미가 과학적 판단과 다른 점은 추리적인 것이 아니라 직관적이고 결과에 대한 좋고 나쁨의 감정을 불러오는 것에 있다고 보았다.

최재서는 문학적 판단을 두고 그 표준과 출발점이 중요하다고 여기며, 이를 문학적 전통에서 찾고자 하였다. 취미에는 질서가 요구되고, 그 취미에 질서를 가져다주는 것이 전통이기 때문이다. 또한 문학을 지배하는 통일적 정신은 고전들의 관계를 통합하여 이해할 수 있는 것이다.

② **모랄론**

최재서는 지성은 수준 높은 문화의식을 뜻하며, 윤리적인 기능이 그 안에 포함되어 있다고 보았다. 「지성옹호」에 근거한 '지성론'은 배빗(I. Babbitt)의 '개성'을 차용하여 '모랄론'으로 변모하였다. 개성은 스스로를 완성하는 노력의 과정에서 얻어지는 것으로 지성과 관련을 가지며 모랄을 갖게 된다. 최재서는 리드(H. Read)의 논지를 원용하여, 모랄을 '가치의식의 결정'으로 정의하였다. 모랄은 시대현실의 변화와 그 속에서 개인의식을 통일하는 질서부여적 가치인 것이다. 최재서는 모랄을 오직 개성을 통해 파악할 수 있고 지성(직관적 이해력)으로써 파악할 수 있다고 주장한다.

최재서는 모랄이 현대사회에서 문제가 되는 것에 '전통적 도덕률의 결여'를 원인으로 여겼다. 그가 1930년대 후반 식민지 현실상황에 처해 있던 조선에 모랄이 요구된다고 본 까닭은 크게 두 가지로, 도덕성의 결여시대에 새로운 모랄을 강력히 요구하는 것과 프로문학에 대한 비판적 인식을 들 수 있다.

③ **휴머니즘론**

최재서의 지성론은 모랄론으로 변화한 이후 휴머니즘으로 귀착한다. 그는 「문학과 모랄」에서 프로문학의 비지성적 태도를 공격하면서 휴머니즘을 새로이 강조한다. 이는 프로문학의 도그마화된 정치적 학설과 선전 및 비모랄에 기초한 집단주의적 기계론에 대한 비판으로부터 나온 것이다.

(4) 풍자문학론과 리얼리즘론 종요

① **풍자문학론**

풍자문학론은 실천비평으로서의 문학비평으로, 최재서는 풍자문학을 조선문학의 미래를 지시하는 가장 합리적인 방법으로 제시하였다. 풍자에는 크게 세 가지 계급이 존재하는데, 개인을 공격하는 저급풍자, 시대의 정치적 권력을 비판하는 정치적 풍자, 그리고 인류 전체를 조소하는 고급풍자가 그것이다.

최재서는 루이스 · 엘리엇 · 헉슬리를 통해 문학수법에 있어 작가가 스스로를 해부하고 비평하며 질타하는 '자기풍자'라는 새로운 예술형식을 발견하였다. 그는 헉슬리의 「연애쌍곡선」을 예로 들며 자기풍자 이론을 소개하였다. 최재서는 풍자문학을 일종의 복수문학이라고 정의하였다. 또한 자기풍자에 대한 중대한 동기를 인생의 재출발로 보기도 하였다.

최재서의 풍자문학론에는 문제점이 존재하는데, 하나는 그가 풍자문학론을 문단의 위기를 해결하기 위한 방법으로 제시하였을 때, 이미 문단에서 풍자문학론이 전제되고 있었다는 것이다. 또한 식민지 현실을 극복하기 위한 방안으로 자기 내부를 해부하고 가상적 실체를 냉소적인 관점에서 조롱하는 방법은 적절하지 않고, 단순히 지식인의 자기 응시 또는 지적 테크닉으로 남을 확률이 높다는 비판도 있었다.

② 리얼리즘론

최재서는 실천비평의 또 다른 방법으로 리얼리즘을 제기하였는데, 그의 리얼리즘은 소박한 수준에 머물렀다. 그는 어빙 배빗의 말을 빌려 '인생과 사회의 진실성을 표현함으로써 생명을 삼는 문학', 또는 '네발로 기어 다니는 낭만주의'라고 리얼리즘을 규정하였다.

최재서는 리얼리즘 이론에 근거하여 「천변풍경과 날개에 관하여」, 「센티멘털론」, 「빈곤과 문학」 등을 저술하였지만, 리얼리즘에 대한 원론적 인식과 간단명료한 해석으로 인해 왜곡된 해석을 낳은 글이라는 평가를 받았다.

(5) 최재서 비평의 한계

최재서는 서구의 주지주의 비평을 소개하고 실천비평의 방법을 모색하며 그 의의를 남겼다. 하지만 그의 비평방법과 인식태도는 지나치게 서구적인 탓에 조선의 식민지적 현실에 적용할 수 있을지에 대한 의문을 낳았다. 또한 그가 모랄론으로 변모하여 스스로가 지성론에서 강조했던 '전통'이라는 개념을 감추어 버리고 오직 전통적 모랄의 결여를 지적하는 것은 모순이라는 지적이 있다. 덧붙여 개성의 존중을 강조했던 것과 달리 그의 비평론이 지성론에서 모랄론을 거쳐 휴머니즘으로 정착하여 보편적 사조를 지향하는 것 역시 모순적인 지점이다. 사회주의적 리얼리즘을 센티멘털리즘으로 파악하여 좌파이론가들을 센티멘털리스트로 규정한 것 역시 최재서의 이론적 한계로 이해할 수 있다.

제2절 **김환태 · 김문집 등 예술비평**

1 김환태의 인상비평

(1) 김환태의 비평관

김환태는 「예술의 순수성」(1934), 「문예비평가의 태도에 대해서」(1934), 「비평문학의 확립을 위하여」(1936) 등의 글에서 비평적 입장과 자세를 드러낸다. 그는 페이터의 인상주의 비평에 영향을 받았다.

김환태는 예술이 사회와 외적 조건을 초월하여 자유성을 갖는 것의 중요성을 역설하며, 이는 예술가의 개성에 의해 가능하게 된다고 하여 작가의 개성을 존중하는 원론적인 입장을 밝혔다. 그는 예술가의 창작태도는 실제적 · 연구적도 아닌 일종의 독특한 태도인데, 이는 스스로를 위해 활동하는 자기목적적 태도라고 주장하였다. 또한 그는 예술의 목적의식을 고집하면 예술의 존재가치를 부인하는 아이러니가 발생한다는 입장을 취했다.

김환태는 프로문학을 비판하고 순수예술 비평을 지향하는 입장을 취했다. 그는 예술가는 목적의식을 버리고 사상의 노예로부터 해방되어야 한다고 주장하였다.

김환태는 자신의 글 「비평문학의 확립을 위하여」에서 **인상주의적 비평 태도**를 밝혔는데, 그 태도를 다섯 가지로 요약하면 다음과 같다.

- 문학이란 자유정신의 표현이요, 구(究) 정신의 소산이므로 구속을 싫어한다.
- 문학은 선전이나 교화의 역할을 버리고 사람을 감동시키고 기쁘게 하지 않으면 안 된다.
- 문예비평의 대상은 문학이므로 문예비평은 언제나 작품에 한하여야 한다.
- 예술가의 개성이란 외적 법칙에 구속되지 않은 독자의 정신이므로, 한 작가의 창작방법이란 그의 개성에 따라서 결정될 것이요, 비평가가 제시한 규율에 의하여 결정될 것은 아니다.
- 진정한 의미의 비평의 지도성은 작가의 창작력의 성장과 발현을 위하여 그에 필요한 분위기와 관념의 계열을 준비한다.

(2) 김환태 비평의 한계

김환태의 비평 이론은 문학원론에 가까울 정도로 새로운 이론의 도출이 없다는 데에서 한계점을 갖는다. 또한 그가 비평의 방법으로 삼는 주관적 인상이라는 점은 과학적 토대를 가지지 못한 까닭으로 주관적 느낌이나 감정에 따라 작품을 재단하는 오류를 범할 가능성 역시 지적된다. 마지막으로 1930년대 후반 조선의 식민지 현실에서 문학이 문학 내적인 것에 갇혀버려 현실도피적이고 감상적인 감정토로에 머물게 될 위험성이 있다.

2 김문집의 유미주의 비평

(1) 김문집의 비평관

김문집은 발레리의 영향을 받았는데, 그가 주장한 유미주의 비평 이론의 기초는 조선어의 가치를 인식하는 것이었다. 김문집은 예술은 개성이기 때문에 문학은 조선의 개성을 나타내야 한다고 주장하였다. 그는 조선문학에 전통이 없다는 것에 아쉬워하며 조선의 개성을 의미하는 조선말의 기호를 통해 새로운 전통을 확립하는 조선문학을 형성해야 한다고 보았다.

이후 김문집은 조선어와 전통을 중시하던 초보적인 비평적 태도에서 발전하여 '비평의 독자성' 확립을 주장하였다. 이러한 그의 비평 태도는 예술지상주의적이며 유미적이었는데, 김문집은 비평은 힘이며, 비평은 예술이라고 주장하였다.

김문집 역시 김환태처럼 목적주의적인 프로문학을 비판하였다. 그는 논리를 보완하여 '조선문예학의 미학적 수립론'이라는 비평 이론을 제시하며, 당대 조선문단을 시인층으로 구성된 구문학파, 평론가군으로 형성된 신문학파, 그리고 소설가 무리로 조성된 신·구 양문학의 중간파로 분류하였다. **조선문예학의 미학적 수립론**의 핵심을 요약하면 다음과 같다.

- 작품이해란 것은 작품을 전체적으로 완전히 파악함으로써 독자 스스로가 자기화한 최후의 순간을 가리킴이나 문예학자로서의 이 순간의 그는 완연히 일개 시인으로서 재창조받았다고 하지 않으면 안 될 것이다.
- 조선의 문예학은 언어를 매개수단으로 하는 예술분야인 이상 '매트-드(method)'인 '말'과 그 '말'로써 표현된 작가의 정신적 분비물인 가치감정을 분립적으로 고찰하는 동시에 용의주도한 종합적・문화과학적 태도를 그 방법론에서 준비하지 않으면 안 된다.
- 가치학으로서의 미학은 인간의 정적 동태를 불가침의 신성체로 인식하는 데에서 출발하므로 그것은 대상의 완전해방을 의미하는 동시에 자아 혹은 Ich의 절대자유를 요청하는 것이 아니면 안 될 것이며 무주적(無主的) 예술론을 추구해야 한다.
- 루나찰스키의 "프롤레타리아의 승리를 조성하는 일체의 세력은 선이요, 그렇지 않은 것은 무조건하고 악이다."라는 선언을 비판한 표현론자 A. F. 칼파톤의 "왜 예술은 객관규정의 결과로서 주관이 객관을 재규정하는 데에서 결과라는 것을 몰랐는가?"라는 비판을 따른다.
- 미학은 문자 그대로의 Schonheit(美)를 논하는 과학이기 때문에 추(醜)를 논하지 않을 수 없다.

(2) 김문집 비평의 한계

김문집 비평 이론의 한계는 조선말의 총화로서의 조선문학의 개념이 명확하지 않다는 데에 있다. 또한 문예학으로서 미학을 수립하겠다는 인식은 문학과 언어 내적인 요인에 갇혀 문학과 식민지 사회현실과의 관련성에 눈뜨지 못했다는 지적을 받는다. 조선문예학의 미학적 수립론 이외에는 객관적 논리 또는 대안이 결여된 채로 수필류의 문장으로 일관하고 있다는 점과 아카데믹한 바탕이나 일관성이 없다는 점 또한 비판을 받는다.

| 단원 개요 |

이번 단원에서는 김남천·임화·안함광 등의 리얼리즘론과 창작방법논쟁에 대해 살펴본다. 제1절에서는 1930년대 후반 비평의 경향과 모더니즘 문학론을 먼저 알아보고, 김남천·임화·안함광 각각의 리얼리즘론에 대해 파악한다. 제2절에서는 창작방법논쟁을 시기에 따라 구분하여 살펴보고, 그 의의와 한계 역시 알아보도록 한다.

| 출제 경향 및 수험 대책 |

이번 단원에서는 1930년대 리얼리즘에 대해 각자의 입장을 밝힌 많은 이론가가 등장한다. 이들은 리얼리즘에 입각한 다양한 이론들을 제시하였으므로 이 각각의 이론에 대해 자세히 알아두는 것이 좋다. 또한 사회주의 리얼리즘의 수용을 둘러싸고 벌어진 창작방법논쟁에서는 누가 찬성하고 누가 반대했는지, 각자는 어떤 입장을 취했는지 살펴야 한다.

제1절 　김남천 · 임화 · 안함광 등의 리얼리즘론

1 1930년대 후반 비평의 경향과 모더니즘 문학론

(1) 1930년대 후반 비평의 경향

1930년대 후반 비평의 경향은 역사적 상황 속에서 인식되어야 한다. 당시의 식민지 조선이 처한 역사적 상황은 1920년대 말에서 1930년대 초반에 발생한 세계공황의 결과로 파시즘 체제 등장, 이에 대항하는 인민전선 방침의 조선 도입, 소련의 예술적 반영론에 입각한 사회주의 리얼리즘의 수용 등을 들 수 있다.

(2) 모더니즘과 리얼리즘 [종요]

모더니즘 문학론은 일반적으로 '구인회'의 결성과 함께 설명이 가능하다. 1933년 프로문학에 반하여 결성된 구인회는 모더니즘 문학을 선도하였고, 이러한 모더니즘 문학은 1930년대 후반 리얼리즘 문학과 함께 한국 문단을 양분하였다.

모더니즘 문학은 내용과 형식 모두에서 근대적인 것을 추구하는 이론인데, 근대적인 것은 그 범위가 매우 넓고 포괄적이다. 당시의 모더니즘 문학은 주로 형식이나 기법 면에서의 새로움과 언어의 세련성 및 도시적 감각을 추구하였다. 김기림은 모더니즘의 대표적 이론가로 문명비판적 내용과 정신까지 담았으나, 막상 실제 작품에서는 퇴폐적이고 현실도피적인 경향을 드러낸다.

이태준·정지용·김기림 등의 모더니즘 작가들은 1930년대를 지나면서 모더니즘적인 경향에서 벗어나기도 했다. 이태준은 리얼리즘 문학으로 접근하였고, 김기림은 사회적인 문제를 이론에 도입하였으며, 정지용은 동양적인 세계로 나아갔다.

김남천·임화·안함광 등은 열악했던 1930년대 말의 상황에서 리얼리즘을 주도하며 새로운 이론적 가능성을 찾고자 하였다.

2 김남천의 리얼리즘론 종요

1930년대 후반 김남천의 리얼리즘론은 고발문학론에서 모랄론·풍속론·장편소설론을 거쳐 관찰문학론에 이른
다. 이 중 고발문학론과 모랄론은 다음 단원에서 포오즈론과 함께 알아보도록 하고, 여기에서는 풍속론·장편소설
론·관찰문학론에 대해서 알아본다.

(1) 풍속론

풍속론은 세태론·세태소설론이라고도 불린다. 김남천은 고발문학론과 모랄론을 거쳐 풍속론과 장편소설론
을 구체적 실천방안으로 제시한다. 이때 풍속은 작가가 모랄을 가지고 객관적인 현실인식을 함으로써 얻은
현실의 본질적 측면이자 문학적 형상화가 가능한 대상으로, 과학에서 성취된 진리를 주체화한 모랄이 다시
문학적 표상으로 형상화된 것이다. 즉, 풍속은 모랄이 외화된 결과물로, 작가들이 대상을 묘사한 결과 또는
묘사해야 할 대상이라고 할 수 있다.

(2) 장편소설론

장편소설론은 장편소설개조론·로만개조론이라고도 한다. 김남천은 임화와 대립하면서, '부르주아 사회의 전
형적인 예술형식'이라는 장편소설 장르의 인식으로부터 비롯하여 리얼리즘과의 결합을 추구하며 자신의 소설
론을 펼쳤다. 그는 「현대 조선소설의 이념-로만 개조에 대한 일 작가의 각서」(1938)와 「세태와 풍속-장편소
설 개조론에 기함」(1938)을 통해 전형성과 세태풍속의 문제를 중심으로 장편소설을 개조할 것을 주장하였다.
김남천은 장편소설 개조의 방향으로 풍속개념의 재인식과 가족사의 연대기의 길, 즉 풍속이라는 개념을 문학
적 관념으로 정착시키고 그것을 기초로 하여 가족사로 들어가되 그 가운데 연대기를 현현시키자고 제안하였
다. 그는 결론적으로 '가족사 연대기 소설'이라는 구체적인 방향을 내놓았고 이를 바탕으로 장편소설 『대하』
를 집필하였다.

김남천의 장편소설론에서 전형에 관한 내용은 19세기 리얼리즘 소설을 모델로 한 답습이라는 평도 존재한다.
전형이기만 하면 된다는 그의 입장은 이후 악당·수전노 등을 전형적 인물로 세우는 이론의 '관찰문학론'으
로 연결된다.

세태소설은 김남천의 1930년대 후반 소설론의 핵심이다. 풍속은 모랄론에서 세태소설론으로 발전하는 과정
에서 매개적인 역할을 하다가, 장편소설론에서는 세태와 일치하는 개념이 된다.

(3) 관찰문학론

1939년 김남천은 관찰문학론을 제시하며, 이를 두고 '고발문학이나 이와 동류의 문학이 일종의 체험적인 문
학이었다는 것을 반성하여 그의 정립된 내지는 양기될 새로운 계단을 표시하기 위해 상정한 것'이라고 말하
였다.

김남천은 관찰문학론에 이르러 가혹한 묘사정신에 입각한 역사적 필연성의 폭로를 주장하고 관찰자(작가의
주관)의 관찰대상(현실세계)에 대한 종속을 강조하면서, 이것은 '작가의 몰아성과 객관성의 보지(保持)가 없
이는 불가능한 일'이라고 하여 '세태=사실=생활'이라고까지 주장하였다. 이렇듯 김남천의 리얼리즘론에서는
관찰한 내용만을 객관적으로 묘사하는 것이 목표가 되어, 작가의 세계관 문제는 잊혀버린다.

3 임화의 리얼리즘론

(1) 낭만주의론

임화는 1933년에 김남천과 벌인 「물」-「서화」 논쟁에서 구소련에서 논의되던 예술적 반영, 예술적 당파성과 객관성의 관계, 예술형상의 성질문제 등에 대해 논하면서 사회주의 리얼리즘에 대한 뛰어난 인식을 보여주었다.

임화는 『조선일보』에 「낭만적 정신의 현실적 구조」(1934)와 『동아일보』에 「당래할 조선문학을 위한 신제창」(1936)을 실으면서 사회주의 리얼리즘론의 조선적 구체화로서 낭만주의를 제시하였다. 그는 현재 조선문학은 꿈이 결핍되어 있으며, 조선문학이 의욕하고 행위하는 문학으로 나아가기 위해서는 낭만주의가 반드시 필요하다고 보았다. 또한 자신이 낭만주의를 주장한 근거로, 과거의 리얼리즘이 몰아적 객관주의로 인해 얻을 수 없었던 객관적 현실의 진정한 모습을 알아볼 수 있다는 것을 들었다.

임화가 주장하는 낭만주의는 '강하게 역사적이고 무비(無比)하게 사회적이며 근본성격에 있어 리얼리즘으로 자기를 형성'하는 것으로, 부르주아 문학의 낭만주의를 일컫는 것이 아니다. 이는 사회주의 리얼리즘이 작가가 진보적 세계관을 포기하는 것을 정당화하는 이론이 아니라 작가의 세계관 또는 주관적 계기가 우선시되는 이론이라는 것을 주장하려는 의도에서 나온 것이다.

임화의 낭만주의 이론은 주체와 객체 사이의 변증법적 상호작용 관계 중 주체의 능동성만을 편향되게 강조하는 바, 사회주의 리얼리즘 이론의 왜곡을 초래하였으며 당파성을 주관적으로 해석하는 오류를 낳았다.

(2) 리얼리즘론 `중요`

임화는 「사실주의의 재인식」, 「주체의 재건과 문학의 세계」, 「현대문학의 정신적 기축-주체 재건과 현실의 의의」 등의 글에서 낭만주의론을 극복하고 주체와 객체 사이의 적합한 관계에 바탕을 둔 리얼리즘론을 구체화하는 모습을 보여주었다. 그는 리얼리즘이 주체와 객체 간의 변증법적 관계에 의해 이루어지는 예술방법이라는 점에 대한 자각을 통해, 리얼리즘에 대한 새로운 접근에 다가갔다.

임화는 당시 리얼리즘론의 두 가지 편향을 지적하였다. 첫 번째 편향은 관조적 리얼리즘으로, 이는 '문학으로부터 세계관을 거세하고 일상생활의 비속한 표면을 기어 다니는 리얼리즘, 즉 포복하는 리얼리즘'이라는 객관주의이다. 두 번째 편향은 주관주의로, '사물의 본질을 현상으로서 표현되는 객관적 사물 속에서 현상을 통하여 찾는 대신 작가의 주관 속에서 만들어 내려는', '정신으로 현실을 규정하는 전도된 방법'이다.

임화는 자신의 낭만주의론은 주관주의에 기울었다고 반성하며 이로부터 벗어났는데, 예술적 실천론은 그가 종래의 주관주의적 일탈을 극복하면서 주-객 변증법에 기초한 리얼리즘론을 세우는 데에 중요한 계기로 작용하는 미학적 범주였다. 예술적 실천이란 문학에 대한 임화의 개념 정의인 하나의 인식형태로부터 출발하여 예술의 방법으로서 현실의 총체적 인식을 가능케 해 주는 것으로, 주체와 객체 사이의 변증법적 상호과정을 통해 궁극적으로는 작가의 생활적 실천까지 가능하게 해 주는 것이라고 할 수 있다. 즉, 인식형식으로서 예술이 지니는 독자성 또는 특수성을 예술적 실천론을 통해 설명한 것이다.

임화는 사회적 활동과 진보적 세계관을 놓아야 했던 1930년대 후반의 암울한 식민지적 현실상황에서 사상을 지킬 수 있는 리얼리즘의 방법을 작가들에게 제시하였다.

(3) 소설론

임화는 소설을 두고 '인물과 환경의 조화를 통해 성격의 운명을 그리는 장르'라 규정하며, 당대를 '작가가 말하고자 하는 것과 그리고자 하는 것이 어긋나고 주장하는 바와 묘사하는 바가 분열된 시대'라 평했다. 이처럼 예술적 조화를 상실한 작품은 세태소설과 내성소설로 분류할 수 있는데, 이 두 소설은 리얼리즘의 정도에서 벗어난 것으로, 환경과 성격의 조화를 달성하지 못하고 있다.

① 세태소설과 내성소설

세태소설	• 세태소설은 성격과 환경이 조화하여 구성되는 플롯이 미약하고, 현실의 각 부분이 사진기의 렌즈처럼 재현만 하고자 하는 소설이다. • 세태소설은 관조주의에 기울어져 있으며, 현실의 지저분함을 독자들에게 전달하여 독자 자신이 살아가는 현실에 관한 악의를 전하고자 한다.
내성소설	• 내성소설은 현실의 지저분함 속에서 사체(死體)로 변해가는 삶을 내성적으로 서술한 소설이다. • 내성소설은 주인공의 심리 또는 의식을 중점적으로 묘사하고자 하며, 따라서 주관주의에 함몰되어 있다.

② 본격소설론

임화는 양 편향을 모두 극복하는 소설로 본격소설을 제시하였다. 본격소설은 인물과 환경이 조화를 이루면서 성격의 발전이 그려진 소설이라고 할 수 있다. 인물과 환경이 상호작용을 함으로써 인물의 성격이 발전해 나가고 이를 통해 인물이 전형성을 얻게 된다. 임화는 본격소설을 인물과 환경의 조화를 기반으로 예술적 전형성을 획득한 소설로 여겼으며, 본격소설이 리얼리즘 문학의 이상이라고 생각하였다. 또한 사상을 소설의 본격성을 유지하게 해주는 핵심적인 요소라고 주장하였다.

임화는 이광수·염상섭·이태준·이기영·한설야 등의 소설을 본격소설의 예시로 들었다. 그는 본격소설론에서 부르주아 민족문학과 프로문학의 공통점을 밝히려 했다. 사회주의 리얼리즘론이 양심적 작가를 지도하려는 원리인 것처럼, 본격소설론이 바로 그에 대응하는 소설론이라고 생각하였기 때문에 부르주아 문학까지 포괄하고자 한 것이다.

임화는 스스로의 리얼리즘론은 조선의 현실상황 속에서 구체화 및 특수화된 사회주의적 리얼리즘이라고 설명하며 민족문학관을 보였다. 그는 민족문학의 존폐 위기에서 민족문학에 대한 인식을 드러내며 진보적 민족주의 문학까지 포괄하는 문학사적 전통을 확립하고자 하였으며, 그 성과는 『조선신문학사론서설』로 나타났다.

비록 임화가 민족문학의 원리를 명확히 하고 있는 것은 아니지만, 그의 노력은 당대 시대적 과제였던 민족통일전선의 원칙에 따라 이루어진 것이었다. 1930년대 후반 임화의 문학론은 민족문학의 이념원리에 입각하여 소설론을 전개시켰다는 점에서 가장 시대에 부합하는 이론이었다고 할 수 있다. 이는 해방 직후 민족문학론으로 이어져 체계화된다.

4 안함광의 리얼리즘론

(1) 리얼리즘론

안함광은 사회주의 리얼리즘이 백철과 안막에 의해 소개 및 도입되었던 시기에는 수용 불가의 입장에서, 무조건적 수용론에 반론을 제기하며 논쟁에 뛰어들었다.

안함광은 「창작방법 문제의 토의에 기하여」(1934), 「창작방법문제–신이론의 문제」(1934), 「창작방법문제 재검토를 위하여」(1935) 등의 글에서 유물변증법적 창작방법론을 옹호하며 사회주의 리얼리즘 수용론자들의 논의내용이 가진 문제점들을 지적하였다.

안함광은 「창작방법문제 재검토를 위하여」에서 사회주의 리얼리즘이 크게 세 가지 오류를 범하고 있다고 주장하였다.

> 첫째, 비예술적·공식적 작품이 범람하게 된 예술적 결함의 책임을 오로지 유물변증법적 창작방법에 돌린다.
> 둘째, 비평의 관료화와 도식화 문제 또한 비평가의 잘못이다.
> 셋째, 소비에트적 현실에는 사회주의 리얼리즘이 부합하겠지만, 조선의 문학운동 현실에는 정당치 못하다.

안함광의 논의는 외래의 사회주의 리얼리즘론을 무비판적으로 이식하려는 입장에 대항해 주체적인 입장에서 이론을 살필 것을 요구했다는 지점에서 의의가 있다. 그는 유물변증법적 창작방법 대신에 유물변증법적 리얼리즘의 수립을 주장하였다.

(2) 사회주의 리얼리즘에 대한 안함광의 오해

안함광은 소비에트와 조선의 차이에만 집중하여 사회주의 리얼리즘의 의미를 면밀하게 파악하지 못하였다. 또한 리얼리즘론의 예술방법을 기계적으로만 이해하였다.

안함광의 사회주의 리얼리즘에 대한 입장은 「창작방법론 문제 논의의 발전과정과 그 전개」를 발표한 이후 수용 찬성으로 변화하였다. 그는 사회주의 리얼리즘이 내적 계기로 혁명적 로맨티시즘을 포함하고 있으며, 이것은 '일정한 계급의 상승기적 전야의 진취적 분위기에 앙양된 시대정신으로서의 로맨티시즘'으로 과거 부르주아 문학의 로맨티시즘과는 다르다고 주장하였다. 안함광은 혁명적 로맨티시즘으로 의식의 능동성을 구현할 수 있다고 여겼으며, 이는 그의 리얼리즘론과 소설론이 나아갈 방향을 결정하는 이론적 기초로 작용하였다.

안함광의 사회주의 리얼리즘관은 '실천에 의해 혈육화된 저장적 인식과 주체화된 세계관'을 가지고 '존재'에 대한 '의식'의 능동성이 지배하는 '의욕의 세계'·'가능의 세계'를 창조할 것을 주장하는 소설론으로 나아가고자 하였다. 그의 리얼리즘론은 '존재'하는 것이 아닌 '가능'한 것에 대한 집착으로 나아가며, 문학이 반영할 현실도 객관적으로 존재하는 것이 아니라 '있어야 할' 현실이 되어 버린다. 이는 그의 소설론이 픽션의 세계를 창조하는 것을 중심내용으로 하는 것과 닿아 있다.

(3) 픽션론

안함광의 소설론은 성격의 창조 문제와 관련하여 주로 제시되었다. 이는 『조선일보』에 발표한 「문학과 성격」 (1938), 『인문평론』에 발표한 「로만논의의 제 과제와 '고향'의 현대적 의의」(1940) 등의 글을 통해 찾아볼 수 있다. 안함광의 소설론은 그의 혁명적 로맨티시즘에 기초하여 픽션론으로 구체화되기 때문에, 그에게 '성격'이란 정통 사회주의 리얼리즘론에서 논하는 긍정적 주인공에 해당하며 그를 통한 픽션의 논리는 혁명적 낭만주의를 소설적으로 구체화한 것이다.

안함광은 소설 속에서 '성격의 발전적 창조'를 중요시하는데, 이는 인물이 환경과의 충돌과 갈등에서 그것을 극복하는 인물의 형상화로 나아가고, 이렇게 창조된 문학은 '조화의 의식의 문학'이 아닌 '초극의 의식의 문학'이 되었다.

안함광은 리얼리즘의 중심적 문제로 '의식의 능동성'을 구현하는 것을 들어 소설론을 구성하였다. 환경의 초월을 지향하는 픽션의 세계는 주관적인 신념과 세계관에 따라 창조되는 것일 뿐이지만, 안함광은 여타의 작가나 비평가와는 달리 끝까지 프로문학의 독자성을 지키려고 노력했다는 점에서 그의 소설론은 의의를 갖는다.

제2절 | 창작방법논쟁

1 창작방법논쟁의 개요

창작방법에 대한 논의는 '변증적 사실주의론'과 '프롤레타리아 리얼리즘론'을 거쳐 '유물변증법적 창작방법론'으로 이어진다. 유물변증법적 창작방법론은 주로 신석초와 백철에 의해 전개되었으며, 이에 대한 논의는 주로 프롤레타리아 리얼리즘에 대한 비판을 바탕으로 하고 있다.

카프 해산기에 유물변증법적 창작방법론의 기계주의적이고 공식적인 특성을 비판하는 목소리가 등장하였는데, 이것이 창작방법논쟁이다. 당시 소비에트에서 사회주의 리얼리즘이 발생하였고, 이것이 백철과 안막 등에 의해 우리나라에도 들어오는 과정에서 창작방법에 대한 논쟁이 시작되었다. 창작방법논쟁은 주로 사회주의 리얼리즘의 수용을 두고 벌어졌다.

2 창작방법논쟁의 시기 구분

(1) 창작방법논쟁 제1기

창작방법논쟁의 제1기는 1933년부터 1934년에 해당하는데, 이는 사회주의 리얼리즘이 본격적으로 소개되었던 시기이다. 백철은 『조선중앙일보』에 「문예시평」(1933)을 게재하며 소비에트의 사회주의 리얼리즘을 처음으로 소개하였다. 이후 안막은 『동아일보』에 게재한 「창작방법문제의 재검토를 위하여」(1933)에서 사회주의 리얼리즘을 더욱 자세히 설명하였다. 소비에트에서 사회주의 리얼리즘은 유물변증법적 창작방법론의 수정을 통해 제창된 것이었는데, 이는 사회 현실을 사회주의적 관점에서 형상적으로 인식하여 표현하려는 창작방법론을 말한다. 백철과 안막은 사회주의 리얼리즘을 수용하여 유물변증법의 도식화를 극복하고 현실의 변증법을 다루는 방안을 제시하였다.

(2) 창작방법논쟁 제2기

창작방법논쟁의 제2기는 1934년부터 1936년에 해당한다. 김남천·임화·안함광을 비롯한 여러 비평가들이 이 시기에 사회주의 리얼리즘의 국내 도입을 두고 논쟁을 벌였다.

김남천은 사회주의 리얼리즘의 수용에 대해 가장 먼저 반대 의사를 표현하였다. 그는 「창작방법에 있어서의 전환의 문제」(1934)에서 유물변증법적 창작방법에 도식주의의 문제가 있다는 것을 인정하면서도, 소비에트의 현실과 조선의 현실에는 분명한 차이점이 있으며 구체적인 검증을 거치지 않고 외국의 이론을 따르는 것은 잘못되었다고 주장하였다. 그는 특히 예술과 정치의 분리를 경계하고자 하였다.

임화는 「낭만적 정신의 현실적 구조」(1934)에서 인간의 정신적 활동과 주관적 측면의 의의를 중시하며 새로운 창작방법론과 함께 등장하는 우익일탈주의를 경계하고자 하였으며, 혁명적 낭만주의를 강조하였다. 한편 임화는 1933년 「6월중의 창작」에서 김남천의 「물」을 유물변증법적 창작방법론에 의해 쓰인 작품으로 보고 비판한 바 있다.

안함광은 「시사문학의 옹호와 타도 나이브 리얼리즘」(1934)을 통해 문단이 사회주의 리얼리즘에 관심을 갖는 것을 비판하였다. 또한 「창작방법 문제의 토의를 기하여」(1934)에서 사회주의 리얼리즘의 대안적 의미를 가진 창작방법론으로서 독자적으로 유물변증법적 리얼리즘을 주창하였다. 그는 유물변증법적 창작방법론이 갖는 공식성은 이론 자체의 오류가 아니며, 모든 계급문학의 발달에 있어 피하기 불가능한 단계의 현상이라고 주장하며 해당 창작방법론을 옹호하였다. 다시 말해 안함광은 조선현실의 특수성을 중심으로 사회주의 리얼리즘의 등장을 비판하고 있는 것이다.

한효는 사회주의 리얼리즘의 수용을 강력하게 주장하면서, 「우리의 새 과제—방법과 세계관」(1934)에서 김남천의 사회주의적 리얼리즘 수용 반대론을 문제시하였다. 또한 그는 「소화 9년도의 문학운동의 제동향」(1935)에서 안함광의 주장 역시 인식부족에 따른 주관적 내성의 논조라고 비판하였다.

이외에도 김남천과 비슷한 견해를 드러낸 이기영(「창작방법의 문제에 관하여」), 안함광과 대조되는 논조를 제시한 이동규(「창작방법의 새 슬로건에 대하여」), 사회주의 리얼리즘이 '사회주의 건설 시대의 전형적인 정세에 있어서의 전형적인 인물의 예술적 창조'임을 강조한 윤곤강(「소셜리스틱 리얼리즘론」) 등이 창작방법논쟁에 참여하였다.

이후에도 창작방법논쟁은 '사회주의 리얼리즘 대 유물변증법적 창작방법'을 중심으로 이루어졌다. 특히 안함광과 한효의 논쟁과 김두용의 슬로건 채택 문제가 중점적이었다. 해당 논쟁은 반박과 재반박을 거치며 복잡하게 펼쳐지다가 결국에는 사회주의 리얼리즘의 수용으로 기울었는데, 이마저도 1937년에 이르면 흐릿해지고 만다.

3 창작방법논쟁의 의의와 한계

창작방법논쟁은 프로문학 최후의 논의로서 그 의의를 가지며, 프로문학을 극복하고 새로운 길을 열게 했다는 면에서도 의미가 있다. 그러나 임화는 사회주의 리얼리즘의 수용을 둘러싸고 펼쳐진 4년 여의 논쟁의 질적 수준이 낮다고 지적하였다. 논쟁에 참여한 비평가들은 그들의 논쟁이 조선의 진보파 문학의 진로 결정에 지대한 영향을 미치리라는 사실을 간과하였다. 그들의 논쟁은 주로 문학이론의 개념에 대한 접근에 한정되었으며, 작가의 창작경험과 성과를 무시하며 탁상공론적 논쟁을 반복했다는 한계가 있다.

제 **7** 장 | 1930년대의 여타 문학론

| 단원 개요 |

이번 단원에서는 김남천의 포오즈론·고발문학론·모랄론과, 고전론·세대론·신체제론을 알아본다. 김남천에 관한 내용은 그가 진행해 왔던 리얼리즘론과 관련이 있다. 고전론·세대론·신체제론은 1930년대에 주요한 흐름을 갖지는 않았지만 당시에 제기되었던 이론들 중 일부이다.

| 출제 경향 및 수험 대책 |

김남천의 포오즈론·고발문학론·모랄론은 이전 단원에서 살펴보았던 김남천의 리얼리즘을 바탕으로 학습하는 것을 추천한다. 포오즈론은 김남천이 제안한 것은 아니지만, 포오즈론부터 시작하여 고발문학론에서 모랄론·풍속론·장편소설론을 거쳐 관찰문학론에 이르는 흐름을 따라 이해하는 것이 도움이 될 것이다.

제1절 　김남천의 포오즈론·고발문학론·모랄론

1 포오즈론

포오즈론은 김남천이 아닌 이원조가 제기한 것인데, 김남천의 고발문학론에 영향을 끼쳤다는 점에서 함께 다루어진다. 프로문학이 쇠퇴한 이후 작가들은 당시의 시대에 대처하는 자세를 새로이 다져야 했다. 이는 모랄과 직접적으로 관련된 일로, 포오즈는 지식인의 모랄이며 자기 자신의 몸가짐에 대한 자의식이다.

이원조는 과거의 비평은 행동이었으나 현재 우리 문학의 가장 순수한 부분은 적어도 태도의 문학이란 형태로 나타난다고 보았다. 태도의 문학이란 고민을 내용으로 하는 주관의 문학이며, 고민은 하나의 정신 상태이다. 이원조는 포오즈론을 제시하면서 힘의 패배가 반드시 사실의 패배를 의미하는 것은 아니며, 또한 문학은 힘의 현화가 아니기 때문에 문학의 매력은 행동보다도 포오즈에 있다고 주장하였다. 그는 갈릴레오가 종교재판정에서 지동설을 믿지 않겠다는 서약을 했음에도, '그러나 지구는 움직인다'고 읊조린 것을 두고 이것이 진리를 위한 포오즈라고 생각하였다. 다시 말해 포오즈론의 핵심은 작가가 험난한 현실 속에서 진리를 분명히 자각하는 것이다.

이원조는 구체적인 포오즈를 제시하지는 않았지만, 김남천이 이것을 구체적인 창작방법론으로 발전시켜 고발문학론으로 정착시킨다.

2 고발문학론

(1) 김남천의 고발문학론

　김남천은 자기고발의 문제로부터 고발문학론을 펼쳤다. 그는 고발문학론을 작가의 소시민성을 극복하면서 리얼리즘을 지속적으로 유지하기 위한 실천적 방안으로 제시하였다. 김남천은 사회고발의 문제까지 문제의 영역을 확장하였는데, 이는 사회주의 리얼리즘을 일견 수용한 결과로 볼 수 있다. 그는 당시의 비평가들이 사회주의 리얼리즘을 그릇되게 이해하여 비정치주의 세계관의 확대와 주제의 적극성에 대한 배경 등의 잘못된 경향을 불러일으켰으며, 기술 편중주의 비평을 초래하였다고 비판하였다.

김남천은 「지식계급 전형의 창조와 '고향' 주인공에 대한 감상」(1935), 「건전한 사실주의의 길」(1936), 「고발과 정신과 작가-신창작이론의 구체화를 위하여」(1937), 「창작방법의 신국면」(1937) 등을 통해 지식인 작가는 스스로에 대한 반성의 과정을 거쳐 개인의 주체를 재건하여야 한다는 생각을 드러냈다. 특히 그의 고발문학론은 「창작방법의 신국면」에서 구체화되는데, 이 글에서 김남천은 창작방법의 기본방향을 리얼리즘과 아이디얼리즘으로 나누었다.

(2) 고발문학론의 의의와 한계

김남천의 고발문학론은 적극적인 지식인 전형을 만들어냄으로써 카프의 해체 상황을 타개하고자 했다는 점에서 의의를 갖는다. 그는 사회주의 리얼리즘의 수용을 반대하였음에도 적극적 인물을 만듦으로써 프로문학을 계승하고자 하였다. 그러나 김남천이 제시한 작가의 소시민성은 작품의 창작과정에서 어떤 역할을 수행하는가에 대한 설명이 부족하다는 문제가 있다. 또한 작가와 작중인물을 동일시하는 태도는 예술적 실천의 특수성을 무시하는 것으로 볼 수 있다. 한편 「창작방법의 신국면」에서 문학사의 전개를 리얼리즘과 아이디얼리즘으로 양분하는 것은 사회학주의 이론이 잔여하는 리얼리즘관이라는 점에서, 리얼리즘을 역사적이 아닌 탈역사적으로 보고 있다는 문제점이 있다.

리얼리즘의 원리로 사회를 비판하는 문학은 비판적 리얼리즘에 가깝기 때문에 김남천의 고발문학론은 사회주의 리얼리즘과 근본적인 거리 차이를 보인다. 이로 인해 고발문학론은 다른 비평가들에 의해 주관적이라는 비판을 받았다.

3 모랄론

(1) 김남천의 모랄론

김남천은 고발문학론에서 비판을 받은 주관주의적 논리를 극복하고자 모랄론을 제시하였다. 그는 「유다적인 것과 문학-소시민작가 출신의 최초 모랄」(1937)에서 처음으로 모랄론을 선보이고 있는데, 이는 고발의 정신에 객관성과 과학성을 부여하기 위함이었다.

문학적 표상이 진리의 반영이 되기 위해서는 과학적 개념이 갖는 합리성을 가져야 하는데, 이를 가능하게 하는 것이 바로 모랄이다.

김남천은 「도덕의 문학적 파악」(1938)에서 명확하게 모랄론을 문학론으로 제기하였다. 그는 여기에서 과학적 인식과 문학적 인식은 공통적으로 세계에 대한 인식이지만, 문학적 인식이 과학적 인식과 다른 점은 예술이 전형적인 것으로 드러난 현상을 형상적·감각적으로 반영하는 데 있다고 주장했다. 문학적 표상이 진리의 반영이 되기 위해서는 과학적 개념이 갖는 합리성을 가져야 하는데, 이를 가능하게 해주는 것이 모랄이며 모랄은 세계관이 창작방법을 거쳐 문학적 표상으로 구상화되는 중간개념이 된다고 하였다.

(2) 모랄론의 의의

모랄론은 오로지 예술적 주체의 문제에만 천착하여 주관주의에 함몰되었던 김남천 자신의 이론, 즉 고발문학론에 객관성을 부여하기 위해 주체와 객체를 매개하는 개념으로 설정하려고 시도했다는 점에서 의의가 있다. 또한 모랄론은 김남천이 풍속론을 거쳐 장편소설론으로 나아가는 계기로 작용했다는 점에서 의미가 있다.

제2절 고전론 · 세대론 · 신체제론

1 고전론

1930년대에 세계적인 풍조로 등장한 고전론은 자국의 고전에 대한 애착 또는 문화옹호현상으로 이해할 수 있다. 우리나라에서 고전론의 문제는 식민지 상황이라는 현실조건 속에서 복잡하게 전개되었다.

한국문단에서 고전론은 민족주의 문학 진영이 프로문학 진영과 대립하던 시기에, 민족주의 문학 진영 측에서 내세운 시조를 중심으로 한 고전주의, 즉 심정적 복고주의가 다시금 전면적으로 부흥한 것이었다. 이러한 고전론이 1920년대의 국민문학론과 갖는 차이점은 조선주의적 심정에 학술적 연구를 결부시켰다는 점이었다.

고전론에 대한 입장은 크게 '복고주의적 민족주의'와 이에 대립하여 '현대문학에 활력을 줄 수 있는 고전을 다루어야 한다는 것'으로 나뉜다. 복고주의적 민족주의자로는 김태준·이청원·이윤재 등을, 현대문학과의 관련성에서 고전을 논한 인물로는 정래동·김진섭·이원조 등을 들 수 있다. 두 입장의 견해 차이는 문장파와 인문평론파의 대립으로도 볼 수 있다. 그러나 문장파는 복고주의의 현실도피로 기울었으며, 인문평론파의 현실참여 정신은 신체제와 어울리게 되었다.

2 세대론

세대 간의 창작활동이나 이론 전개로 인한 입장 차이로 시작하는 문학 논쟁은 어느 시대에나 존재해 왔다. 한국 문학이론 전개 역사에서도 신인작가와 기성문인 사이의 갈등과 견해 차이를 보여주는 글들이 많은데, 이 중에서도 1930년대 후반 휴머니즘론의 뒤를 이어 나타나는 세대간의 논쟁, 그리고 순수문학 논쟁을 중점적으로 살펴볼 수 있다.

한국 문단에서 처음으로 신인에 대한 관심과 비판, 그리고 기대를 비교적 구체적으로 논한 글은 이원조의 「신인론」이다. 이로부터 기성문인과 신인 간의 갈등이 표면화되었는데, 기성문인의 입장에서는 임화, 유진오, 김환태, 김문집 등이 관점을 드러내었으며 신인의 입장에서는 김동리, 정비석, 김영수 등이 주장을 피력하였다. 신인들은 문단의 전통과 권위를 부인하며 기성세대를 공격하였고, 기성문인은 신인에게 기존 문단이 이룩한 성과에 대해 깊이 이해할 것을 촉구하였다.

유진오는 「순수에의 지향」(1939)에서 순수를 두고 '모든 비문학적인 야심과 정치와 책모를 떠나 오로지 빛나는 문학정신만을 옹호하려는 의열(毅烈)한 태도'라 일컬으며 신인들이 순수를 계승하기 위해 좀 더 시대적 고뇌 속으로 몸을 던질 필요가 있다고 주장하며 순수문학 논쟁을 시작하였다. 이에 김동리는 「순수이의(純粹異議)」를 통해 유진오에 대응하는데, 해당 내용을 요약하자면 기성세대보다 신진작가들이 문학의 순수성을 더욱 잘 지키고 있다는 것이다. 여기에 김환태, 이원조 등이 참여하고 유진오와 김동리가 논쟁을 지속하였으나, 끝으로는 유진오가 신진작가 대 기성문인의 논쟁을 지속하기보다는 상호 협력에 대한 소망을 피력하면서 해당 논쟁은 마무리된다.

3 신체제론

신체제는 일제가 주도한 전면적인 파시즘 지배체제이다. 일제는 일본주의적 절대주의에 집착하여 서구의 자유주의 또는 합리주의 이론과 근대의 의미를 포기하며 전시체제를 수립하였다. 일제는 신체제에 따라 대동아공영권을 내세우고, 조선어 말살정책을 통해 식민지 조선의 모든 문화활동을 중지시켰다. 이로 인해 『조선일보』와 『동아일보』는 폐간, 『인문평론』과 『문장』은 정간되었으며 국책문학 기관지인 『국민문학』이 창간되었다. 이러한 일제 말기의 상황에서는 대일 협력적인 문필활동의 경향이 시대의 주류로 자리를 잡았다.

제8장 | 해방 공간의 문학론

| 단원 개요 |

이번 단원에서는 문학이념론의 양상, 민족문학론의 분화, 문학방법론의 양상 등을 살펴본다. 문학이념론의 양상은 '문건'과 '동맹'을 중심으로 이루어져 있으며, 민족문화론의 분화는 '문건'과 '동맹'이 '문맹'으로 통합되는 양상을 통해 설명되고 있다. 문학방법론의 양상으로는 민족문학과 전통문학론을 들 수 있다.

| 출제 경향 및 수험 대책 |

비평사 중 해방 이후를 다루는 유일한 단원이다. 해방 이후에는 여러 가지 비평의 흐름이 생성되었으며, 문건과 동맹 역시 이 중 하나이다. 문건과 동맹의 대립관계가 어떻게 형성되었는지, 두 조직이 문맹으로 통합한 이후에도 갈등이 해소되지 않아 어떤 문제가 발생하였는지를 알아두는 것을 추천한다. 문맹의 민족문학론에 관한 내용 역시 잘 기억해 두기를 바란다.

제1절 문학이념론의 양상

1 해방 후 비평의 흐름

해방 이후 비평의 흐름은 크게 세 가지로 나눌 수 있다.

첫째, '문학건설본부-조선문학가동맹'으로 이어지는 민족문학론으로, 1970년대 이후 남한 민족문학론의 원형으로 볼 수 있다.

둘째, '프롤레타리아문학동맹-북조선문학예술총동맹'으로 이어지는 흐름으로, 이들의 문학론은 여러 번의 굴절을 거쳐 북한 문학이념의 모태로 자리잡는다.

셋째, '조선문필가협회-조선청년문학가협회'의 흐름으로, 순수문학론과 예술지상주의 문학론이다.

2 조선문학건설본부(문건)의 문학이념

임화는 해방 다음날 김남천·이원조·이태준 등과 함께 '조선문학건설본부(이하 문건)'을 조직하여 많은 문인들을 끌어모았다. 문건은 카프 구성원이었던 임화·김남천·이기영·한설야 등과 모더니즘 문학을 추구했던 이태준·박태원·김기림·정지용, 그리고 해외문학파인 김광섭·이양하·김진섭 등이 모여 범문단적 진용을 갖춘 단체가 되었다.

문건은 문예통일전선의 결성을 중시하여 민족문학을 문학이념으로 내세우는 동시에 민중연대성을 구현하고자 했다. 문건 소속 문인들은 「문화활동의 기본적 일반방책」(1945.8.31.)에서 자신들의 입장을 분명히 했다. 문건은 당시를 부르주아 민주주의 혁명단계라고 간주하고 민족통일전선의 결성을 제안하였다. 그들은 인민정신문화를 수립하는 것을 문화건설의 목표로 삼았으며, 넓은 범위의 인민층의 새로운 문화, 곧 민족문화를 지향하였다.

임화는 문학운동의 당면과제를 두고 '우리 문화의 기초를 인민 속에 확립하는 것'이라는 입장에서 반제・반봉건・부르주아 민주주의변혁을 문화상에서 달성하고자 하는 것이라고 주장했다.

임화가 주장한 문학운동의 당면과제는 일제 문화지배의 영향, 국수주의, 그리고 '몰기적 시민문화'를 청산하는 것이다. 그는 반민족적이거나 반민중적인 문학 이외의 문학의 연대를 주장하였다. 또한 「문학의 인민적 기초」에서 민중연대성을 우선시하자고 제안하며 '인민문학으로서의 민족문학'을 내세웠다.

문건의 민족문학론은 프로문학의 지도력을 유지하고 강화하기 위한 장래적 계획이 없었다는 점과 프로문학의 민족문학에서의 지위와 역할을 성실히 해명하지 않은 점에서 한계가 있다. 결국, 문건의 민족문학론은 계급성이 약화되어 민중주의적 편향이 짙어지는 과정을 겪는다. 문건은 좌・우익 양측의 공격을 모두 받았으며, 카프 비해소파들은 '조선프롤레타리아문학동맹(이하 동맹)'을 구성하였다.

3 조선프롤레타리아문학동맹(동맹)의 문학이념

조선프롤레타리아문학동맹은 과거 카프의 구성원이었던 이기영・한설야・조중곤・김두용・이북만・한효・박석정・송영・윤기정 등으로 구성되었다. 동맹은 이념의 선명성을 내세우며 문건에 공격적 태도를 취하는데, 이는 이전에 문건에 소속되어 있었던 동맹의 구성원들이 문건을 탈퇴한 이유가 문건의 이념이 모호하다고 여겼기 때문이다. 노동자계급의 헤게모니를 강조한 동맹은 프롤레타리아 문학을 문학이념으로 내세우면서 마르크스−레닌주의에 바탕한 전위조직의 결성과 당파성의 관철을 요구하였다.

동맹은 그들의 문학이념을 프롤레타리아 헤게모니의 확립이라는 문제의식으로부터 세우고자 하였다. 이들은 3대 강령을 발표하며 프롤레타리아 문학의 건설, 일체의 반동적 문학의 배격, 국제프롤레타리아문학동맹의 촉진을 목표로 삼는다는 입장을 표명하였다.

동맹은 문건의 민족문학론이 당파성과 계급성을 잃어버린 타협주의적이고 중간파적인 논리라고 비판하면서, 문학운동의 과제로 당파성에 바탕한 프로문학의 건설을 제안하였다. 그러나 이러한 당파성론은 당위적이고 선험적으로 노동자계급 헤게모니에 집착하면서 교조주의적 양상을 보였는데, 이는 변혁단계의 특수성에 대한 인식이 결여된 결과였다. 또한 동맹은 프로문학을 그 문학이념으로 한다는 점과 사회주의적 문학관을 가지고 있다는 점에서 문학 통일전선의 조직적 위상을 전혀 고려하지 않는 모습을 보였다.

제2절 　민족문학론의 분화

1 문건과 동맹의 통합 중요

문건과 동맹의 문학운동에 대한 이념적 대립과 방법의 차이, 그리고 좌우 편향성은 '조선문학가동맹(이하 문맹)'의 결성으로 잠재워졌다. 문맹은 남조선노동당이 문건과 동맹을 중재하고 통합을 시도한 것으로, 각 단체의 대표들은 1945년 12월 3일 두 단체를 하나의 단체로 합친다. 문맹은 문예통전체로서 민족통전체에 대응하는 단체이다.

문맹은 몇 가지 강령을 채택하며 활동을 시작하였는데, 강령의 내용은 일제 잔재와 봉건주의 잔재 소탕, 국수주의 배격, 진보적 민족문학 건설, 조선문학과 국제문학의 제휴였다. 이러한 문맹의 강령과 문학이념은 문맹이 문건의 입장을 일정하게 수용하고 있으며, 동맹의 노선이 일부 받아들여지기는 했지만 주로 문건의 노선이 주를 이루고 있다는 사실을 보여준다.

문맹의 일부 구성원은 단체의 활동에 적극적으로 임하는 대신 새로운 문학단체의 탄생을 도모하였는데, 한효와 윤규섭 등이 '북조선문학예술총동맹'에 합류하여 문맹을 비판한 것을 그 결과물로 볼 수 있다.

2 문맹의 민족문학론

(1) 민주주의 민족문학론 중요

문건과 동맹이 문맹으로 통합된 이후, 문맹은 문학이념으로 '민주주의 민족문학'을 채택하였다. 이에 따라 문건과 동맹의 대립 및 갈등도 해소된 것처럼 보였으나, 문맹이 동맹보다는 문건의 노선을 주로 따랐기 때문에 내부적으로는 이념적 대립이 지속되었다.

문맹의 민족문학론은 '조선민족문화건설의 노선'과 '전국문학자대회 결정서'에서 집약적으로 설명되었다. 이 중 '조선민족문화건설의 노선'이 민주주의 민족문학과 진보적 리얼리즘이라는 문맹의 이념 및 방법론을 포함하고 있다는 점에서 중요한데, 여기서 말하는 민족문학론은 문학이념과 과제, 창작방법론, 문예대중화론 등으로 분화되어 있다. '조선민족문화건설의 노선'은 당시 단계의 문학이념을 두고 '사회주의를 내용으로 하고 형식에 있어 민족적인' 계급문학이 아닌 '내용에 있어서 민주주의적이고 형식에 있어서 민족적인' 민족문화라는 점에 핵심을 두었다. 즉 민주주의 민족문학은 인민적이고 민주주의적인 성격을 띠는 민족문학으로, 계급문학과는 다르며, 당시의 문학이념과 그 문학이념이 갖춰야 할 원리와 내용을 담은 강령이라고 할 수 있다. 당시는 민주주의 변혁의 단계였는데, 문맹은 이 단계에서는 문학의 계급성이 민족문학에서 나타난다고 생각하였다.

(2) 진보적 리얼리즘

① 김남천의 진보적 리얼리즘론

진보적 리얼리즘론은 창작방법에 민주주의 민족문학론을 반영한 결과물이다. 김남천은 그의 '고발문학론'에서 리얼리즘을 리얼리즘과 아이디얼리즘의 구조상에서 파악하였다. 이때 리얼리즘은 주관의 객관에의 철저한 종속이며, 아이디얼리즘은 객관의 주관에의 철저한 종속이다.

김남천은 진보적 리얼리즘을 두고 진보적 민주주의를 달성하려는 역사적 과제를 반영한 창작방법이라고 규정하였다. 진보적 리얼리즘은 유물변증법을 세계관적 기초로 한 리얼리즘이며, 혁명적 로맨티시즘을 중요한 계기로 내포한 리얼리즘이다.

김남천의 진보적 리얼리즘은 실용주의적 사고를 바탕으로 주어진 정치 과제에 따라 리얼리즘을 범주화하고자 한다. 하지만 자연주의와의 경계가 모호하고, 스탈린주의적 사회주의 리얼리즘과 접목하여 리얼리즘 미학의 일반원리로부터 벗어나게 된다는 오류가 있다.

② **한효의 진보적 리얼리즘론**

한효는 진보적 리얼리즘을 사회주의 리얼리즘과 질적으로 구별되는 창작방법으로 보고, 중심원리를 민중연대성에서 찾았다. 그에 따르면 사회주의 리얼리즘은 사회주의 변혁단계에서의 창작방법이기 때문에, 민주주의 변혁단계의 창작방법은 그와 대별되는 진보적 리얼리즘이어야 한다. 한효는 진정한 리얼리즘의 전형성은 민중의 투쟁과 삶을 그릴 때 구현된다고 보았다. 또한 그는 임화의 '인민문학으로서의 민족문학론'을 바탕으로 진보적 리얼리즘의 민중연대성은 근본변혁의 전망에 기초한 민중연대성부터 그렇지 않은 민중연대성까지 포함한다는 입장을 보인다.

한효는 예술을 이데올로기 또는 세계관의 표현으로 보는 사회학주의적 미학관을 비판하면서 창작방법의 고유성을 중요시하였다. 그는 객관적 현실의 총체성의 예술적 반영이라는 구도를 통해 혁명적 낭만주의와 거리를 두며 리얼리즘 미학의 일반원리를 충실히 밝히고자 하였다.

제3절 문학방법론의 양상

1 민족문학

(1) 고상한 리얼리즘

고상한 리얼리즘은 사회주의 리얼리즘을 추구하는 창작의 방법이다. 때문에 미학적 모범의 기준을 사회적 리얼리즘의 원칙에 둔다.

이정구는 낭만주의를 '있어야 할 것의 묘사', 리얼리즘을 '있는 것의 묘사'로 정리하였으며, 고상한 리얼리즘의 창작원칙을 혁명적 낭만주의와 리얼리즘의 통일로 삼을 것을 주장하였다. 그는 현실의 객관성에 기반한 새로운 세계를 창조하는 것은 오로지 낭만주의와 리얼리즘의 통일로써 가능하다는 입장을 취하였다. '고상한 리얼리즘의 리얼리즘 대 반리얼리즘'이 아닌 '프로문학 대 비프로문학'의 관계에서 미적 특질을 해명하고자 혁명적 낭만주의를 강조한다.

한식은 전형적인 긍정적 주인공론을 「조선문학의 발전을 위하여」에서 제시하며 크게 세 가지를 강조하였다. 이는 고상한 리얼리즘은 근로인민들의 조국창건에 있어서 고상한 사상 및 의식과 아울러 감정과 심리를 그려야 하며, 주제의 적극성을 강화해야 하고, 개성을 그릴 때도 사회적 개성으로서 언제나 근로인민들을 한 구성으로 그려야 한다는 것이다.

(2) 문맹의 변모

문맹의 민족문학론은 민족문학 논쟁을 거치면서 변화를 겪었다. 임화는 「민족문학의 이념과 문학운동의 사상적 통일을 위하여」를 통해 이 과정에 크게 기여하였다. 그는 체계적으로 민족문학의 핵심 문제들을 정리하여 해방 이후 최고 수준의 민족문학에 도달한다. 임화는 '노동자계급 이념의 지도성'을 강조하는데, 이는 민족문학의 근본 방향을 분명히 하여 당파성과 민중연대성, 당면과제와 근본과제의 통일을 부각하고자 함이었다. 또한 민족문학은 그 이념원리가 당파성이 아닌 민중연대성에 있기 때문에 계급문학과 동일시하는 것을 부적절하다고 주장하였다. 결론적으로 임화의 민족문학론은 '노동자계급 이념에 기초한 인민문학으로서의 민족문학'으로 정식화가 가능하다.

2 전통문학론

(1) 1950년대의 전통론

1955년 『사상계』는 '한국문학의 현재와 장래'라는 이름의 좌담회를 열어 문단 전면에 전통문제를 내세웠다. 이 때 백철은 전통계승론을, 김기진은 전통단절론을 제시하였다. 전자는 전통을 옹호하는 것이고 후자는 전통을 부정적으로 보는 것이다. 이후 이무영이 백철의 의견에 동조하였고, 손우성은 김기진의 입장에 힘을 실으며 절충적 입장을 밝혔다. 전통계승론 · 전통단절론 · 절충론은 이후 10년 이상 지속적으로 논의되었다. 이 시기의 전통론은 우리 고유의 문학전통과 외래의 문화를 함께 수용하여 우리 문학의 발전에 도움이 되도록 외래의 것을 활용하자는 논의로 귀결되었다.

(2) 1960년대의 전통론

1950년대의 전통론 논의는 1960년대 전통론 논의로 연장되어 이어진다. 이 시기에는 이어령 · 유종호 등이 전통단절론을 주장하였다.
1960년대의 전통계승론은 전통단절론을 반성하고 극복하려는 인식을 바탕에 둔다. 조동일은 우리 문학 속에 전통이 직 · 간접적으로 계속해서 계승되어왔으며, 계승될 가치를 충분히 가진다고 주장하였다.

제1장 근대 초기의 문학론

01 「독서신론」은 신채호가 역사가로서 발표한 역사적 저술 중 하나이다. 반면 「근금 국문소설 저자의 주의」·「소설가의 추세」·「낭객의 신년만필」은 신채호가 문학비평가로서 발표한 문학논설들이다.

01 단재 신채호의 글 중에서 성격이 나머지와 <u>다른</u> 것은?

① 「근금 국문소설 저자의 주의」

② 「독사신론」

③ 「소설가의 추세」

④ 「낭객의 신년만필」

02 「천희당시화」는 신채호가 문학비평가로 활동하며 발표한 문학논설이다. 언론인으로 활동하며 발표한 신채호의 논설로는 「일본의 3대 충노」, 「역사와 애국심의 관계」, 「대아와 소아」, 「조선혁명선언」 등이 있다.

02 단재 신채호가 언론인 활동을 하며 집필한 논설이 <u>아닌</u> 것은?

① 「조선혁명선언」

② 「일본의 3대 충노」

③ 「대아와 소아」

④ 「천희당시화」

03 톨스토이의 영향을 받은 인물은 춘원 이광수이다. 신채호는 중국의 양계초와 아나키즘의 원조인 크로포트킨과 바쿠닌의 영향을 받아 다양한 활동을 펼쳤다.

03 단재 신채호의 활동과 사상에 영향을 준 인물이 <u>아닌</u> 것은?

① 톨스토이

② 양계초

③ 바쿠닌

④ 크로포트킨

정답 01 ② 02 ④ 03 ①

04 단재 신채호 사관의 변천과정 중 제3기에 해당하는 특징이 <u>아닌</u> 것은?

① 반주자학적 사관

② 유교적 사관

③ 민중사관

④ 근대사학이론

05 단재 신채호가 단군에서 부여와 고구려로 계승되는 고대사의 체계를 정통으로 보는 역사인식을 드러내는 시기는 신채호 사관의 변천과정 중 어디에 해당하는가?

① 제1기

② 제2기

③ 제3기

④ 제4기

06 단재 신채호의 문학작품을 시기적으로 구분하여 볼 때, 나머지와 <u>다른</u> 시기에 쓰인 것은?

① 『일목대왕의 철퇴』

② 『성웅이순신전』

③ 『을지문덕전』

④ 『동국거걸최도통전』

04 신채호 사관의 변천과정 중 제3기에는 주자학 및 유교적 사관의 한계를 극복하고 반주자학적 사관을 세워 근대사학이론을 수용하고 아나키즘을 접하였다. 또한 영웅사관이 극복되어 민중을 역사의 주체로 하는 '민중사관' 역시 나타난다.

05 단재 사관의 변천과정 중 제1기에서는 민족주의적 성격을 강하게 드러내며, 『독사신론』을 통해 단군에서 부여와 고구려로 계승되는 고대사의 체계를 정통으로 보는 역사인식을 보였다.

06 『일목대왕의 철퇴』는 신채호 문학관의 변천과정 중 제2기에 쓰인 작품이다. 『성웅이순신전』, 『을지문덕전』, 『동국거걸최도통전』은 제1기에 쓰였다.

정답 04 ② 05 ① 06 ①

07 「조선혁명선언」은 신채호가 아나키
즘의 영향을 받은 후 김원봉에게 의
뢰를 받아 망명객의 입장에서 현실타
개를 위한 방법을 모색한 글이다.
「조선상고사」는 신채호의 역사적 저
술이며, 「문화와 무력」과 「문예계 청
년에게 참고를 구함」은 문학논설이다.

07 단재 신채호가 아나키즘의 영향을 받아 집필한 저작문은 무엇
인가?

① 「조선상고사」
② 「문화와 무력」
③ 「문예계 청년에게 참고를 구함」
④ 「조선혁명선언」

08 『꿈하늘』은 단재 문학관에서 제2기
를 대표하는 소설이다.
한편 『이태리건국삼걸전』과 『을지
문덕전』은 제1기의 소설이며, 『용과
용의 대격전』은 제3기의 소설이다.

08 단재 신채호 문학관의 변천과정 중 제2기에 창작된 소설로,
신채호의 민족주체사관과 강렬한 투쟁의식이 강조된 작품은?

① 『이태리건국삼걸전』
② 『용과 용의 대격전』
③ 『꿈하늘』
④ 『을지문덕전』

09 이광수의 사상은 대체로 우리 민족
이 과거와의 단절을 이루고 새로운
민족으로 거듭나야 한다는 주장으로
이루어져 있는데 이러한 내용이 담
긴 저술은 「민족개조론」이다.
「문학이란 하오」는 정의 문학론을,
「문사와 수양」과 「예술과 인생」은 공
리주의적 효용론을 논한 저술이다.

09 춘원 이광수가 조선민족이 과거와 단절되어야 함을 역설한 저
술은 무엇인가?

① 「문학이란 하오」
② 「민족개조론」
③ 「문사와 수양」
④ 「예술과 인생」

정답 07 ④ 08 ③ 09 ②

10 춘원 이광수가 인간이 본성을 되찾고 인생의 진정한 행복을 얻는 데는 문학예술이 도움이 되어야 한다고 주장한 예술관은 무엇인가?

① 민중적 예술관
② 민족주의 예술관
③ 인도주의 예술관
④ 계급주의 예술관

11 춘원 이광수의 예술관 중 민족주의 예술관에 대한 설명으로 틀린 것은?

① 폐허파를 비롯한 예술가집단의 퇴폐적 감상주의를 배척하였다.
② 민중계몽의 차원에서 주장되었다.
③ 조선민족이 쇠퇴한 원인은 도덕적인 문제 때문이라고 지적한다.
④ 민족성의 부정적인 부분만을 부각한다는 점에서 비판을 받았다.

12 춘원 이광수가 그의 저술 「문학이란 하오」에서 주장한 것으로 옳은 것은?

① 문학은 사람의 감정을 만족케 하는 서적이다.
② 문예는 신문화의 선구요, 모(母)가 된다.
③ 문예는 신사상, 신이상의 선전자가 되어야 한다.
④ 문예는 감동하는 정서의 무기를 이용하여 독자에게 이상과 사상을 주입시켜야 한다.

10 이광수의 예술관은 크게 민중적 예술관·인도주의 예술관·민족주의 예술관으로 나눌 수 있다. 이 중 인간이 본성을 되찾고 인생의 진정한 행복을 얻는 데에 문학예술이 도움이 되어야 한다고 주장한 예술관은 인도주의 예술관이다.
계급주의 예술관은 이광수의 예술관이 아니다.

11 ①은 이광수의 예술관 중 인도주의 예술관에 대한 설명이다.

12 이광수는 「문학이란 하오」에서 정의 문학론을 전개하며 문학을 인간의 감정을 만족시키는 장르임을 강조하였다.
②·③·④는 이광수가 「문사와 수양」에서 강조한 내용이다.

정답 10 ③ 11 ① 12 ①

13 이광수에게 영향을 준 인물은 톨스토이와 도산 안창호이다.
크로포트킨, 바쿠닌 그리고 양계초는 단재 신채호에게 영향을 준 인물들이다.

13 다음 중 춘원 이광수가 영향을 받은 인물은?

① 크로포트킨　　　　　② 바쿠닌

③ 양계초　　　　　　　④ 안창호

14 ④는 신채호 문학론의 한계에 대한 설명이다.

14 춘원 이광수의 문학론의 한계로 적절하지 <u>않은</u> 것은?

① 역사의식의 결여와 친체제적인 사고방식으로 인해 친일문학으로 변절함

② 문학론이 혼용되어 일관된 논리를 보여주지 못함

③ 초기에 비판했던 유교적 이데올로기를 옹호하는 모순점이 있음

④ 직설적인 진술에 의존하여 심미적 예술성 획득이 어려움

15 최남선이 시조부흥에 대한 논의를 시작한 글은 「조선 국민문학으로서의 시조」이다.
「문학에 대한 신연구」와 「현대 조선에 자연주의 문학을 제창함」은 백대진, 「조선어의 가치」는 안확의 저술이다.

15 최남선이 시조부흥에 대한 논의를 시작한 글은 무엇인가?

① 「문학에 대한 신연구」

② 「현대 조선에 자연주의 문학을 제창함」

③ 「조선 국민문학으로서의 시조」

④ 「조선어의 가치」

정답 13 ④　14 ④　15 ③

16 안확의 조선주의 문학론에 대한 설명으로 적절하지 <u>않은</u> 것은?

① 문학은 독자를 즐겁게 하는 것으로부터 더 나아가 사상을 활동하게 하고 이상을 진흥시키는 기능까지 수행하여야 한다.

② 문학의 외적 목적은 실용이며, 내적 목적은 쾌락이다.

③ 문학은 인간정신의 전체적인 활동을 구현하는 것이다.

④ 정치는 외형을, 문학은 내정을 지배한다.

16 ②는 백대진이 「문학에 대한 신연구」에서 문학의 본질을 외적 목적과 내적 목적으로 분류하며 펼친 주장이다.

주관식 문제

01 단재 신채호의 문학관이 바탕을 두고 있는 이론 세 가지를 모두 쓰시오.

01 **정답**
공리적 효용론, 사실주의 문학론, 민족주의 문학론

02 단재 신채호의 문학론의 한계를 두 가지 쓰시오.

02 **정답**
• 사회적 효용성을 지나치게 강조하여 문학을 역사와 정치에 종속된 것으로 보거나, 사회적 효용성을 지니지 않는 문학을 배척하였다는 것
• 식민지의 현실을 환상적이고 공허한 민담 또는 기담처럼 전개하고 있어, 문학형식의 퇴행으로 받아들여질 위험이 있다는 것
• 직설적인 진술에 의존하여 심미적 예술성 획득이 어렵다는 것
• 유교적 보수주의에서 근대적 자유평등사상까지의 사상적 전환이 빠르게 이루어져 일관성이 부족하게 보일 수 있다는 것

정답 16 ②

03 **정답**
- 2기 : 『꿈하늘』
- 3기 : 『용과 용의 대격전』

03 단재 신채호의 소설 중 그의 문학관의 2기와 3기를 대표하는 소설은 무엇인지 각각 쓰시오.

04 **정답**
문학예술은 민중들의 기호에 맞게 창조되어 소박한 생활감정을 자유롭게 표현하게 하도록 형상화되어야 한다.

04 춘원 이광수가 민중적 예술관을 지향하면서 했던 주장을 간략하게 쓰시오.

05 **정답**
- 문예가 신사상, 신이상의 선전자가 되어야 한다는 것
- 문예는 감동하는 정서의 무기를 이용하여 독자에게 이상과 사상을 주입시켜야 한다는 것
- 문예는 이지의 판단에 의존하는 과학이나 철학에 비교할 바가 아니라 종교에 비교할 수 있다는 것

05 춘원 이광수가 「문사와 수양」에서 정의 문학론과 상반되는 이론을 제시하며 공리성 측면에서 강조하는 주장 중 두 가지를 쓰시오.

06 톨스토이가 주장한 '예술의 감염성'에서, 이 감염성을 좌우하는 세 가지 요인은 무엇인지 모두 쓰시오.

정답
개성, 명확성, 예술가의 성실성

07 춘원 이광수가 프로문학 진영을 비판하며 제기한 문학론은 무엇인지 쓰시오.

정답
상적 문학론

08 최남선의 시조부흥론이 갖는 의의와 한계가 무엇인지 쓰시오.

정답
최남선의 시조부흥론은 프로문학이 계속해서 강조해오던 문학의 세계적 보편성의 문제에서 벗어나 우리 문학의 독자성과 특수성에 귀 기울였다는 데에서 의의가 있다. 그러나 시조부흥론은 조선이라는 장소의 특수성만 해결하였을 뿐, 당대라는 시간적 특수성에 대해서는 별다른 대책을 제시하지 못하였다는 한계가 있다.

09 **정답**
「조선의 문학」

09 안확이 '문학은 독자를 즐겁게 하는 것으로부터 더 나아가 사상을
활동하게 하고 이상을 진흥시키는 기능까지 수행하여야 한다'
고 주장한 저술은 무엇인가?

10 **정답**
인간의 성정은 지·정·의로 이루어
져 있으며, 이 중에서 정을 담당하는
것은 문학이다.

10 백대진이 이광수와 공유하는 문학관은 무엇인지 쓰시오.

제2장 프로문학론의 태동과 그 전개과정

01 프로문학에 대한 설명으로 적절하지 <u>않은</u> 것은?

① 일본에서 유학하던 학생들을 통해 유입된 사회주의 사상의 영향을 받았다.

② 사회주의 사상이 문학에 영향을 끼치기 시작한 것은 1940년 대의 일이다.

③ 문학에서 사회주의적 움직임을 가장 먼저 보인 것은 김기진 이다.

④ 러시아 혁명의 성공과 관련이 있다.

01 사회주의 사상이 문학에 영향을 끼치기 시작한 것은 1920년대의 일이다.

02 김기진이 프로문학 사상을 알리기 위해 발표한 논설에 해당하지 <u>않는</u> 것은?

①「지배계급교화, 피지배계급교화」

②「금일의 문학, 명일의 문학」

③「피투성이 된 프로혼의 표백」

④「신경향파 문학과 무산파의 문학」

02 「신경향파 문학과 무산파의 문학」은 박영희가 목적의식론을 펼친 논설이다.

03 프로문학의 확산을 위해 함께 노력하던 김기진과 박영희가 처음으로 견해 차이를 보이며 충돌한 사건은 무엇인가?

① 목적의식적 방향전환론 논쟁

② 대중화논쟁

③ 내용·형식 논쟁

④ 예술운동의 볼셰비키화

03 프로문학의 확산을 위해 함께 노력하던 김기진과 박영희가 처음으로 견해 차이를 보이며 충돌한 사건은 내용·형식 논쟁이다.

정답 (01 ② 02 ④ 03 ③)

04 내용·형식 논쟁에서 박영희의 작품을 혹평한 김기진의 글은 「문예월평」이다.
「지옥순례」와 「철야」는 김기진의 비판 대상이 된 박영희의 작품이며, 「투쟁기에 있는 문예비평가의 태도」는 박영희가 김기진의 비판에 반박하고자 쓴 글이다.

04 내용·형식 논쟁에서 박영희의 작품을 혹평한 김기진의 글은 무엇인가?

① 「문예월평」
② 「지옥순례」
③ 「철야」
④ 「투쟁기에 있는 문예비평가의 태도」

05 소설은 완성된 건축물과 같아야 한다는 내용의 문학건축론은 김기진의 이론이다.

05 내용·형식 논쟁에서 박영희의 입장으로 적절하지 않은 것은?

① 프로문예비평가는 작품의 사회적 의식을 통해 프로작품의 가치를 평가해야 한다.
② 프로문학작품의 목적은 프로문화 전체에서 하나의 구성물로서 그 역할을 하는 데에 있다.
③ 소설은 완성된 건축물과 같아야 한다.
④ 완결된 형식보다는 그 계급의식의 명확성이 더 중요하다.

06 카프의 방향전환 논의에 촉매적 역할을 한 사건은 제3전선파의 귀국이다.

06 카프의 방향전환 논의에 촉매적 역할을 한 사건은 무엇인가?

① 대중소설론의 등장
② 예술운동의 볼셰비키화
③ 제3전선파의 귀국
④ 김기진과 임화의 논쟁

정답 04 ① 05 ③ 06 ③

07 다음 중 제3전선파와 관련이 <u>없는</u> 저술은 무엇인가?

① 「문예시대관 단편」
② 「방향전환기에 입각한 문예가의 직능」
③ 「무산문예가의 창작적 태도」
④ 「예술운동의 방향전환론은 과연 진정한 방향전환론이었든가」

08 김기진의 대중소설론에 관한 설명으로 적절하지 <u>않은</u> 것은?

① 탄압기를 헤쳐나가는 것은 문학의 형식문제가 아닌 혁명적 투쟁이라는 입장을 취한다.
② 대중에게 프롤레타리아 의식을 갖도록 하고 그들을 조직투쟁에 이르도록 하기 위한 것으로 마르크스주의 문예가 존재한다고 주장하며, 대중소설을 이를 위한 구체적 방안으로 제시하였다.
③ 기능적 문학관을 통해 문학을 대중을 의식화하는 수단으로 여겼다.
④ 당위적이고 추상적인 문예운동론에서 구체적인 운동방식을 찾았다.

09 다음 중 김기진의 저술에 해당하지 <u>않는</u> 것은?

① 「문예시대관 단편」
② 「변증적 사실주의」
③ 「예술운동에 대하여」
④ 「프로예술의 형식문제」

10 김기진과 임화의 의견 차이는 좁혀
지지 않았고, 결국 예술운동의 볼셰
비키화를 통해 조직적인 재정비가
진행되었다.

10 김기진과 임화의 논쟁에 대한 설명으로 적절하지 않은 것은?

① 김기진은 임화가 작품행동과 정치투쟁을 동일시하고 있다는
점을 지적하였다.

② 김기진과 임화의 의견 차이는 임화가 김기진의 의견을 수용
하면서 좁혀졌다.

③ 김기진은 기능주의 문학관을 극복하지 못했다.

④ 임화는 김기진이 문학의 형식문제를 통해 탄압 또는 검열을
피하고자 하는 것을 지적하였다.

11 김기진은 동경소장파가 아닌 카프의
중진이다.

11 다음 중 동경소장파에 해당하지 않는 인물은?

① 안막   ② 김기진

③ 권환   ④ 임화

12 대중소설의 등장에 따라 프로소설과
대중소설을 구별하고자 한 것은 대중
소설론을 주장한 김기진의 시도이다.

12 예술운동의 볼셰비키화에 대한 설명으로 적절하지 않은 것은?

① 카프는 기술부를 신설하여 문학예술인단체의 특성을 강화하
였다.

② 동경소장파는 예술운동을 당 사업의 일익으로 상정하여 당
의 슬로건을 예술적 슬로건으로 전환하는 아지-프로 예술을
강조하였다.

③ 프로문학의 형식은 과거 모든 혁명계급 예술의 형식적 요소
와 결부되며, 종합적·조직적·합리적·근대적·계획적 표
현형식을 요구한다.

④ 대중소설의 등장에 따라 프로소설과 대중소설을 구별하고자
하였다.

정답   10 ②   11 ②   12 ④

주관식 문제

01 카프는 서로 다른 두 조직이 합쳐져 결성되었는데, 이 두 조직은 무엇인지 쓰시오.

01 **정답**
염군사와 파스큘라

02 소설을 필요한 재료들을 적절하게 배치하고 조합하여 완성하는 하나의 건축물로 보는 김기진의 이론을 무엇이라 하는지 쓰시오.

02 **정답**
문학건축론

03 내용 · 형식 논쟁에서 대립한 두 사람의 견해를 각각 설명하시오.

03 **정답**
김기진은 프로문학 역시 문학이기 때문에 그 역시 문학이 마땅히 갖추어야 할 형식을 지니고 있어야 한다고 주장하였고, 박영희는 형식보다는 내용, 즉 계급성을 우선시하고 있다.

04 정답
아나키스트 논쟁

04 내용 · 형식 논쟁이 벌어지는 동안 카프 내부에서 김화산과 권구현 등이 윤기정 · 조중곤 · 한설야 등과 벌인 또 다른 논쟁을 무엇이라 하는지 쓰시오.

05 정답
카프 내부적 요인은 내용 · 형식 논쟁과 아나키스트 논쟁으로, 지도의 노선을 명확하게 할 필요성으로 생겨난 것이다. 카프 외부적 요인으로는 당시 조선이 전반적인 사회운동의 방향전환을 거치고 있던 상황을 들 수 있다.

05 목적의식적 방향전환론의 배경을 카프 내부적 요인과 카프 외부적 요인으로 나누어 간략하게 설명하시오.

06 정답
제3전선파

06 일본에서 공부하던 유학생들로 이루어져 있으며, 박영희와 다른 견해의 목적의식론을 펼친 이들을 지칭하는 말이 무엇인지 쓰시오.

07 1930년대에 들어 카프 내부에는 조직개편문제가 지속적으로 제기되었는데, 이 때 조직개편의 필요성이 무엇이었는지 쓰시오.

07 정답
카프 내의 '불순분자'를 제거하고 기존의 대중조직을 문학, 예술인 중심으로 전환하려는 것이다.

08 안막이 프로문학의 내용을 '프롤레타리아트의 계급적 필요를 반영한 혁명적 이데올로기, 즉 프롤레타리아트 전위의 혁명적 이데올로기'로 정리한 저술 두 가지가 무엇인지 쓰시오.

08 정답
「프로예술의 형식문제」, 「마르크스주의 예술비평의 기준」

09 볼셰비키 논자들의 대중화론이 갖는 한계는 무엇인지 설명하시오.

09 정답
문학과 예술을 정치에 종속된 것으로 이해하는 방식을 극복하지 못하여 리얼리즘을 단순하게 받아들이고 있다는 것이다.

제3장 1920년대 중반의 계급문학론 · 국민문학론 · 절충주의 문학론

01 양주동은 1929년 5월에 창간된 『문예공론』의 주간을 맡았다.
박영희는 『개벽』의 문예란을 담당하였고, 『조선문예』의 주간을 맡았다.
이광수는 『조선문단』을 주재하였다.

01 다음 중 양주동이 주간을 맡은 것은 무엇인가?

① 『개벽』　　　　　　② 『조선문예』
③ 『조선문단』　　　　④ 『문예공론』

02 김동인은 유미주의적 문학관에 근거하여 계급문학의 교훈성과 선정성을 부인하고 나아가 존재근거까지 비판하였다. 김동인의 입장에서는 계급문학 자체가 존재할 수 없기 때문에, 프롤레타리아 또는 부르주아의 용어 사용 또한 부인했다.

02 계급문학 자체가 존재할 수 없다는 입장에서, 프롤레타리아 또는 부르주아의 용어 사용 또한 부인한 인물은 누구인가?

① 이광수　　　　　　② 염상섭
③ 김동인　　　　　　④ 양주동

03 프로문학의 성격에 대한 이해 자체가 부족했던 이광수나 김동인과는 달리, 염상섭은 프로문학의 개념을 자세하고 분명하게 이해하고 있었다.

03 염상섭에 대한 설명으로 적절하지 <u>않은</u> 것은?

① 프로문학의 개념을 잘 이해하고 있었던 이광수나 김동인과는 달리 프로문학의 성격에 대한 이해 자체가 부족하였다.
② 계급문학이 자연적으로 출현할 수 있는 가능성을 인정하였다.
③ 프로문학 역시 문학의 한 갈래이기 때문에 예술적인 소성분을 갖추지 않고서는 성립 자체가 불가능하다고 주장하였다.
④ 계급문학론을 '유행성 감기'와 같은 것이라 평했다.

정답 01 ④　02 ③　03 ①

04 김기진에 대한 설명으로 적절하지 <u>않은</u> 것은?

① 프로문학은 부르주아 중심의 근대자본주의 사회가 초래하는 빈부격차에 의한 계급모순의 발생과 계급분화에 의한 상부구조의 문제를 다룬다고 지적하였다.

② 염상섭의 예술론을 두고 허무하기 그지없는 망상적 예술론이라고 비판하였다.

③ 민족주의 문학 진영이 프로문학을 제재의 차원에서 문제 삼는 것에 대응하였다.

④ 계급문학은 피상적 제재문제가 아닌 본질적 경향문제라고 설명하였다.

05 프로문학을 인도주의 문학이 아닌 혁명문학이라고 규정한 인물은 누구인가?

① 김기진   ② 이광수
③ 김동인   ④ 박영희

06 박영희가 분류한 예술의 2대 분파에 대한 설명으로 적절하지 않은 것은?

① 프롤레타리아 예술은 인생을 위한 예술을 따른다.

② 예술을 위한 예술은 진리탐구의 예술로 사회적 기능을 수행한다.

③ 예술을 위한 예술은 유희적이고, 향락적이며, 개인적인 성격을 가진다.

④ 인생을 위한 예술은 건설적이고, 창조적이며, 집단적인 성격을 가진다.

04 염상섭의 예술론을 두고 허무하기 그지없는 망상적 예술론이라고 비판한 것은 김기진이 아닌 박영희이다.

05 프로문학을 인도주의 문학이 아닌 혁명문학이라고 규정한 인물은 박영희이다.

06 박영희는 예술의 2대 분파를 예술을 위한 예술과 인생을 위한 예술로 나누었다.
예술을 위한 예술은 유희적이고, 향락적이며, 개인적인 성격을 가지는 예술이다. 이는 미의 향락에 머물 뿐이며, 이를 따르는 예술은 부르주아 예술이 된다.
인생을 위한 예술은 건설적이고, 창조적이며, 집단적인 성격을 지닌 예술이다. 이는 진리탐구의 예술로 사회적 기능을 수행하며, 이를 따르는 예술은 프롤레타리아 예술이 된다.

정답 (04 ② 05 ④ 06 ②)

07 「조선 현문단에 호소함」은 정인섭의 논설로 염상섭과 박영희의 논쟁과는 관련이 없다.
「신경향파 문학과 그 문단적 지위」・「신경향파 문학과 무산파의 문학」는 박영희의 논설이며, 「프롤레타리아 문학에 대한 '피'씨의 언(言)」은 염상섭의 논설로 염상섭과 박영희 논쟁과 유관하다.

07 다음 중 염상섭과 박영희의 논쟁과 관련이 <u>없는</u> 논설은 무엇인가?

① 「신경향파 문학과 그 문단적 지위」
② 「프롤레타리아 문학에 대한 '피'씨의 언(言)」
③ 「조선 현문단에 호소함」
④ 「신경향파 문학과 무산파의 문학」

08 염상섭은 계급문학은 내면적이거나 필연적인 요구에서 출발한 것이 아니며, 외면적 원인과 시류에 영합하려는 천박한 동기에서 나온 것이라며 박영희를 공격했다.

08 염상섭과 박영희의 논쟁에 대한 설명으로 적절하지 <u>않은</u> 것은?

① 박영희는 신경향파는 프롤레타리아의 해방이 다가온 때에 무산계급에 유용한 문학을 생산해야 한다고 주장하였다.
② 염상섭은 계급문학을 내면적이거나 필연적인 요구에서 출발한 것으로 보았다.
③ 염상섭과 박영희의 논쟁과정에서 김억과 이광수 역시 계급문학을 비판하고자 했다.
④ 염상섭은 박영희가 신경향파가 무엇인지 밝히는 문제는 회피하면서 신경향파의 대두를 주장한다며 비판하였다.

09 정인섭은 한국의 우파 작가를 순수예술 지상주의자 김동인, 통속적 모더니스트 최독견, 심리해부적 리얼리스트 염상섭, 민족적 인도주의자 이광수로 사분하였다.

09 정인섭이 한국의 우파 작가를 사분한 것으로 옳지 <u>않은</u> 것은?

① 순수예술 지상주의자 김동인
② 심리해부적 리얼리스트 김남천
③ 통속적 모더니스트 최독견
④ 민족적 인도주의자 이광수

정답 07 ③   08 ②   09 ②

10 국민문학에 대한 설명으로 적절하지 <u>않은</u> 것은?

① 프로문학의 대립개념으로 형성되었다.

② 1925부터 1930년까지 한국문단을 양분하는 축 중 하나였다.

③ 조선주의를 바탕으로 한다.

④ 의식적 민족주의자는 절충파로 분류되는 이광수·이기영·양주동·염상섭을 들 수 있다.

11 시조부흥론에 대한 허점과 비판에 대한 설명으로 적절하지 <u>않은</u> 것은?

① 프로문학이 퇴조함에 따라 계급문학의 대타개념에서 수동적으로 규정된 것에 불과하다.

② 사회현실과의 연계성과 역사의 필연성에 대한 인식 없이 세계성과 보편성에 대한 대립개념으로서의 향토성은 큰 힘도, 의미도 없다.

③ 이미 그 생명력이 다하고 있는 시조를 되살리겠다는 의도는 장르이론에 대한 지식과 현실 감각이 결여된 생각일 뿐이다.

④ 목적의식적으로 만든 시조는 백성들로 하여금 현실로부터 멀어지도록 유도하여 은둔과 도피사상을 고취한다.

12 최남선에 대한 설명으로 적절하지 <u>않은</u> 것은?

① '조선심(朝鮮心)' 또는 '조선아(朝鮮我)'를 발견하는 데에 관심을 가지고 있었다.

② 시조부흥운동을 전개하였다.

③ 계급문학이 세계적 보편성을 추구하는 것을 옹호하였다.

④ 계급문학에 대항하여 민족문학과 전통을 살리기 위한 시 형식으로 시조를 제안하였다.

---

10 이기영은 의식적 민족주의자로 분류되지 않는다. 의식적 민족주의자로는 이광수·양주동·김동인·염상섭을 들 수 있다.

11 프로문학이 퇴조함에 따라 계급문학의 대타개념에서 수동적으로 규정된 것에 불과하다는 것은 민족주의 문학에 대한 설명이다.

12 최남선은 계급문학이 세계적 보편성을 추구하는 것을 간접적으로 비판하였다.

정답 10 ④ 11 ① 12 ③

13 김동환은 목적의식적으로 만든 시조
는 백성들로 하여금 현실로부터 멀
어지도록 유도하여 은둔과 도피사상
을 고취한다고 비판하였다.

13 시조부흥론을 두고 목적의식적으로 만든 시조는 백성들로 하
여금 현실로부터 멀어지도록 유도하여 은둔과 도피사상을 고
취한다고 비판한 인물은 누구인가?

① 박영희　　　　　　② 임화
③ 김동환　　　　　　④ 김기진

14 양주동은 문예사상적 조류를 순수문
학파·순수사회파·중간파 세 가지
로 나누고, 중간파를 다시 좌익계열
중간파와 우익계열 중간파로 나누었
다. 양주동은 자신이 우익계열 중간
파라는 입장을 밝혔다.

14 양주동이 문예사상적으로 분류한 조류 중 자신이 속한다고 밝힌
것은?

① 우익계열 중간파
② 순수문학파
③ 좌익계열 중간파
④ 순수사회파

15 「문예상의 내용과 형식문제」는 양주
동의 저술로, 그는 여기서 자신의 절
충주의적 견해를 밝혔다.
「시평적수언」은 김기진이, 「문단시
언」은 윤기정이, 「탁류에 항하여」는
임화가 프로문학가로서 양주동의 절
충주의를 비판한 저술이다.

15 프로문학 진영에서 양주동의 절충주의를 비판하고자 쓴 저술이
아닌 것은?

① 「시평적수언」
② 「문단시언」
③ 「탁류에 항하여」
④ 「문예상의 내용과 형식문제」

정답 13③ 14① 15④

주관식 문제

01 이광수가 프롤레타리아 문학을 거부한 근거는 무엇인지 쓰시오.

02 박영희가 말하는 좌 · 우익 문단진영의 정면대립이 시작된 사건은 무엇인지 쓰시오.

03 박영희가 프롤레타리아 예술이 선동을 비예술적인 것으로 볼 필요가 없다고 제안하며 인용한 루나찰스키의 저술은 무엇인지 쓰시오.

01 **정답**
예술은 특정 계급이 아닌 민족 전체를 위한 것이어야 하기 때문이다.

02 **정답**
이성태와 박영희가 1925년 『개벽』의 신년호에 「이광수론」을 싣고 민족문학 진영인 이광수의 문학을 비판한 것이다.

03 **정답**
「혁명과 예술」

04 **정답**
전기프로문학은 자본주의 사회의 제도 아래에서 무산계급이 프롤레타리아 운동을 시작하는 것이며, 후기프로문학은 부르주아적인 사회의 제도에서 벗어나서 프롤레타리아 사회의 문화를 창조하는 것이다.

04 박영희가 주장한 전기프로문학과 후기프로문학에 대해 각각 설명하시오.

05 **정답**
민족문화의 전통에 대한 관심, 암울한 식민지 현실 속에서 민족주의를 되찾자는 것

05 최남선이 시조부흥운동을 전개한 이유 두 가지가 무엇인지 쓰시오.

06 **정답**
조선어학회

06 조선어연구회가 1931년에 변경한 명칭이 무엇인지 쓰시오.

07 김기진이 시조부흥론에 가한 비판의 내용을 설명하시오.

07 **정답**

김기진은 조선주의가 큰 의미를 가질 수 없다는 점을 지적했다. 또한 최남선이 말하는 향토성·민족성·개성 등은 독립적으로 평가되거나 주관적으로 인식되는 것이 아니고 객관적이고 대비적으로 평가된다고 지적하였다.

08 양주동이 프로문학을 비판하는 논지 세 가지가 무엇인지 쓰시오.

08 **정답**

- 내용 편중주의
- 예술상 엄밀한 의미에서 인도주의와 사회주의 등은 '주의'가 아니다.
- 계급문학은 형식과 내용의 조화를 공격하며, 작품의 스토리마저 막다른 골목으로 몰아져 살인·방화의 결말을 천편일률적으로 사용하여 문예의 포스터화를 주장하고 예술의 형식조건을 방기하였다.

09 김기진이 양주동의 절충주의를 비판한 근거는 무엇인지 쓰시오.

09 **정답**

김기진은 양주동의 주장이 모호하고 과거 국민문학파의 주장과 비슷하다고 지적하였다. 또한 계급문학과 국민문학이 합치 가능한 지점을 찾는 것은 현실적이지 않다고 덧붙였다.

제4장   농민문학론

01 농민문학은 1920년대부터 1940년대까지 20여 년간 이어졌지만 일관되게 전개된 것은 아니다.

01 농민문학론에 대한 설명으로 적절하지 <u>않은</u> 것은?

① 농촌문예의 필요성은 조선 사람의 대부분이 프롤레타리아의 생활을 하고 있고 그중 중요한 것이 농촌이라는 점에서 제기된다.

② 문학사에서는 1930년대 프로문학 진영의 농민문학론 논쟁을 중요하게 다룬다.

③ 카프의 구성원으로서 한국문단에서 처음으로 농민문학의 문제를 제기한 것은 김기진이다.

④ 농민문학은 1920년대부터 1940년대까지 일관되게 전개되었다.

02 농민문학은 1920년대 중반에 그 논의가 시작되어 1940년대까지 이어졌다.

02 다음 중 농민문학론이 대두된 시기는 언제인가?

① 1920년대   ② 1930년대

③ 1940년대   ④ 1950년대

03 김기진은 소설가의 경우에는 세밀하고 세세한 심리묘사나 성격묘사보다는 뚜렷하게 사건과 인물 그리고 그 속의 갈등 등을 다루어 사회비판을 보여야 한다고 주장하였다.

03 김기진이 농민문예에 대해 제시한 실천적 방법으로 적절하지 <u>않은</u> 것은?

① 제재를 농민이 아닌 다른 곳에 구할 때는 농민의 생활과의 대조 차원에서만 다룬다.

② 소설의 경우 세세하고 세밀한 심리묘사에 집중해야 한다.

③ 농민문예는 농민으로 하여금 서로 단결하도록 하는 기구가 되어야 한다.

④ 농민의 생활상에서만 제재를 구한다.

정답 01 ④ 02 ① 03 ②

04 김기진은 농민문학을 무엇의 연장선상으로 두었는가?

① 문예대중화론
② 내용·형식 논쟁
③ 예술운동의 볼셰비키화
④ 시조부흥론

05 프로문학 내부의 농민문학 문제에 영향을 끼친 것이 <u>아닌</u> 것은?

① 하리코프대회
② 양주동의 절충주의
③ 일본 프롤레타리아작가동맹 내부의 변화
④ 코민테른이 내린 국내운동에 관한 일련의 테제

06 안함광과 백철의 논쟁에 대한 설명으로 적절하지 <u>않은</u> 것은?

① 백철은 「농민문학문제」에서 안함광이 농민문학과 프롤레타리아 문학을 구분하지 못한다는 것을 지적하였다.
② 안함광은 농민문학을 프로문학에 기계적으로 대입하였다.
③ 안함광은 농민문학과 프로문학을 구분하고, 농민문학만의 이데올로기적 특수성에 다가갈 필요성을 인식하였다.
④ 백철은 농민문학을 노동자계급의 입장에서 생각해야 하는 문제로 파악하였다.

정답 04 ① 05 ② 06 ④

07 나프는 당시 현재의 단계에서는 혁명적 빈농의 이데올로기와 프롤레타리아트의 이데올로기는 구분되기 때문에 농민문학을 프로문학에 포함시킬 수 없다고 주장하였다.

07 백철에게 영향을 준 나프(NAPF, 전일본무산자예술연맹)의 주장에 대한 설명으로 적절하지 <u>않은</u> 것은?

① 당대의 단계에서는 혁명적 빈농의 이데올로기와 프롤레타리아트의 이데올로기는 구분되지 않는다.

② 혁명적 소부르주아 문학이 동반자문학인 것과 같은 원리로 혁명적 빈농으로서의 농민문학이 있다는 입장이다.

③ 농민문학은 동반자문학에 비교하여 동맹자문학이 된다는 입장을 취한다.

④ 농민문학과 프로문학은 궁극적으로는 일치한다.

08 「농민문학문제」은 백철이 쓴 것으로, 안함광이 농민문학과 프롤레타리아 문학을 구분하지 못한다는 것을 지적하였다.

08 다음 중 안함광의 저술이 <u>아닌</u> 것은?

① 「농민문학문제에 대한 일고찰」

② 「농민문학의 규정문제─백철군의 테마를 일축한다」

③ 「농민문학문제」

④ 「농민문학문제 재론」

09 유해송은 농민문학을 지주에게 노동력을 착취당하는 농민들의 무기이자 문학으로 정의하였다.
①·②·④는 모두 송완순의 주장이다.

09 농민문학에 대한 유해송의 견해로 가장 적절한 것은?

① 농촌을 계급적으로 파악하는 것이 참된 농민예술의 임무이다.

② 농촌의 계급은 지주와 빈농으로 이분되지 않는다.

③ 농민문학을 지주에게 노동력을 착취당하는 농민들의 무기이자 문학으로 정의하였다.

④ 빈농층을 주축으로 하되 중농층 역시 고려해야 한다.

정답 07 ① 08 ③ 09 ③

10 문학운동에 있어 카프가 해외이론을 무조건 따라하는 태도를
   강력하게 비판한 인물은 누구인가?

① 안함광   ② 송완순
③ 김우철   ④ 유해송

11 농민문학의 창작방법 문제에 관한 논의로 적절하지 <u>않은</u> 것은?

① 안함광은 농민문학 창작의 문제를 밝히며 프롤레타리아 리
   얼리즘을 제창하였다.
② 프롤레타리아 리얼리즘은 이념성 혹은 계급성보다 작가의
   창작역량에 더 큰 가치를 둔다.
③ 프롤레타리아 리얼리즘은 카프 볼셰비키화를 주도했던 안막
   ·권환 등의 글에서 볼셰비키화 창작방법론을 뒷받침하는
   리얼리즘 이론의 근거로서 제기되었다.
④ 프롤레타리아 리얼리즘은 정치편향의 방향으로 급선회한 카
   프 볼셰비키화의 미학적 근거가 된다.

주관식 문제

01 **정답**
「신흥문단과 농촌문예」

01 농민문학에 대한 최초의 논의가 드러나는 효봉산인의 저술이 무엇인지 쓰시오.

02 **정답**
「신년문단을 향하여 농민문학을 일으키라」

02 이성환이 농민문학에 대해 쓴 저서가 무엇인지 쓰시오.

03 **정답**
「농민문예에 대한 초안」

03 김기진이 농민문예를 어떻게 써야 하고 어떤 형식과 정신을 필요로 하는지에 대한 실천적인 방법을 제시한 저술이 무엇인지 쓰시오.

04 프로문학 진영이 농민문학에 대한 관심을 불러일으킨 주된 요
인이자 농민문학론에 대한 논의가 활발해진 계기가 무엇인지
쓰시오.

04 **정답**
하리코프대회(프롤레타리아혁명작
가 제2회 국제대회)

05 하리코프대회로 인해 일본 프롤레타리아작가동맹 내부에 결성
된 단체가 무엇인지 쓰시오.

05 **정답**
농민문학연구회

06 권환이 「하리코프대회 성과에서 조선 프로예술가가 얻은 교훈」
에서 제시한 하리코프대회의 다섯 가지 성과 중 세 개 이상 쓰
시오.

06 **정답**
파시즘예술에 대한 투쟁, 동반자 획
득문제, 노동통신원문제, 농민문학
운동 문제, 국제적 연락

07 **정답**

카프는 농민문학론 논쟁에서 농민계급 내부의 다층성을 무시하고 '지주 대 빈농'이라는 지나친 이분법적인 도식화에 기댄다는 문제점이 있다. 또한 식민체제의 생산체계에 저항하는 농민운동을 민족해방운동의 관점이 아닌 계급투쟁의 관점에서 봄으로써 농민을 지나치게 수동적인 계급으로 인식한다는 허점이 있다.

07 카프 농민문학론 논쟁의 한계에 대해 서술하시오.

08 **정답**

'당의 요구에 충실한 문학', '프롤레타리아의 혁명적 과제와 결부된 전위의 관점에서 세계를 관찰하라'

08 안막 · 권환 등이 프롤레타리아 리얼리즘을 볼셰비키화 창작방법론을 뒷받침하는 리얼리즘 이론의 근거로서 제기한 내용을 두 가지로 요약하시오.

제5장　주지주의 비평과 예술비평

01 프로이트와 융의 심리학적 방법을 통해 과학적 비평의 기초를 다진 인물은 누구인가?

① 흄
② 리처즈
③ 엘리엇
④ 그레마스

01 리처즈는 리드(H. Read)와 함께 프로이트와 융의 심리학적 방법을 통해 과학적 비평의 기초를 다진 인물이다.

02 김기림의 과학적 시론에 대한 설명으로 적절하지 <u>않은</u> 것은?

① 리처즈의 분석적 비평 방법을 활용하여 실증주의적 시비평 방법을 도입하고자 하였다.
② 시의 창작은 지성이 아닌 감성에 의해 이루어져야 한다는 입장을 취하였다.
③ 시가 독자에게 미치는 영향을 분석하고자 하였다.
④ 과학을 객관적이고 지적인 요소를 강조하는 비평적 태도로 해석한다.

02 김기림은 언어의 건축인 시의 창작은 감정이 아닌 지성에 의해 이루어져야 한다는 입장을 취하였다.

03 최재서의 비행동적 행동 역설에 대한 설명으로 적절하지 <u>않은</u> 것은?

① 문학을 인텔리겐치아의 소산으로 보았다.
② 지성의 비행동성을 강조하였다.
③ 카프 등 문학의 현실참여를 옹호하였다.
④ 파시즘으로 인해 표현의 자유가 확보되지 않는 것을 지적하였다.

03 최재서는 비행동성에 근거한 지성인의 역할을 강조하며 문학 내적으로는 카프 등 문학의 현실참여에 대한 거부감을 표출하였다.

정답 01 ② 02 ② 03 ③

04 시는 객관적이어야 한다는 점을 강조한 것은 김기림의 과학적 시론이다.

04 최재서의 지성론에 대한 설명으로 적절하지 <u>않은</u> 것은?

① 지성을 행동의 안티테제로 파악한다.

② 지성을 취미 또는 교양으로 여긴다.

③ 시는 객관적이어야 한다는 점을 강조한다.

④ 문학을 지배하는 통일적 정신은 고전들의 관계를 통합하여 이해할 수 있는 것이다.

05 최재서는 지성은 수준 높은 문화의식을 뜻하며 윤리적인 기능이 그 안에 포함되어 있다고 보았다.

05 최재서의 모랄론에 대한 설명으로 적절하지 <u>않은</u> 것은?

① 지성에는 윤리적인 기능이 포함되어 있지 않다.

② 개성은 지성과 관련이 있다.

③ 모랄은 오직 개성을 통해 파악할 수 있고 지성으로써 파악할 수 있다.

④ 개성은 스스로를 완성하는 노력의 과정에서 얻어지는 것이다.

06 최재서의 리얼리즘은 소박한 수준에 머물렀고, 리얼리즘을 원론적 인식으로 간단명료하게 해석하였다.

06 최재서의 리얼리즘론에 대한 설명으로 적절하지 <u>않은</u> 것은?

① 실천비평의 또 다른 방법으로 리얼리즘을 제기하였다.

② 어빙 배빗을 인용하여 리얼리즘을 정의하였다.

③ '인생과 사회의 진실성을 표현함으로써 생명을 삼는 문학', 또는 '네발로 기어 다니는 낭만주의'로 리얼리즘을 규정하였다.

④ 최재서의 리얼리즘론은 깊고 체계적인 수준에 이르렀다.

정답 (04 ③ 05 ① 06 ④)

07 최재서의 비평관의 한계에 대한 설명으로 적절하지 <u>않은</u> 것은?

① 최재서가 비평의 방법으로 삼는 주관적 인상이라는 점은 과학적 토대를 가지지 못한 까닭으로 주관적 느낌이나 감정에 따라 작품을 재단하는 오류를 범할 가능성이 있다.

② 최재서의 비평방법과 인식태도는 지나치게 서구적인 탓에 조선의 식민지적 현실에 적용할 수 있을지에 대한 의문을 낳았다.

③ 좌파이론가들을 센티멘털리스트로 규정하는 무지와 이론적 한계를 드러냈다.

④ 개성의 존중을 강조했다가 나중에는 보편적 사조를 지향하는 모순이 있다.

08 다음 중 김환태의 저술에 해당하지 <u>않는</u> 것은?

① 「예술의 순수성」

② 「지성옹호」

③ 「문예비평가의 태도에 대해서」

④ 「비평문학의 확립을 위하여」

09 김환태의 비평관에 대한 설명으로 적절하지 <u>않은</u> 것은?

① 페이터의 영향을 받았다.

② 작가의 개성을 존중하는 원론적인 입장을 취했다.

③ 예술은 사회와 외적 조건의 영향 아래 창조되어야 한다고 하였다.

④ 예술가의 창작태도는 자기목적적 태도라고 주장하였다.

---

07 비평의 방법으로 주관적 인상을 제시하여 과학적 토대를 가지지 못한 까닭으로 주관적 느낌이나 감정에 따라 작품을 재단하는 오류를 범할 가능성이 지적된 것은 김환태의 인상비평이다.

08 「지성옹호」는 최재서의 저술이다.

09 김환태는 예술이 사회와 외적 조건을 초월하여 자유성을 갖는 것의 중요성을 역설하였다.

정답 (07 ① 08 ② 09 ③)

10 김환태가 밝힌 인상주의적 비평 태도는 다음과 같다.
- 문학이란 자유정신의 표현이요, 구(究) 정신의 소산이므로 구속을 싫어한다.
- 문학은 선전이나 교화의 역할을 버리고 사람을 감동시키고 기쁘게 하지 않으면 안 된다.
- 문예비평의 대상은 문학이므로 문예비평은 언제나 작품에 한하여야 한다.
- 예술가의 개성이란 외적 법칙에 구속되지 않은 독자의 정신이므로, 한 작가의 창작방법이란 그의 개성에 따라서 결정될 것이요, 비평가가 제시한 규율에 의하여 결정될 것은 아니다.
- 진정한 의미의 비평의 지도성은 작가의 창작력의 성장과 발현을 위하여 그에 필요한 분위기와 관념의 계열을 준비한다.

11 김문집 역시 김환태와 함께 목적주의적인 프로문학을 비판하였다.

12 문학원론에 가까울 정도로 새로운 이론의 도출이 없다는 것은 김환태의 인상비평에 관한 지적이다.

---

10 김환태가 밝힌 인상주의적 비평 태도로 적절한 것은?

① 문학은 선전과 교화의 역할을 수행해야 한다.
② 문학은 자유정신의 표현이다.
③ 작가의 창작방법은 비평가가 제시한 규율에 의해서 결정되어야 한다.
④ 문예비평의 대상은 작품뿐만 아니라 그 외부의 요인까지 포함한다.

11 김문집의 비평관에 대한 설명으로 적절하지 않은 것은?

① 발레리의 영향을 받았다.
② '조선적 전내용'을 조선의 개성으로 파악한다.
③ '비평의 독자성'의 확립을 주장하였다.
④ 김환태와 달리 목적주의적인 프로문학을 옹호하였다.

12 김문집의 유미주의 비평에 대한 한계로 적절하지 않은 것은?

① 문학원론에 가까울 정도로 새로운 이론의 도출이 없다.
② 식민지 사회현실과의 관련성에 눈뜨지 못했다.
③ 객관적 논리 또는 대안이 결여된 채로 수필류의 문장으로 일관하고 있다.
④ 아카데믹한 바탕이나 일관성이 없다.

정답 10 ② 11 ④ 12 ①

주관식 문제

01 주지주의에 대해 간략하게 설명하시오.

01 정답
주지주의는 감정과 정서보다도 이성과 지성을 중요시하는 경향을 말한다. 또한 질서와 전통을 회복하여 현대 문명을 혼란으로부터 구해내고자 하는 모더니즘의 한 경향이라고도 할 수 있다.

02 김기림의 '객관주의시'에 대해서 설명하시오.

02 정답
'객관주의시'란 시 자체의 구성을 위한 사물의 재구성으로, 사물에 의하여 주관을 노래하거나 사물의 인상을 표현하는 것이 아니라 시가 사물을 재구성하여 시로서 독자의 객관성을 구비하는 새로운 가치의 세계이다.

03 다음 내용에서 괄호 안에 들어갈 적절한 용어를 쓰시오.

> 김기림은 흄의 불연속적 실재관과 엘리엇의 몰개성론을 문학에서의 (   )(으)로 오해하는 잘못을 범하였다.

03 정답
인간 추방

04 **정답**
최재서는「현대 주지주의 문학 이론」
에서 흄과 엘리엇을 소개하고, 같은
해 발표한「비평과 과학」에서는 리
처즈와 리드를 소개하였다.

04 최재서가 흄과 엘리엇을 소개한 글과, 리처즈와 리드를 소개한
글은 각각 무엇인지 쓰시오.

05 **정답**
과도기적 혼동성

05 최재서는 현대사회의 특질을 두고 무엇이라고 규정하는지 쓰
시오.

06 **정답**
지성론 → 모랄론 → 휴머니즘론

06 최재서의 문학론이 변모하는 세 단계 과정을 순서대로 쓰시오.

07 최재서가 리얼리즘 이론과 관련하여 쓴 저술 세 가지가 무엇인지 쓰시오.

07 **정답**
「천변풍경과 날개에 관하여」, 「센티멘털론」, 「빈곤과 문학」

08 최재서가 조선문학의 미래에 대해 지시할 수 있는 가장 합리적인 방법으로 제시한 문학이론은 무엇인지 쓰시오.

08 **정답**
풍자문학론

09 김문집은 당대 조선문단을 세 부류로 구분하는데, 이 세 부류가 무엇인지 쓰시오.

09 **정답**
시인층으로 구성된 구문학파, 평론가군으로 형성된 신문학파, 소설가 무리로 조성된 신 · 구 양문학의 중간파

제6장 1930년대 리얼리즘론과 창작방법논쟁

01 당시 식민지 조선에서는 파시즘 체제가 강화되고 있었다.

01 1930년대 후반 비평의 경향에 대한 설명으로 적절하지 <u>않은</u> 것은?

① 당시 비평 경향은 역사적 상황을 고려하여 인식되어야 한다.

② 파시즘 체제가 약화되고 있었다.

③ 인민전선방침이 조선에 도입되었다.

④ 사회주의 리얼리즘의 영향을 받았다.

02 1933년 프로문학에 반하여 결성된 구인회는 모더니즘 문학을 선도하였고, 이러한 모더니즘 문학은 1930년대 후반 리얼리즘 문학과 함께 한국 문단을 양분하였다.

02 모더니즘 문학론에 대한 설명으로 적절하지 <u>않은</u> 것은?

① 구인회는 한국 문단에서 모더니즘 문학을 선도하였다.

② 내용과 형식 모두에서 근대적인 것을 추구하는 이론이다.

③ 대표적 이론가로 김기림을 들 수 있다.

④ 1930년대 후반에는 리얼리즘 문학을 완전히 압도하였다.

03 김남천은 고발문학론과 모랄론을 거쳐 풍속론과 장편소설론을 구체적 실천방안으로 제시하였다.

03 김남천의 풍속론에 대한 설명으로 적절하지 <u>않은</u> 것은?

① 세태론 또는 세태소설론이라고도 불린다.

② 풍속은 작가가 모랄을 가지고 객관적인 현실인식을 함으로써 얻은 현실의 본질적 측면이다.

③ 풍속은 작가들이 대상을 묘사한 결과 또는 묘사해야 할 대상이다.

④ 고발문학론 이전에 나온 것이다.

정답 01 ② 02 ④ 03 ④

04 김남천의 장편소설론에 대한 설명으로 적절하지 <u>않은</u> 것은?

① 전형성과 세태풍속의 문제를 중심으로 장편소설을 개조할
   것을 주장한 이론이다.
② 장편소설 개조의 방향으로 풍속개념의 재인식을 제시한다.
③ 리얼리즘과의 분리를 추구한다.
④ 로만개조론이라고도 한다.

04 김남천은 임화와 대립하면서, 부르
주아 사회의 전형적인 예술형식이라
는 장편소설 장르의 인식으로부터
비롯하여 리얼리즘과의 결합을 추구
하며 자신의 소설론을 펼쳤다.

05 김남천의 관찰문학론에 대한 설명으로 적절하지 <u>않은</u> 것은?

① 가혹한 묘사정신에 입각한 역사적 필연성의 폭로를 주장하
   였다.
② '세태=사실=생활'을 주장하였다.
③ 관찰대상의 관찰자에 대한 종속을 강조한다.
④ 관찰한 내용만을 객관적으로 묘사하는 것이 목표이다.

05 관찰문학을 주장한 김남천은 관찰자
(작가의 주관)의 관찰대상(현실세계)
에 대한 종속을 강조하였다.

06 다음 중 임화의 리얼리즘론과 관련이 <u>없는</u> 저술은 무엇인가?

① 「사실주의의 재인식」
② 「현대 조선소설의 이념-로만 개조에 대한 일 작가의 각서」
③ 「주체의 재건과 문학의 세계」
④ 「현대문학의 정신적 기축-주체 재건과 현실의 의의」

06 「현대 조선소설의 이념-로만 개조
에 대한 일 작가의 각서」는 김남천의
저술로, 장편소설론과 관련이 있다.

정답 (04 ③ 05 ③ 06 ②)

07 임화의 소설론에 의하면 세태소설과 내성소설은 둘 다 리얼리즘의 정도에서 벗어났으며, 예술적 조화를 상실한 것이다.

07 세태소설과 내성소설에 대한 임화의 견해로 적절하지 <u>않은</u> 것은?

① 세태소설은 관조주의에 기울어져 있다.

② 내성소설은 주인공의 심리 또는 의식을 중점적으로 묘사하고자 했다.

③ 내성소설은 주관주의에 기울어져 있다.

④ 세태소설은 예술적 조화를 달성한 것이다.

08 안함광의 사회주의 리얼리즘에 대한 입장은 「창작방법론 문제 논의의 발전과정과 그 전개」 발표 이후 수용 찬성으로 변화하였다.

08 안함광의 사회주의 리얼리즘론에 대한 입장이 수용 불가에서 수용 찬성으로 변화한 기점에 발표한 저술은 무엇인가?

① 「창작방법 문제의 토의에 기하여」

② 「창작방법문제-신이론의 문제」

③ 「창작방법론 문제 논의의 발전과정과 그 전개」

④ 「창작방법문제 재검토를 위하여」

09 백철은 『조선중앙일보』에 「문예시평」(1933)을 게재하며 소비에트의 사회주의 리얼리즘을 처음으로 소개하였다.

09 소비에트의 사회주의 리얼리즘을 처음 소개한 인물은 누구인가?

① 백철

② 김남천

③ 임화

④ 한효

정답 (07 ④ 08 ③ 09 ①)

10 사회주의 리얼리즘의 수용에 대해 가장 먼저 반대 의사를 표현한 인물은 누구인가?

① 김남천
② 임화
③ 안함광
④ 이기영

11 다음 중 창작방법논쟁과 관련이 없는 저술은 무엇인가?

① 「낭만적 정신의 현실적 구조」
② 「금일의 문학, 명일의 문학」
③ 「시사문학의 옹호와 타도 나이브 리얼리즘」
④ 「우리의 새 과제-방법과 세계관」

12 창작방법논쟁의 의의와 한계에 대한 내용으로 적절하지 않은 것은?

① 작가의 창작경험과 성과를 존중하였다.
② 프로문학 최후의 논의로서 의의를 갖는다.
③ 프로문학을 극복하고 새로운 길을 열게 했다는 의의가 있다.
④ 논쟁이 조선의 진보파 문학의 진로 결정에 지대한 영향을 미치리라는 사실을 간과하였다.

---

10 김남천은 사회주의 리얼리즘의 수용에 대해 가장 먼저 반대 의사를 표현하였다. 그는 「창작방법에 있어서의 전환의 문제」(1934)에서 유물변증법적 창작방법에 도식주의의 문제가 있다는 것을 인정하면서도, 소비에트의 현실과 조선의 현실에는 분명한 차이점이 있으며 구체적인 검증을 거치지 않고 외국의 이론을 따르는 것은 잘못되었다고 주장하였다. 그는 특히 예술과 정치의 분리를 경계하고자 하였다.

11 「금일의 문학, 명일의 문학」은 김기진이 프로문학 사상을 알리기 위해 발표한 논설 중 하나로, 창작방법논쟁과 무관하다.
「낭만적 정신의 현실적 구조」는 임화가 인간의 정신적 활동과 주관적 측면의 의의를 중시하며 새로운 창작방법론과 함께 등장하는 우익일탈주의를 경계하고자 하는 입장을 펼친 저술이며, 「시사문학의 옹호와 타도 나이브 리얼리즘」은 안함광이 문단이 사회주의 리얼리즘에 관심을 갖는 것을 비판한 저술이다. 「우리의 새 과제-방법과 세계관」은 한효가 사회주의 리얼리즘 수용을 강력하게 주장하며 김남천의 사회주의적 리얼리즘 수용 반대론을 문제시한 저술이다.

12 창작방법논쟁은 주로 문학이론의 개념에 대한 접근에 한정되었으며, 작가의 창작경험과 성과를 무시하며 탁상공론적 논쟁을 반복했다는 한계가 있다.

정답 10 ① 11 ② 12 ①

01 **정답**

고발문학론-모랄론-풍속론-장편
소설론-관찰문학론

02 **정답**

「물」-「서화」 논쟁

03 **정답**

「낭만적 정신의 현실적 구조」, 「당래
할 조선문학을 위한 신제창」

01 김남천 리얼리즘론이 거친 5가지 단계를 순서대로 쓰시오.

02 임화와 김남천이 벌인 논쟁의 명칭이 무엇인지 쓰시오.

03 임화가 사회주의 리얼리즘론의 조선적 구체화로서 낭만주의를
제시한 저술 두 가지가 무엇인지 쓰시오.

04 임화가 지적한 당시 리얼리즘론의 두 가지 편향은 무엇인지 쓰시오.

04 **정답**
관조적 리얼리즘, 주관주의

05 임화의 낭만주의 이론이 낳은 오류가 무엇인지 약술하시오.

05 **정답**
임화의 낭만주의 이론은 주체와 객체 사이의 변증법적 상호작용 관계 중 주체의 능동성만을 편향되게 강조하여 사회주의 리얼리즘 이론의 왜곡을 초래하였으며 당파성을 주관적으로 해석하는 오류를 낳았다.

06 임화가 생각한 본격소설의 특징은 무엇인지 쓰시오.

06 **정답**
임화는 인물과 환경의 조화를 기반으로 예술적 전형성을 획득한 소설을 본격소설로 여겼다.

07 정답

첫째, 비예술적·공식적 작품이 범람하게 된 예술적 결함의 책임을 오로지 유물변증법적 창작방법에 돌린다.
둘째, 비평의 관료화와 도식화 문제 또한 비평가의 잘못이다.
셋째, 소비에트적 현실에는 사회주의 리얼리즘이 부합하겠지만, 조선의 문학운동 현실에는 정당치 못하다.

07 안함광이 「창작방법문제 재검토를 위하여」에서 지적하고 있는 사회주의 리얼리즘의 오류 세 가지가 무엇인지 쓰시오.

08 정답

유물변증법적 리얼리즘

08 안함광이 유물변증법적 창작방법 대신에 도입하고자 한 방법론은 무엇인지 쓰시오.

09 정답

안함광의 소설론은 여타의 작가나 비평가와는 달리 끝까지 프로문학의 독자성을 지키려고 노력했다는 점에서 의의를 갖는다.

09 안함광 소설론의 의의는 무엇인지 쓰시오.

제7장 1930년대의 여타 문학론

01 포오즈론에 대한 설명으로 적절하지 <u>않은</u> 것은?

① 모랄과 관련된 문제이다.

② 김남천이 처음 제기한 것이다.

③ 포오즈는 지식인의 모랄이다.

④ 포오즈는 자기 자신의 몸가짐에 대한 자의식이다.

01 포오즈론은 김남천이 아닌 이원조가 제기한 것으로, 김남천의 고발문학론에 영향을 끼쳤다는 점에서 함께 다루어진다.

02 김남천의 고발문학론에 대한 설명으로 적절하지 <u>않은</u> 것은?

① 문제의 영역을 자기고발의 문제로 한정하였다.

② 작가의 소시민성을 극복하면서 리얼리즘을 지속적으로 유지하기 위한 실천적 방안으로 제시된 것이다.

③ 지식인 작가는 스스로에 대한 반성의 과정을 거쳐 개인의 주체를 재건하여야 한다는 입장을 취하였다.

④ 창작방법의 기본방향을 리얼리즘과 아이디얼리즘으로 나누었다.

02 김남천은 자기고발의 문제로부터 고발문학론을 펼쳐 사회고발의 문제까지 문제의 영역을 확장하였다.

03 김남천의 고발문학론이 갖는 의의와 한계에 대한 설명으로 적절하지 <u>않은</u> 것은?

① 카프의 해체 상황을 적극적인 지식인 전형을 만들어냄으로써 타개하고자 했다.

② 리얼리즘을 역사적이 아닌 탈역사적으로 보고 있다는 문제점이 있다.

③ 주관적이라는 비판을 받았다.

④ 프로문학과 단절되어 새로운 국면을 형성하였다.

03 김남천은 사회주의 리얼리즘의 수용을 반대하였음에도 적극적 인물을 만듦으로써 프로문학을 계승하고자 하였다.

정답 01 ② 02 ① 03 ④

04 김남천은 「유다적인 것과 문학−소
시민작가 출신의 최초 모랄」에서 처
음으로 모랄론을 선보였으며, 이후
「도덕의 문학적 파악」에서 모랄론을
명확하게 문학론으로 제기하였다.

04 김남천의 모랄론에 대한 설명으로 적절하지 않은 것은?

① 고발의 정신에 객관성과 과학성을 부여하기 위해 제시되었다.
② 고발문학론에서 비판을 받은 주관주의적 논리를 극복하고자
제시하였다.
③ 문학적 표상이 진리의 반영이 되기 위해서는 과학적 개념이
갖는 합리성을 가져야 한다.
④ 김남천이 처음으로 모랄론을 선보인 것은 「도덕의 문학적
파악」에서였다.

05 고전론이 세계적인 풍조로 등장한
것은 1930년대의 일이다.

05 고전론에 대한 설명으로 적절하지 않은 것은?

① 1910년대 세계적인 풍조로 등장하였다.
② 자국의 고전에 대한 애착 또는 문화 옹호현상으로 이해할 수
있다.
③ 조선에서는 식민지 상황이라는 현실조건 속에서 복잡하게
전개되었다.
④ 고전론에 대한 입장은 '복고주의적 민족주의'와 '현대문학에
활력을 줄 수 있는 고전을 다루어야 한다는 것' 두 가지로
나뉜다.

06 정래동은 김진섭, 이원조 등과 함께
현대문학과의 관련성에서 고전을 논
하였다.

06 다음 중 복고주의적 민족주의자가 아닌 인물은?

① 김태준
② 이청원
③ 정래동
④ 이윤재

정답 04 ④ 05 ① 06 ③

07 다음 중 고전론에서 대립한 파를 모두 고른 것은?

> ㉠ 문장파
> ㉡ 백조파
> ㉢ 인문평론파
> ㉣ 개벽파

① ㉠, ㉡
② ㉠, ㉢
③ ㉡, ㉢
④ ㉡, ㉣

07 고전론에 대한 입장은 크게 복고주의적 민족주의와 이에 대립하여 현대문학에 활력을 줄 수 있는 고전을 다루어야 한다는 것으로 나뉘는데, 두 입장의 견해 차이는 문장파와 인문평론파의 대립으로도 볼 수 있다.

08 1930년대 후반 세대 간의 논쟁에서 기성문인의 입장에서 관점을 드러낸 인물이 <u>아닌</u> 것은?

① 임화
② 김환태
③ 김문집
④ 김동리

08 김동리는 정비석, 김영수 등과 함께 신인의 입장에서 주장을 피력하였다.

09 순수를 두고 '모든 비문학적인 야심과 정치와 책모를 떠나 오로지 빛나는 문학정신만을 옹호하려는 의열(毅烈)한 태도'라 일컬으며 신인들이 순수를 계승하기 위해 좀 더 시대적 고뇌 속으로 몸을 던질 필요가 있다고 주장하며 순수문학 논쟁을 시작한 인물은 누구인가?

① 김동리
② 유진오
③ 이원조
④ 김환태

09 1930년대 후반 세대 간의 논쟁에서 순수문학 논쟁을 시작한 인물은 유진오이다.
김동리, 이원조, 김환태는 유진오가 논쟁을 시작한 이후에 해당 논쟁에 참여하였다.

정답 07 ② 08 ④ 09 ②

10 『폐허』의 폐간은 1921년의 일로, 신체제의 등장과 관련이 없다.
한편 신체제의 등장으로 『조선일보』와 『동아일보』는 폐간, 『인문평론』과 『문장』은 정간되었다.

10 신체제의 등장으로 폐간 및 정간된 것이 <u>아닌</u> 것은?

① 『조선일보』

② 『동아일보』

③ 『폐허』

④ 『인문평론』

주관식 문제

01 **정답**
리얼리즘과 아이디얼리즘

01 김남천이 고발문학론을 구체화한 「창작방법의 신국면」에서 나눈 두 가지 창작방법의 기본방향은 무엇인지 쓰시오.

---

02 **정답**
모랄론

02 김남천이 고발문학론에서 비판을 받은 주관주의적 논리를 극복하고자 제시한 이론은 무엇인지 쓰시오.

정답 (10 ③)

03 김남천의 모랄론이 갖는 의의는 무엇인지 쓰시오.

04 고전론에 대한 내용에서 괄호 안에 들어갈 적절한 용어를 순서대로 쓰시오.

> 한국문단에서 고전론은 (㉠) 진영이 (㉡) 진영과 대립하던 시기에, (㉠) 진영 측에서 내세운 (㉢)가 다시금 전면적으로 부흥한 것이다.

05 고전론을 1920년대의 국민문학론과 비교했을 때 갖는 차이점은 무엇인지 쓰시오.

06 **정답**
창조파와 폐허파의 세대

06 세대론에서 최남선과 이광수의 세대를 비판한 세대는 무엇인지 쓰시오.

07 **정답**
조선어 말살정책

07 신체제 하에서 식민지 조선의 모든 문화활동을 중지시킨 정책은 무엇인가?

08 **정답**
『국민문학』

08 신체제의 도입에 따라 창간된 국책문학 기관지는 무엇인가?

제8장 해방 공간의 문학론

01 해방 이후 비평의 흐름 중 1970년대 이후 남한 민족문학론의 원형으로 볼 수 있는 것은?

① 프롤레타리아문학동맹–북조선문학예술총동맹

② 문학건설본부–조선문학가동맹

③ 조선문필가협회–조선청년문학가협회

④ 문학건설본부–조선청년문학가협회

01 '문학건설본부–조선문학가동맹'으로 이어지는 민족문학론은 1970년대 이후 남한 민족문학론의 원형으로 볼 수 있다.
'프롤레타리아문학동맹–북조선문학예술총동맹'으로 이어지는 흐름은 북한 문학이념의 모태로 자리잡는다. '조선문필가협회–조선청년문학가협회'의 흐름은 순수문학론가 예술지상주의 문학론이다. '문학건설본부–조선청년문학가협회'은 하나의 흐름으로 볼 수 없다.

02 '문건'에 대한 설명으로 적절하지 <u>않은</u> 것은?

① 문예통전의 결성을 중시하였다.

② 민족문학을 문학이념으로 내세웠다.

③ 민중연대성을 구현하고자 하였다.

④ 당시를 프롤레타리아 민주주의 완성단계라고 보았다.

02 문건은 당시를 부르주아 민주주의 혁명단계라고 간주하고 민족통일전선의 결성을 제안하였다.

03 다음 중 '동맹'의 3대 강령이 <u>아닌</u> 것은?

① 프롤레타리아 문학의 건설

② 일체의 반동적 문학의 배격

③ 국제프롤레타리아문학동맹의 촉진

④ 당파성의 극복

03 동맹은 프롤레타리아 문학의 건설, 일체의 반동적 문학의 배격, 국제프롤레타리아문학동맹의 촉진을 3대 강령으로 발표하며 이를 목표로 삼는다는 입장을 표명하였다.
한편, 동맹은 문학운동의 과제로 당파성을 바탕으로 한 프로문학의 건설을 제안하였다.

정답 01② 02④ 03④

04 문맹의 강령과 문학이념은 동맹의 노선이 일부 받아들여지기는 했지만 문맹이 문건의 입장을 일정하게 수용하였으므로 주로 문건의 노선이 주를 이루었다.

04 '문맹'에 대한 설명으로 적절하지 <u>않은</u> 것은?

① 남조선노동당이 '문건'과 '동맹'을 중재하고 통합하려고 시도한 결과물이다.
② 문예통전체로서 민족통전체에 대응하는 단체이다.
③ 1945년 12월에 결성되었다.
④ '문건'보다는 '동맹'의 노선을 주로 받아들였다.

05 문맹 강령의 내용은 일제 잔재와 봉건주의 잔재 소탕, 국수주의 배격, 진보적 민족문학 건설, 조선문학과 국제문학의 제휴이다.

05 다음 중 '문맹'의 강령으로 적절하지 <u>않은</u> 것은?

① 국제문학의 엄격한 배척
② 일제 잔재와 봉건주의 잔재 소탕
③ 진보적 민족문학 건설
④ 국수주의 배격

06 김남천의 진보적 리얼리즘은 자연주의와의 경계가 모호하고, 스탈린주의적 사회주의 리얼리즘과 접목하여 리얼리즘 미학의 일반원리로부터 벗어나게 된다는 오류가 있다.

06 김남천의 진보적 리얼리즘에 대한 설명으로 적절하지 <u>않은</u> 것은?

① 유물변증법을 바탕에 둔 리얼리즘이다.
② 자연주의와 경계가 뚜렷하다.
③ 진보적 리얼리즘은 혁명적 로맨티시즘을 중요한 계기로 내포한 리얼리즘이다.
④ 실용주의적 사고를 바탕으로 주어진 정치 과제에 따라 리얼리즘을 범주화하고자 하였다.

정답 04 ④ 05 ① 06 ②

07 한효의 진보적 리얼리즘에 대한 설명으로 적절하지 <u>않은</u> 것은?

① 진보적 리얼리즘의 중심원리를 민중연대성에서 찾고자 하였다.

② 진정한 리얼리즘의 전형성은 민중의 투쟁과 삶을 그릴 때 구현된다고 보았다.

③ 진보적 리얼리즘을 사회주의 리얼리즘과 질적으로 동일한 창작방법으로 보았다.

④ 창작방법의 고유성을 중요시하였다.

08 객관적 현실의 총체성의 예술적 반영이라는 구도를 통해 혁명적 낭만주의와 거리를 두며 리얼리즘 미학의 일반원리를 충실히 밝히고자 한 인물은 누구인가?

① 한효

② 김남천

③ 이기영

④ 한설야

09 고상한 리얼리즘에 대한 이정구의 설명으로 적절하지 <u>않은</u> 것은?

① 고상한 리얼리즘의 창작원칙을 혁명적 낭만주의와 리얼리즘을 통일로 삼을 것을 주장하였다.

② 혁명적 낭만주의를 강조하였다.

③ 현실의 객관성에 기반한 새로운 세계를 창조하는 것은 오로지 리얼리즘으로써 가능하다는 입장을 취했다.

④ 프로문학 대 비프로문학의 관계에서 미적 특질을 해명하고자 하였다.

07 한효는 진보적 리얼리즘을 사회주의 리얼리즘과 질적으로 구별되는 창작방법으로 보고, 중심원리를 민중연대성에서 찾았다. 그에 따르면 사회주의 리얼리즘은 사회주의 변혁단계에서의 창작방법이기 때문에, 민주주의 변혁단계의 창작방법은 그와 대별되는 진보적 리얼리즘이어야 한다.

08 한효는 예술을 이데올로기 또는 세계관의 표현으로 보는 사회학주의적 미학관을 비판하면서 창작방법의 고유성을 중요시하였다. 그는 객관적 현실의 총체성의 예술적 반영이라는 구도를 통해 혁명적 낭만주의와 거리를 두며 리얼리즘 미학의 일반원리를 충실히 밝히고자 하였다.

09 이정구는 현실의 객관성에 기반한 새로운 세계를 창조하는 것은 오로지 낭만주의와 리얼리즘의 통일로써 가능하다고 주장하였다.

정답 07 ③ 08 ① 09 ③

10 임화는 민족문학은 그 이념원리가 당파성이 아닌 민중연대성에 있기 때문에 계급문학과 동일시하는 것은 부적절하다고 주장하였다.

10 문맹의 변모과정에서의 임화에 대한 설명으로 적절하지 <u>않은</u> 것은?

① '노동자계급 이념의 지도성'을 강조하였다.
② 체계적으로 민족문학의 핵심 문제들을 정리하여 해방 이후 최고 수준의 민족문학에 도달하였다.
③ 민족문학의 이념원리는 민중연대성이 아닌 당파성에 있다고 주장하였다.
④ 민족문학의 근본 방향을 분명히 하여 당파성과 민중연대성, 당면과제와 근본과제의 통일을 부각하고자 했다.

11 백철은 전통계승론을, 김기진은 전통단절론을 제시하였다. 이후 이무영이 백철의 의견에 동조하였고, 손우성은 김기진의 입장에 힘을 실으며 절충적 입장을 밝혔다.

11 1950년대에 전통계승론을 주장한 인물을 모두 고른 것은?

⑦ 김기진   ⓒ 백철
ⓒ 손우성   ⓔ 이무영

① ⑦, ⓒ
② ⑦, ⓒ
③ ⓒ, ⓒ
④ ⓒ, ⓔ

12 조동일은 우리 문학 속에 전통이 직·간접적으로 계속해서 계승되어 왔으며, 계승될 가치를 충분히 가진다고 주장하였다.
김기진은 1950년대에, 이어령과 유종호는 1960년대에 전통단절론을 주장하였다.

12 1960년대의 전통론에서 우리 문학 속에 전통이 직·간접적으로 계속해서 계승되어 왔으며, 계승될 가치를 충분히 가진다고 주장한 인물은 누구인가?

① 조동일
② 이어령
③ 김기진
④ 유종호

정답 10 ③ 11 ④ 12 ①

주관식 문제

01 한효와 윤규섭 등이 합류하여 문맹을 비판한 단체의 명칭이 무엇인지 쓰시오.

01 정답
북조선문학예술총동맹

02 다음 내용에서 괄호 안에 들어갈 적절한 용어를 쓰시오.

> 진보적 리얼리즘론은 창작방법에 (   )을/를 반영한 결과물이다.

02 정답
민주주의 민족문학론

03 **정답**
ⓐ 주관, ⓑ 객관

03 다음 내용에서 괄호 안에 들어갈 적절한 용어를 순서대로 쓰시오.

> 김남천은 그의 '고발문학론'에서 리얼리즘을 리얼리즘과 아이디얼리즘의 구조상에서 파악하였다. 이 때 리얼리즘은 (ⓐ)의 (ⓑ)에의 철저한 종속이며, 아이디얼리즘은 (ⓑ)의 (ⓐ)에의 철저한 종속이다.

04 **정답**
인민문학으로서의 민족문학론

04 한효의 진보적 리얼리즘에서 '민중연대성은 근본변혁의 전망에 기초한 민중연대성부터 그렇지 않은 민중연대성까지 포함한다'는 입장의 바탕이 된 임화의 이론은 무엇인지 쓰시오.

05 고상한 리얼리즘에 대한 내용에서 괄호 안에 들어갈 적절한 용어를 쓰시오.

> 고상한 리얼리즘은 미학적 모범의 기준을 (　　)의 원칙에 둔다.

05 **정답**
사회주의 리얼리즘

06 이정구는 낭만주의와 리얼리즘을 각각 어떻게 정리하였는지 쓰시오.

06 **정답**
낭만주의는 '있어야 할 것의 묘사'이고, 리얼리즘은 '있는 것의 묘사'이다.

07 한식이 「조선문학의 발전을 위하여」에서 전형적인 긍정적 주인공론을 제시하며 고상한 리얼리즘에 대해 강조한 세 가지가 무엇인지 쓰시오.

07 **정답**
고상한 리얼리즘은 근로인민들의 조국창건에 있어서 고상한 사상과 의식과 아울러 감정과 심리를 그려야 하며, 주제의 적극성을 강화해야 하고, 개성을 그릴 때도 사회적 개성으로서 언제나 근로인민들을 한 구성으로 그려야 한다.

08 **정답**
노동자계급 이념에 기초한 인민문학
으로서의 민족문학

08 임화의 민족문학론을 정식화한다면 무엇이라고 할 수 있는지
쓰시오.

09 **정답**
한국문학의 현재와 장래

09 1955년 『사상계』가 전통문제를 문단 전면에 내세운 좌담회의
명칭이 무엇인지 쓰시오.

최종모의고사

우리 인생의 가장 큰 영광은 결코 넘어지지 않는 데 있는 것이 아니라
넘어질 때마다 일어서는 데 있다.

– 넬슨 만델라 –

제한시간 : 50분 | 시작 ___시 ___분 ~ 종료 ___시 ___분

정답 및 해설 265p

01 융(C. G. Jung)의 원형이론에서 원형에 속하지 <u>않는</u> 개념은?

① 아니마

② 선택적 기억

③ 아니무스

④ 그림자

02 여성문학의 단계 중 '억압을 당하고 있다는 사실 인식 하에 여성이 처한 부당한 상황을 고발하는 여성문학 시작 단계'는 무엇인가?

① 여성혁명의 단계

② 새로운 인간해방의 비전을 제시하는 단계

③ 재해석의 단계

④ 고발문학의 단계

03 독자반응 비평에서 '일상적 언어는 실제적인 것으로 대부분 특정 현실을 지시하는 반면, 시적 언어는 메시지 그 자체에 주목한다'고 설명한 인물은 누구인가?

① 제럴드 프린스

② 미셸 리파테르

③ 볼프강 이저

④ 스탠리 피시

04 문화연구의 용어 중 제국주의적 외래문화에 저항하는 문화를 일컫는 말은 무엇인가?

① 대중문화
② 민속문화
③ 민족문화
④ 민중문화

05 예일학파의 일원으로, 비평가가 행하는 해석의 행위 자체가 하나의 텍스트, 즉 창조적 글쓰기라는 견해를 펼친 인물은 누구인가?

① 해롤드 블룸
② 하트만
③ 폴 드 망
④ 에드워드 사이드

06 표면상으로 볼 때 자기모순적이고 부조리한 진술처럼 보이지만 깊이 생각해 보면 그 말의 의미가 올바르게 나타나는 경우를 일컫는 용어는?

① 아이러니
② 모호성
③ 패러독스
④ 긴장

07 제럴드 프린스(Gerald Prince)의 분류에 따르면, 작가가 작품을 쓸 때 염두에 두는 독자는 무엇인가?

① 이상적 독자
② 실질적 독자
③ 가상적 독자
④ 실제적 독자

08 게이 감수성 중 하나인 드래그(drag)에 대한 설명으로 적절하지 <u>않은</u> 것은?

① 남성이 여성의 옷을 입거나 여장을 하는 것을 말한다.

② 남성이 스스로의 '여성적인' 면모를 드러내는 방법이다.

③ 순응성을 나타낸다.

④ 직업적으로 또는 정기적으로 드래그를 하는 게이 남성을 드래그 퀸(drag queen)이라고 한다.

09 해리 르빈(Harry Levin)은 문학이 자체의 역사를 갖도록 해주는 요소를 함유하고 있는 것을 무엇이라고 보았는가?

① 문학의 독자성

② 문학적 관습

③ 문학의 총체성

④ 문학적 역사

10 비평의 기능 중 가장 중요한 것으로, 작품의 어떤 부분이 좋고 나쁜지를 가려내는 과정은 무엇인가?

① 평가

② 해석

③ 감상

④ 확대

11 문화연구에 있어 '고급문화'와 '저급문화'라는 이분법을 극복하지 못하고 대중문화를 단일한 것으로만 파악하면서 대중을 우매한 수동적 소비자로 본다는 비판을 받은 학파는?

① 몬트리올학파

② 예일학파

③ 프랑크푸르트학파

④ 프라그학파

12 「서사구조의 분석 입문」에서 언어와 서사의 상동성을 주장하며 언어학에서 사용하는 방법론을 이야기 연구에 적용할 것을 제안한 인물은 누구인가?

① 바르트
② 주네트
③ 토도로프
④ 그레마스

13 다음 내용에서 괄호 안에 들어갈 적절한 용어를 고른 것은?

> 루카치(G. Lukács)에 따르면, (   )의 창조는 '예술가가 어떤 구체적인 인간들의 운명 속에 그들이 속해 있는 특정 시대와 국가 및 계급을 가장 잘 표출하는 어떤 역사적 상황의 가장 중요한 특징들을 구현하는 것'으로 이루어진다.

① 총체성
② 당성
③ 민중성
④ 전형성

14 발자크의 소설을 두고 '리얼리즘의 위대한 승리'라고 높이 평가한 인물은 누구인가?

① 마르크스
② 엥겔스
③ 골드만
④ 프리체

15 제라르 주네트(G. Genette)가 구분한 설화분석의 다섯 가지 범주에 속하지 <u>않는</u> 것은?

① 연기
② 순서
③ 빈도
④ 태

16 '동맹'에 대한 설명으로 적절하지 <u>않은</u> 것은?

① 이념의 선명성을 내세우며 문건에 공격적 태도를 취하였다.

② 마르크스-레닌주의에 바탕한 전위조직의 결성을 요구하였다.

③ 문학이념을 프롤레타리아 헤게모니의 확립이라는 문제의식으로부터 세우고자 하였다.

④ 변혁단계의 특수성에 대한 인식을 확고하게 가지고 있었다.

17 안확이 동양과 서양 모두에서 찾은 문학의 기원은 무엇인가?

① 민족적 신화

② 영웅서사시

③ 종교적 서사시

④ 우화

18 박영희가 부르주아 문학의 전통과 전형에서 벗어나 새로운 경향을 보여주는 작품이라고 평가한 것이 <u>아닌</u> 것은?

① 김기진의 「붉은 쥐」

② 김남천의 「물」

③ 조명희의 「땅 속으로」

④ 이기영의 「가난한 사람들」

19 주지주의 비평을 통해 과학적 시론을 제시한 인물은 누구인가?

① 김남천

② 정지용

③ 김기림

④ 김광균

20 양주동의 절충주의에 대한 설명으로 적절하지 <u>않은</u> 것은?

① 향토성을 강조한다.

② 문예비평가는 외재적 비평과 내재적 비평을 겸해야 한다.

③ 박영희와 김기진 중 김기진의 입장을 옹호하였다.

④ 내용보다 형식을, 사상보다 기교를 우위에 두었다.

21 다음 중 최재서가 주장한 문학론이 <u>아닌</u> 것은?

① 지성론   ② 풍자문학론

③ 모랄론   ④ 장편소설론

22 신채호의 저서 중 번역한 역사전기소설은?

①『일목대왕의 철퇴』

②『이태리건국삼걸전』

③『을지문덕전』

④『동국거걸 최도통전』

23 카프의 구성원으로서 한국문단에서 처음으로 농민문학의 문제를 제기한 인물은?

① 임화   ② 박영희

③ 안함광   ④ 김기진

24 다음 중 제3전선파에 해당하지 <u>않는</u> 인물은?

① 김남천   ② 장준석

③ 한식   ④ 윤기정

주관식 문제

01 1930년대 소비에트 마르크스주의 비평에서 중요한 미학적 원리가 되는 두 가지는 무엇인지 쓰시오.

02 엘리엇(T. S. Eliot)이 「전통과 개인의 재능」에서 주장한 형식주의의 기본적 개념이 되는 세 가지 견해 중 두 가지를 쓰시오.

03 '문건'과 '동맹'이 '문맹'으로 통합된 이후에도 내부적으로 이념적 대립이 지속된 이유는 무엇인지 쓰시오.

04 1950년대 전통론은 어떤 논의로 귀결되었는지 쓰시오.

제2회 ┃ 최종모의고사 ┃ 문학비평론

제한시간: 50분 ┃ 시작 ___시 ___분 – 종료 ___시 ___분

정답 및 해설 268p

01 16세기 영국 르네상스기의 인물로, 시가 인간의 마음을 움직이고 감동하게 한다는 효용의 관점에서 철학보다 효과적으로 인간을 교육한다고 주장한 인물은 누구인가?

① 필립 시드니
② 존스
③ 워즈워드
④ 콜리지

02 『남자가 만든 언어』의 저자는 누구인가?

① 쥬디스 키건 가디너
② 패트리샤 메이어 스팩스
③ 데일 스펜더
④ 메리 엘만

03 스탠리 피시(Stanley Fish)에 대한 설명으로 적절하지 <u>않은</u> 것은?

① 의미에 대한 독자의 기대는 고정불변한 것이라고 주장하였다.
② 독자의 지평 조절 행위를 문장의 차원에 국한시켰다.
③ 문학적 문장과 비문학적 문장 모두 독서전략을 통해 해석한다는 입장을 취했다.
④ 독서행위를 하나의 사건으로 파악했으며, 문학적 의미는 텍스트를 읽는 과정을 체험하는 것에 있다고 설명하였다.

04 '예술과 지적 작업의 집합체'는 크리스 젠크스(Chris Jenks)의 문화범주 4가지 중 무엇에 관한 설명인가?

① 인지적 범주
② 집단적 범주
③ 사회적 범주
④ 기술적 범주

05 『기호학의 요소들』에서는 구조주의를 지지하다가, 『저자의 죽음』에서 이전의 주장을 철회하고 탈구조적인 입장을 취한 인물은 누구인가?

① 바르트
② 폴 드 망
③ 푸코
④ 데리다

06 문화 속에 있는 사회·역사·경제적인 면보다는 문학의 형식성을 중시하는 비평 방법은 무엇인가?

① 정신분석 비평
② 탈구조주의 비평
③ 구조주의 비평
④ 신비평

07 '기대지평'의 개념을 제시한 인물은 누구인가?

① 야우스
② 엘리엇
③ 야콥슨
④ 바르트

08 개인심리학을 제시하고 문학작품의 분석에 열등콤플렉스와 우월콤플렉스 개념을 활용한 인물은 누구인가?

① 트릴링
② 블룸
③ 데리다
④ 아들러

09 프레드슨 바우어즈(Fredson Bowers)의 원전 확정 과정 다섯 단계 중 세 번째 단계는 무엇인가?

① 문서적 증거
② 기본 텍스트의 결정
③ 판본의 족보
④ 상이점들의 대조 조사

10 에이브람스(M. H. Abrams)의 분류에 따른 네 가지 비평이 <u>아닌</u> 것은?

① 모방비평
② 효용비평
③ 실천비평
④ 표현비평

11 스탠리 피시(Stanley Fish)는 충분한 문학적·언어학적 능력을 갖춘 독자를 두고 무엇이라고 일컬었는가?

① 가상독자
② 이상독자
③ 정통독자
④ 실제독자

12 1950년대 구조주의 비평을 창시한 프랑스의 문화인류학자는 누구인가?

① 퍼스
② 레비스트로스
③ 그레마스
④ 유리 로트만

13 문화를 지배 또는 자유의 양식으로 보고 헤게모니 이론을 발전시킨 인물은 누구인가?

① 루카치
② 그람시
③ 가다머
④ 주네트

14 이성애주의자들이 성 소수자를 함부로 규정하는 것에 반발하고자 재전유한 동성애 혐오 표현은?

① 캠프
② 드래그
③ 퀴어
④ 시스젠더

15 작가의 의도와 작품은 반드시 일치한다는 믿음을 부정하는 것으로, 의도와 작품을 동일시하는 역사 · 전기적 비평에 대한 반발에서 나온 개념은 무엇인가?

① 의도의 오류
② 감동의 오류
③ 감정의 오류
④ 영향의 오류

16 '문건'에 대한 설명으로 적절하지 <u>않은</u> 것은?

① 인민적 신문화를 수립하는 것을 문화건설의 목표로 삼았다.

② 문건의 민족문학론은 계급성이 강화되어 민중주의적 편향이 약해지는 과정을 겪었다.

③ 넓은 범위의 인민층의 새로운 문화, 곧 민족문화를 지향하였다.

④ 임화는 '우리 문화의 기초를 인민 속에 확립하는 것'을 문학운동의 당면과제로 삼았다.

17 단재 신채호의 문학관이 바탕을 두고 있는 이론이 <u>아닌</u> 것은?

① 공리적 효용론

② 계급주의 문학론

③ 사실주의 문학론

④ 민족주의 문학론

18 최남선에 대한 설명으로 적절하지 <u>않은</u> 것은?

① 계급문학이 세계적 보편성을 추구하는 것을 옹호하였다.

② 국민문학론을 주창하였다.

③ 향토성을 강조하였다.

④ 민족문학과 전통을 살리기 위한 시 형식으로 시조를 제안하였다.

19 서구의 주지주의 비평을 소개하고 실천비평의 방법을 모색한 인물은?

① 안막

② 김문집

③ 김환태

④ 최재서

20 김기진과 박영희가 함께 동인으로 활동했던 문예지는?

① 『창조』

② 『폐허』

③ 『백조』

④ 『동광』

21 김기진의 전통단절론에 힘을 실으며 절충적 입장을 밝힌 인물은?

① 이무영

② 백철

③ 조동일

④ 손우성

22 다음 중 김남천이 제시한 이론이 <u>아닌</u> 것은?

① 고발문학론

② 모랄론

③ 관찰문학론

④ 포오즈론

23 권환이 「하리코프대회 성과에서 조선 프로예술가가 얻은 교훈」에서 제시한 하리코프대회의 다섯 가지 성과에 해당하지 <u>않는</u> 것은?

① 조선어학회 문제

② 파시즘예술에 대한 투쟁

③ 노동통신원문제

④ 농민문학운동 문제

24 다음 중 목적의식적 방향전환론과 관련이 <u>없는</u> 것은?

① 내용·형식 논쟁

② 아나키스트 논쟁

③ 전통계승론과 전통단절론

④ 제3전선파의 귀국

주관식 문제

01 엥겔스(F. Engels)가 리얼리즘에 대해 내린 정의는 무엇인지 쓰시오.

02 '레즈비언 연속체(lesbian continuum)'를 주장한 인물은 누구인지 쓰시오.

03 1930년대 이후 민족주의 문학이 그 의의를 점점 잃어간 이유가 무엇인지 쓰시오.

04 내용·형식 논쟁에서 박영희가 프로문예비평가는 어떻게 부르주아 문예비평가와 달라야 한다고 주장했는지 쓰시오.

01	02	03	04	05	06	07	08	09	10	11	12
②	④	②	③	②	③	②	③	②	①	③	①
13	14	15	16	17	18	19	20	21	22	23	24
④	②	①	④	③	②	③	①	④	②	④	①

주관식 정답	
01	당성, 민중성
02	• 문예전통과 문학사는 최종적으로 되돌릴 수 없게 확정된 것이 아니라 항구적으로 수정 및 재정리되는 것이다. • 예술가의 체험은 실제적인지 상상적인지와는 무관하게 그의 작품 속에 최종적으로 응집되므로 독자는 작품 그 자체에 관심을 가져야 한다. • 예술가의 정서와 개성은 그 자체로는 중요한 것이 아니며, 그저 예술작품 속으로 사라질 뿐이다.
03	문맹이 동맹보다는 문건의 노선을 주로 따랐기 때문이다.
04	1950년대의 전통론은 우리 고유의 문학전통과 외래의 문화를 함께 수용하여 우리 문학의 발전에 도움이 되도록 외래의 것을 활용하자는 논의로 귀결되었다.

01 정답 ②

선택적 기억은 프로이트의 정신분석학에서 방어 기제의 종류 중 하나이다.

융의 원형이론에서 원형에 속하는 개념은 페르소나·아니마·아니무스·그림자 등이다.

02 정답 ④

여성주의의 성숙 정도에 따라 여성문학의 단계를 '고발문학의 단계, 재해석의 단계, 새로운 인간해방의 비전을 제시하는 단계'로 나눌 수 있다. 이 중 억압을 당하고 있다는 사실 인식 하에 여성이 처한 부당한 상황을 고발하는 여성문학 시작 단계는 고발문학의 단계이다.

03 정답 ②

미셸 리파테르는 일상적 언어와 시적 언어를 구분하며, 일상적 언어는 실제적인 것으로 대부분 특정 현실을 지시하는 반면, 시적 언어는 메시지 그 자체에 주목한다고 주장하였다.

04 정답 ③

① 대중문화의 의미는 두 가지로 나뉘는데, 첫 번째 의미의 대중문화는 대중으로부터 생겨났거나 대중에게 인기 있는 문화이며, 두 번째 의미의 대중문화는 대중을 위해 대량으로 만들어지는 문화이다.

② 민속문화는 낭만주의에서 민족성·전통성·자생성을 강조하기 위해 사용한 용어이다.

④ 민중문화는 상업적인 문화에 저항하는 문화이다.

05 정답 ②

해롤드 블룸과 폴 드 망도 예일학파지만, 비평가가 행하는 해석의 행위 자체가 하나의 텍스트, 즉 창조적 글쓰기라는 견해를 펼친 인물은 하트만이다.

06 정답 ③

제시된 내용은 패러독스에 대한 내용이며, 패러독스는 역설이라고도 한다.

07 정답 ②

프린스는 청자를 실질적 독자와 이상적 독자로 나누는데, 실질적 독자는 작가가 작품을 쓸 때 염두에 두는 독자이며, 이상적 독자는 작가의 의도를 완벽하게 이해하는 독자이다.

가상적 독자와 실제적 독자는 이저의 분류이다.

08 정답 ③

드래그는 남성이 스스로의 '여성적인' 면모, 또는 비순응성을 적극적으로 나타내는 하나의 표현 방법이다.

09 정답 ②

관습은 '문학적 전통과 관례'라고도 하며, 당대의 지배적인 문학적 경향 및 특징 속에서 작품을 파악하는 것이다. 해리 르빈(Harry Levin)은 문학이 자체의 역사를 갖도록 해주는 요소를 함유하고 있는 것을 문학적 관습(literary convention)이라고 보았다.

10 정답 ①

비평의 기능 중 가장 일반적이고 가장 중요한 것으로, 작품의 어떤 부분이 좋고 나쁜지를 가려내는 과정은 평가, 즉 가치판단이다.

11 정답 ③

프랑크푸르트학파의 '문화산업' 연구는 여가가 현대 사회에서 지니는 중요성에 주목한 최초의 대중문화에 대한 연구로서 의미가 있지만, '고급문화'와 '저급문화'라는 이분법을 극복하지 못하였다.

12 정답 ①

바르트는 「서사구조의 분석 입문」에서 언어와 서사의 상동성을 주장하며 언어학에서 사용하는 방법론을 이야기 연구에 적용할 것을 제안하였다. 그는 모든 서사가 구조적 공통점을 가지고 있다는 입장에서 서사담론을 기능의 층위, 행위의 층위, 서술의 층위로 구분한다.

13 정답 ④

전형성은 일종의 독특한 유형의 종합으로서 인물과 상황을 연결하고 개별자와 보편자를 유기적으로 통일하는 것이다. 어떤 것이 하나의 전형으로 되는 것은 오직 한 역사적 시기의 인간적 · 사회적으로 본질적인 '계기'들이 그 속에서 함께 어우러질 때 가능하다.

14 정답 ②

엥겔스는 발자크의 소설을 두고 '리얼리즘의 위대한 승리'라며 높이 평가했는데, 이는 19세기 중반 보수적인 왕당파와 시민파가 대립하고 있던 상황에서 왕당파를 지지하던 발자크가 소설에서는 리얼리즘의 기법을 채택하여 시민파의 입장을 반영했기 때문이다.

15 정답 ①

주네트가 구분한 설화분석의 다섯 가지 범주는 순서 · 듀레이션 · 빈도 · 법 · 태이다.

16 정답 ④

동맹은 문학운동의 과제로 당파성을 바탕으로 한 프로문학의 건설을 제안하였다. 그러나 이러한 당파성론은 당위적이고 선험적으로 노동자계급 헤게모니에 집착하면서 교조주의적 양상을 보였는데, 이는 변혁단계의 특수성에 대한 인식이 결여된 결과이다.

17 정답 ③

안확은 문학의 기원을 두고 동양과 서양 모두에서 문학은 종교적 서사시에서 출발하였으며, 조선의 경우 기원의 증거를 대종교의 경전과 신가(神歌)에서 찾아볼 수 있다고 했다.

18 정답 ②

박영희가 부르주아 문학의 전통과 전형에서 벗어나 새로운 경향을 보여 주는 작품이라고 평가한 것으로는 「붉은 쥐」(김기진), 「땅 속으로」(조명희), 「광란」(이익상), 「가난한 사람들」(이기영), 「살인」(주요섭), 「기아와 살육」(최서해), 「전투」(박영희) 등이 있다.

19 정답 ③

김기림은 리처즈의 이론을 적극 수용하여 과학적 시론을 정립하고자 하였다.

20 정답 ①

향토성을 강조하는 것은 시조부흥론의 견해이다.

21 정답 ④

장편소설론은 김남천이 주장한 것이다.
최재서는 지성론 · 모랄론 · 휴머니즘론 · 풍자문학론 · 리얼리즘론을 제시하였다.

22 정답 ②

『일목대왕의 철퇴』, 『을지문덕전』, 『동국거걸 최도통전』은 신채호가 창작한 것이다.

23 정답 ④

카프의 구성원으로서 한국문단에서 처음으로 농민문학의 문제를 제기한 것은 김기진이다. 김기진

은 「농민문예에 대한 초안」에서 농민문예를 어떻게 써야 하고 어떤 형식과 정신을 필요로 하는지에 대해 실천적인 방법을 제시하고 있다.

24 정답 ①

제3전선파는 한식 · 장준석 · 이북만 · 윤기정 등 일본에서 유학 중이던 일군의 유학생들이다.

주관식 **해설**

01 정답

당성, 민중성

02 정답

• 문예전통과 문학사는 최종적으로 되돌릴 수 없게 확정된 것이 아니라 항구적으로 수정 및 재정리되는 것이다.
• 예술가의 체험은 실제적인지 상상적인지와는 무관하게 그의 작품 속에 최종적으로 응집되므로 독자는 작품 그 자체에 관심을 가져야 한다.
• 예술가의 정서와 개성은 그 자체로는 중요한 것이 아니며, 그저 예술작품 속으로 사라질 뿐이다.

03 정답

문맹이 동맹보다는 문건의 노선을 주로 따랐기 때문이다.

04 정답

1950년대의 전통론은 우리 고유의 문학전통과 외래의 문화를 함께 수용하여 우리 문학의 발전에 도움이 되도록 외래의 것을 활용하자는 논의로 귀결되었다.

01	02	03	04	05	06	07	08	09	10	11	12
①	③	①	④	①	④	①	④	④	③	③	②
13	14	15	16	17	18	19	20	21	22	23	24
②	③	①	②	②	①	④	③	④	④	①	③

	주관식 정답
01	세부적 진실 이외에도 전형적인 상황에서 전형적인 인물의 진실된 재현
02	아드리안 리치(A. C. Rich)
03	민족주의 문학은 조선주의를 바탕으로 한 국민문학으로 대두되었다. 이는 프로문학과 함께 1925~1930년 이후까지 한국문단을 둘로 나누지만, 1930년 이후 프로문학이 퇴조함에 따라 계급문학의 대타개념에서 수동적으로 규정된 민족주의 문학도 그 의의를 점점 잃어 갔다.
04	박영희는 지금까지 부르주아 문예비평가는 작품의 구조를 중요시했을지라도, 프로문예비평가는 작품의 사회적 의식을 통해 프로작품의 가치를 평가해야 한다고 주장하였다.

01 정답 ①

16세기 영국 르네상스기의 필립 시드니(Philip Sidney)는 시가 인간의 마음을 움직이고 감동하게 한다는 효용의 관점에서 철학보다 효과적으로 인간을 교육한다고 주장하였다.

존스는 프로이트의 제자이며, 워즈워드와 콜리지는 영국 낭만주의 시인들이다.

02 정답 ③

데일 스펜더는 『남자가 만든 언어』에서 남성 지배적 언어에 의해 여성들은 억압받아 왔다고 주장하였다.

03 정답 ①

피시는 연속적으로 나타는 독자의 반응에 초점을 두고, 의미에 대한 독자의 기대는 끊임없이 조정되며 의미는 결국 독서의 총체적 활동이라고 보았다.

04 정답 ④

'예술과 지적 작업의 집합체'는 크리스 젠크스(Chris Jenks)의 문화범주 4가지 중 기술적 범주에 해당한다.

05 정답 ①

바르트는 구조주의를 연구하다가 한계를 느끼고 탈구조주의로 돌아선 인물이다.

06 정답 ④

신비평은 텍스트를 역사 또는 작가의 부속물로 보지 않고 텍스트 그 자체로 보는 비평 방법으로, 문학의 형식성을 중시한다.

07 정답 ①

야우스는 수용자의 상태에 따라 수용대상이 수용된다는 해석의 원칙과 창작텍스트의 구성요소로 독자들의 기대가 포함되고 있다는 점을 들어 독자의 '기대지평(horizon of expectation)'을 제시하였다.

08 정답 ④

아들러는 개인심리학을 제시하고 문학작품의 분석에 열등콤플렉스와 우월콤플렉스 개념을 활용하였다. 트릴링은 절충적인 방법으로 정신분석 비평을 시도하였고, 데리다와 블룸은 후기 구조주의 정신분석학을 연구하였다.

09 정답 ④

프레드슨 바우어즈(Fredson Bowers)의 원전 확정 과정 다섯 단계는 '문서적 증거 → 기본 텍스트의 결정 → 상이점들의 대조 조사 → 판본의 족보 → 결정본' 순으로 이루어진다.

10 정답 ③

에이브람스의 분류에 따른 네 가지 비평은 모방비평, 효용비평, 표현비평, 객관적 비평이다.

11 정답 ③

피시는 '독자경험'을 제시하며 독서행위를 하나의 사건으로 보았고 텍스트를 읽는 과정을 체험하는 것이 문학적 의미라고 설명하였다. 피시는 충분한 문학적 · 언어학적 능력을 갖춘 독자를 두고 '정통독자'라 일컬었다.

12 정답 ②

구조주의 비평은 1950년대 프랑스의 문화인류학자 레비스트로스가 창시한 것으로, 신화적인 연구체계에서 출발하였다.

13 정답 ②

그람시는 문화를 지배 또는 자유의 양식으로 보고 헤게모니 이론을 발전시켰다.

14 정답 ③

'퀴어'는 본래 '이상한', '수상한', '기묘한'의 뜻을 가진 단어로, 성적 소수자에게 대한 경멸과 모욕을 표현하기 위해 쓰였다. 1980년대 이후 미국의 성소수자 활동가 · 예술가 · 연구자 등은 이 용어를 적극적으로 사용했는데, 이는 이성애주의자들이 성 소수자를 함부로 규정하는 것에 반발하고자 동성애 혐오 표현인 퀴어를 재전유한 것이다.

15 정답 ①

감동의 오류 · 감정의 오류 · 영향의 오류는 모두 같은 의미로, 문예작품의 가치를 그 독자에게 미치는 영향이나 효과에 두는 것은 잘못이라는 의미이다.

16 정답 ②

문건의 민족문학론은 프로문학의 지도력을 유지하고 강화하기 위한 장래적 계획이 없었다는 점과 프로문학의 민족문학에서의 지위와 역할을 성실히 해명하지 않은 것에서 한계점을 갖는다. 따라서 문건의 민족문학론은 계급성이 약화되어 민중주의적 편향이 짙어지는 과정을 겪었다.

17 정답 ②

단재 신채호의 문학관이 바탕을 둔 이론은 공리적 효용론, 사실주의 문학론, 민족주의 문학론이다.

18 정답 ①

최남선은 계급문학이 세계적 보편성을 추구하는 것을 간접적으로 비판하였다.

19 **정답** ④

최재서는 서구의 주지주의 비평을 소개하고 실천
비평의 방법을 모색하는 등의 의의를 남겼지만, 그
의 비평방법과 인식태도는 지나치게 서구적인 탓
에 조선의 식민지적 현실에 적용할 수 있을지에 대
한 의문을 낳기도 했다.

20 **정답** ③

김기진과 박영희는 『백조』의 동인으로 함께 활동
했으며, 김기진이 먼저 프로문학 사상을 알리고자
하였고 박영희가 이를 뒤따랐다.

21 **정답** ④

1950년대에 백철은 전통을 옹호하는 전통계승론
을, 김기진은 전통 계승을 부정하는 전통단절론을
제시하였다. 이후 이무영이 백철의 의견에 동조하
였고, 손우성은 김기진의 입장에 힘을 실으며 절충
적 입장을 밝혔다.

22 **정답** ④

포오즈론은 김남천의 고발문학론에 영향을 주었
지만, 이원조가 제시한 것이다.

23 **정답** ①

권환이 「하리코프대회 성과에서 조선 프로예술가
가 얻은 교훈」에서 제시한 하리코프대회의 다섯
가지 성과는 '파시즘예술에 대한 투쟁·동반자 획
득문제·노동통신원문제·농민문학운동 문제·국
제적 연락'이다.

24 **정답** ③

전통계승론과 전통단절론은 해방 이후 전통론에
관한 내용이다.
내용·형식 논쟁과 아나키스트 논쟁은 목적의식
적 방향전환론이 대두된 배경 중 카프 내부적 요인
에 속한다. 제3전선파의 귀국은 방향전환에 촉매
적 역할을 했다.

주관식 해설

01 **정답**

세부적 진실 이외에도 전형적인 상황에서 전형적
인 인물의 진실된 재현

02 **정답**

아드리안 리치(A. C. Rich)

03 **정답**

민족주의 문학은 조선주의를 바탕으로 한 국민문
학으로 대두되었다. 이는 프로문학과 함께 1925~
1930년 이후까지 한국문단을 둘로 나누지만, 1930
년 이후 프로문학이 퇴조함에 따라 계급문학의 대
타개념에서 수동적으로 규정된 민족주의 문학도
그 의의를 점점 잃어 갔다.

04 **정답**

박영희는 지금까지 부르주아 문예비평가는 작품
의 구조를 중요시했을지라도, 프로문예비평가는
작품의 사회적 의식을 통해 프로작품의 가치를 평
가해야 한다고 주장하였다.

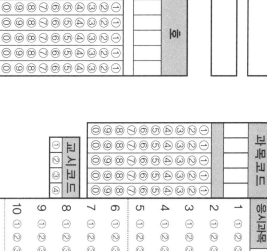

컴퓨터용 사인펜만 사용

년도 전공심화과정인정시험 답안지(객관식)

★ 수험생은 수험번호와 응시과목 코드번호를 표기(마킹)한 후 일치여부를 반드시 확인할 것.

전공분야	
성 명	

수험번호

(1) 3 — — —

(2) ① ● ② ④

과목코드

교시코드 ① ② ③

응시과목

1	① ② ③ ④	14	① ② ③ ④
2	① ② ③ ④	15	① ② ③ ④
3	① ② ③ ④	16	① ② ③ ④
4	① ② ③ ④	17	① ② ③ ④
5	① ② ③ ④	18	① ② ③ ④
6	① ② ③ ④	19	① ② ③ ④
7	① ② ③ ④	20	① ② ③ ④
8	① ② ③ ④	21	① ② ③ ④
9	① ② ③ ④	22	① ② ③ ④
10	① ② ③ ④	23	① ② ③ ④
11	① ② ③ ④	24	① ② ③ ④
12	① ② ③ ④		
13	① ② ③ ④		

과목코드

응시과목

1	① ② ③ ④	14	① ② ③ ④
2	① ② ③ ④	15	① ② ③ ④
3	① ② ③ ④	16	① ② ③ ④
4	① ② ③ ④	17	① ② ③ ④
5	① ② ③ ④	18	① ② ③ ④
6	① ② ③ ④	19	① ② ③ ④
7	① ② ③ ④	20	① ② ③ ④
8	① ② ③ ④	21	① ② ③ ④
9	① ② ③ ④	22	① ② ③ ④
10	① ② ③ ④	23	① ② ③ ④
11	① ② ③ ④	24	① ② ③ ④
12	① ② ③ ④		
13	① ② ③ ④		

답안지 작성시 유의사항

1. 답안지는 반드시 컴퓨터용 사인펜을 사용하여 다음 보기와 같이 표기할 것.
   보기 정답 표기: ●
   잘못된 표기: ✔ ⊗ ⊙ ○ ◐

2. 수험번호 (1)에는 아라비아 숫자로 쓰고, (2)에는 " ● "와 같이 표기할 것.

3. 과목코드는 뒷면 "과목코드번호"를 보고 해당과목의 코드번호를 찾아 표기하고,
   응시과목란에는 응시과목명을 한글로 기재할 것.

4. 교시코드는 문제지 전면 의 교시를 해당란에 " ● "와 같이 표기할 것.

5. 한번 표기한 답은 긁거나 수정액 및 스티커 등 어떠한 방법으로도 고쳐서는
   아니되고, 고친 문항은 "0"점 처리함.

※ 감독관 확인란

(인)

관 리 번 호	(역번)
	(응시자수)

[이 답안지는 마킹연습용 모의답안지입니다.]

년도 전공심화과정 인정시험 답안지(주관식)

전공분야

성명

★ 수험생은 수험번호와 응시과목 코드번호를 표기(마킹)한 후 일치여부를 반드시 확인할 것.

과목코드

교시코드 ① ② ③ ④

수험번호

[이 답안지는 마킹연습용 모의답안지입니다.]

응시과목 / 시 과 목

번호	※1차 점수	※1차 채점	※1차확인	코드번호	시 과 목	※2차확인	※2차 채점	※2차 점수
1	⓪①②③④⑤⑥⑦⑧⑨⑩							⓪①②③④⑤⑥⑦⑧⑨⑩
2	⓪①②③④⑤⑥⑦⑧⑨⑩							⓪①②③④⑤⑥⑦⑧⑨⑩
3	⓪①②③④⑤⑥⑦⑧⑨⑩							⓪①②③④⑤⑥⑦⑧⑨⑩
4	⓪①②③④⑤⑥⑦⑧⑨⑩							⓪①②③④⑤⑥⑦⑧⑨⑩
5	⓪①②③④⑤⑥⑦⑧⑨⑩							⓪①②③④⑤⑥⑦⑧⑨⑩

답안지 작성시 유의사항

1. ※란은 표기하지 말 것.
2. 수험번호 (2)란, 과목코드, 교시코드 표기는 반드시 컴퓨터용 싸인펜으로 표기할 것
3. 교시코드는 문제지 전면 의 교시를 해당란에 컴퓨터용 싸인펜으로 표기할 것.
4. 답란은 반드시 흑·청색 볼펜 또는 만년필을 사용할 것. (연필 또는 적색 필기구 사용불가)
5. 답안을 수정할 때에는 두줄(=)을 긋고 수정할 것.
6. 답란이 부족하면 해당답란에 "뒷면기재"라고 쓰고 뒷면 '추가답란'에 문제번호를 기재한 후 답안을 작성할 것.
7. 기타 유의사항은 객관식 답안지의 유의사항과 동일함.

※ 감독관 확인란 ⑩

남도 전공심화과정인정시험 답안지(객관식)

★ 수험생은 수험번호와 응시과목 코드번호를 표기(마킹)한 후 일치여부를 반드시 확인할 것.

전공분야

성 명

(1) 3

수	험	번	호

(2) ① ● ② ④

과목코드

응시과목

1	① ② ③ ④	14	① ② ③ ④
2	① ② ③ ④	15	① ② ③ ④
3	① ② ③ ④	16	① ② ③ ④
4	① ② ③ ④	17	① ② ③ ④
5	① ② ③ ④	18	① ② ③ ④
6	① ② ③ ④	19	① ② ③ ④
7	① ② ③ ④	20	① ② ③ ④
8	① ② ③ ④	21	① ② ③ ④
9	① ② ③ ④	22	① ② ③ ④
10	① ② ③ ④	23	① ② ③ ④
11	① ② ③ ④	24	① ② ③ ④
12	① ② ③ ④		
13	① ② ③ ④		

교시코드
① ② ③ ④

과목코드

응시과목

1	① ② ③ ④	14	① ② ③ ④
2	① ② ③ ④	15	① ② ③ ④
3	① ② ③ ④	16	① ② ③ ④
4	① ② ③ ④	17	① ② ③ ④
5	① ② ③ ④	18	① ② ③ ④
6	① ② ③ ④	19	① ② ③ ④
7	① ② ③ ④	20	① ② ③ ④
8	① ② ③ ④	21	① ② ③ ④
9	① ② ③ ④	22	① ② ③ ④
10	① ② ③ ④	23	① ② ③ ④
11	① ② ③ ④	24	① ② ③ ④
12	① ② ③ ④		
13	① ② ③ ④		

답안지 작성시 유의사항

1. 답안지는 반드시 컴퓨터용 사인펜을 사용하여 다음 보기와 같이 표기할 것.
   보기 잘된 표기: ●
   잘못된 표기: ⊘ ⊗ ● ◑ ◐ ○○

2. 수험번호 (1)에는 아라비아 숫자로 쓰고, (2)에는 " ● "와 같이 표기할 것.

3. 과목코드는 뒷면 "과목코드번호"를 보고 해당과목의 코드번호를 찾아 표기하고,
   응시과목란에는 응시과목명을 한글로 기재할 것.

4. 교시코드는 문제지 전면 의 교시를 해당란에 " ● "와 같이 표기할 것.

5. 한번 표기한 답은 긁거나 수정액 및 스티커 등 어떠한 방법으로도 고쳐서는
   아니되고, 고친 문항은 "0"점 처리함.

성 명

※ 감독관 확인란
(인)

관 리 번 호
(연번)

(응시자수)

년도 전공심화과정
인정시험 답안지(주관식)

전공분야

성명

★ 수험생은 수험번호와 응시과목 코드번호를 표기(마킹)한 후 코드번호를 반드시 확인할 것.

과목코드

| ① ② ③ ③ ④ ④ ⑤ ⑥ ⑦ ⑦ ⑧ ⑨ ⑩ |
| ① ② ③ ③ ④ ④ ⑤ ⑥ ⑦ ⑦ ⑧ ⑨ ⑩ |
| ① ② ③ ③ ④ ④ ⑤ ⑥ ⑥ ⑦ ⑦ ⑧ ⑨ ⑩ |
| ① ② ③ ③ ④ ④ ⑤ ⑤ ⑥ ⑥ ⑦ ⑦ ⑧ ⑨ ⑩ |
| ② ③ ④ ⑤ ⑤ ⑥ ⑥ ⑦ ⑦ ⑧ ⑧ ⑨ ⑩ |

교시코드

| ① ② ③ ④ |

수험번호

3	—		—		—	
(1)	① ② ● ④					
(2)						

① ② ③ ④ ⑤ ⑥ ⑦ ⑧ ⑨ ⓪
① ② ③ ④ ⑤ ⑥ ⑦ ⑧ ⑨ ⓪
① ② ③ ④ ⑤ ⑥ ⑦ ⑧ ⑨ ⓪
① ② ③ ④ ⑤ ⑥ ⑦ ⑧ ⑨ ⓪
① ② ③ ④ ⑤ ⑥ ⑦ ⑧ ⑨ ⓪
① ② ③ ④ ⑤ ⑥ ⑦ ⑧ ⑨ ⓪

답안지 작성시 유의사항

1. ※란은 표기하지 말 것.
2. 수험번호 (2)란, 과목코드, 교시코드 표기는 반드시 컴퓨터용 싸인펜으로 표기할 것
3. 교시코드는 문제지 전면 의 교시를 해당란에 컴퓨터용 싸인펜으로 표기할 것.
4. 답안은 반드시 흑·청색 볼펜 또는 만년필을 사용할 것. (연필 또는 적색 필기구 사용불가)
5. 답안을 수정할 때에는 두줄(=)을 긋고 수정할 것.
6. 답란이 부족하면 해당답란에 "뒷면기재"라고 쓰고 뒷면 '추가답란'에 문제번호를 기재한 후 답안을 작성할 것.
7. 기타 유의사항은 객관식 답안지의 유의사항과 동일함.

※ 감독관 확인란

(인)

★ 수험생은 수험번호와 응시과목 코드번호를 표기(마킹)한 후 일치 여부를 반드시 확인할 것.

번호	※1차확인	응시과목	※2차확인	※2차채점
1	※1차채점			
2				
3				
4				
5				

※1차점수
① ② ③ ④ ⑤ ⑥ ⑦ ⑧ ⑨ ⓪ (×5)

※2차점수
① ② ③ ④ ⑤ ⑥ ⑦ ⑧ ⑨ ⓪ (×5)

[이 답안지는 마킹연습용 모의답안지입니다.]

년도 전공심화과정인정시험 답안지(객관식)

전공분야

성   명

(1)

3
ㅡ

수 험 번 호

(2)

① ② ● ④

교시코드	응시과목
① ② ③ ④	1 ① ② ③ ④ 14 ① ② ③ ④
	2 ① ② ③ ④ 15 ① ② ③ ④
	3 ① ② ③ ④ 16 ① ② ③ ④
	4 ① ② ③ ④ 17 ① ② ③ ④
	5 ① ② ③ ④ 18 ① ② ③ ④
	6 ① ② ③ ④ 19 ① ② ③ ④
	7 ① ② ③ ④ 20 ① ② ③ ④
	8 ① ② ③ ④ 21 ① ② ③ ④
	9 ① ② ③ ④ 22 ① ② ③ ④
	10 ① ② ③ ④ 23 ① ② ③ ④
	11 ① ② ③ ④ 24 ① ② ③ ④
	12 ① ② ③ ④
	13 ① ② ③ ④

교시코드	응시과목
	1 ① ② ③ ④ 14 ① ② ③ ④
	2 ① ② ③ ④ 15 ① ② ③ ④
	3 ① ② ③ ④ 16 ① ② ③ ④
	4 ① ② ③ ④ 17 ① ② ③ ④
	5 ① ② ③ ④ 18 ① ② ③ ④
	6 ① ② ③ ④ 19 ① ② ③ ④
	7 ① ② ③ ④ 20 ① ② ③ ④
	8 ① ② ③ ④ 21 ① ② ③ ④
	9 ① ② ③ ④ 22 ① ② ③ ④
	10 ① ② ③ ④ 23 ① ② ③ ④
	11 ① ② ③ ④ 24 ① ② ③ ④
	12 ① ② ③ ④
	13 ① ② ③ ④

※ 감독관 확인란

(인)

관 리 번 호
(연번)
(응시자수)

답안지 작성시 유의사항

1. 답안지는 반드시 컴퓨터용 사인펜을 사용하여 다음 **보기**와 같이 표기할 것.
   보기 잘된 표기: ●   잘못된 표기: ⊗ ⊙ ◑ ○○
2. 수험번호 (1)에는 아라비아 숫자로 쓰고, (2)에는 "●"와 같이 표기할 것.
3. 과목코드는 뒷면 "과목코드번호"를 보고 해당과목의 코드번호를 찾아 표기하고,
   응시과목란에는 응시과목명을 한글로 기재할 것.
4. 교시코드는 문제지 전면 의 교시를 해당란에 "●"와 같이 표기할 것.
5. 한번 표기한 답은 긁거나 수정액 및 스티커 등 어떠한 방법으로도 고쳐서는
   아니되고, 고친 문항은 "0"점 처리함.

년도 전공심화과정 인정시험 답안지(주관식)

전공분야

성명

★ 수험생은 수험번호와 응시과목 코드번호를 표기(마킹)한 후 일치여부를 반드시 확인할 것.

과목코드

| ① ② ③ ④ ⑤ ⑥ ⑦ ⑧ ⑨ ⑩ |
| ① ② ③ ④ ⑤ ⑥ ⑦ ⑧ ⑨ ⑩ |
| ① ② ③ ④ ⑤ ⑥ ⑦ ⑧ ⑨ ⑩ |
| ① ② ③ ④ ⑤ ⑥ ⑦ ⑧ ⑨ ⑩ |
| ① ② ③ ④ ⑤ ⑥ ⑦ ⑧ ⑨ ⑩ |

교시코드

① ② ③ ④

수험번호

3			–			–			–		
(1)	① ② ● ④										
(2)	① ② ③ ④ ⑤ ⑥ ⑦ ⑧ ⑨ ⑩	① ② ③ ④ ⑤ ⑥ ⑦ ⑧ ⑨ ⑩		① ② ③ ④ ⑤ ⑥ ⑦ ⑧ ⑨ ⑩	① ② ③ ④ ⑤ ⑥ ⑦ ⑧ ⑨ ⑩		① ② ③ ④ ⑤ ⑥ ⑦ ⑧ ⑨ ⑩	① ② ③ ④ ⑤ ⑥ ⑦ ⑧ ⑨ ⑩		① ② ③ ④ ⑤ ⑥ ⑦ ⑧ ⑨ ⑩	① ② ③ ④ ⑤ ⑥ ⑦ ⑧ ⑨ ⑩

답안지 작성시 유의사항

1. ※란은 표기하지 말 것.
2. 수험번호 (2)란, 과목코드, 교시코드는 반드시 컴퓨터용 싸인펜으로 표기할 것
3. 교시코드는 문제지 전면 의 교시를 해당란에 컴퓨터용 싸인펜으로 표기할 것.
4. 답란은 반드시 흑·청색 볼펜 또는 만년필을 사용할 것. (연필 또는 적색 필기구 사용불가)
5. 답안을 수정할 때에는 두줄(=)을 긋고 수정할 것.
6. 답란이 부족하면 해당답란에 "뒷면기재"라고 쓰고 뒷면 '추가답란'에 문제번호를 기재한 후 답안을 작성할 것.
7. 기타 유의사항은 객관식 답안지의 유의사항과 동일함.

※ 감독관 확인란

(인)

응시과목 코드번호를 표기(마킹)한 후 일치여부를 반드시 확인할 것.

번호	※1차점수	※1차채점	※1차확인	응시과목	목	※2차확인	※2차채점	※2차점수
1	⓪ ① ② ③ ④ ⑤ ⑥ ⑦ ⑧ ⑨ ⑩							⓪ ① ② ③ ④ ⑤ ⑥ ⑦ ⑧ ⑨ ⑩
2	⓪ ① ② ③ ④ ⑤ ⑥ ⑦ ⑧ ⑨ ⑩							⓪ ① ② ③ ④ ⑤ ⑥ ⑦ ⑧ ⑨ ⑩
3	⓪ ① ② ③ ④ ⑤ ⑥ ⑦ ⑧ ⑨ ⑩							⓪ ① ② ③ ④ ⑤ ⑥ ⑦ ⑧ ⑨ ⑩
4	⓪ ① ② ③ ④ ⑤ ⑥ ⑦ ⑧ ⑨ ⑩							⓪ ① ② ③ ④ ⑤ ⑥ ⑦ ⑧ ⑨ ⑩
5	⓪ ① ② ③ ④ ⑤ ⑥ ⑦ ⑧ ⑨ ⑩							⓪ ① ② ③ ④ ⑤ ⑥ ⑦ ⑧ ⑨ ⑩

참고문헌

- 구인모, 「최남선과 국민문학론의 위상」, 『한국근대문학연구』 6-2, 한국근대문학회, 2005.
- 김영민, 『한국근대문학비평사』, 소명출판, 2002.
- 김영민, 『한국문학비평논쟁사』, 한길사, 1993.
- 김욱동, 『모더니즘과 포스트모더니즘』, 현암사, 1995.
- 김윤식 외, 『한국현대문학사』, 현대문학, 1994.
- 김윤식, 『김윤식 선집3:비평사』, 솔출판사, 1996.
- 김윤식, 『한국근대문예비평사연구』, 일지사, 1976.
- 김윤식, 『한국근대문예비평사연구』, 한얼문고, 1973.
- 김윤식, 『한국현대문학비평사』, 서울대학교 출판부, 1982.
- 김윤식, 『한국현대문학사』, 서울대학교 출판부, 1995.
- 김정훈, 「백대진 비평연구」, 『국제어문』 11, 국제어문학회, 1990.
- 김호직·최연식, 「자산 안확(自山 安廓)의 조선 민족사에 대한 이원적 접근 – 『조선문학사』와 『조선문명사』를 중심으로」, 『동양고전연구』 67, 동양고전학회, 2017.
- 김흥식, 「소설개조론 연구 – '고발문학론'을 중심으로」, 『비평문학』 37, 2010.
- 로이스 타이슨, 윤동구 역, 『비평 이론의 모든 것』, 앨피, 2012.
- 신덕용 외, 『문학의 이해』, 한울아카데미, 2007.
- 엘리자베드 라이트, 『정신분석비평』, 문예출판사, 1995.
- 유진 런, 『마르크시즘과 모더니즘』, 문학과 지성사, 1995.
- 윤병로, 『한국근·현대문학사』, 명문당, 2003.
- 윤병로·조건상·강우식, 『문학개론』, 성균관대학교 출판부, 2001.
- 이명재, 『문학비평의 이론과 실제』, 집문당, 1997.
- 이상갑, 『민족문학론과 근대성』, 역락, 2006.
- 이상우·이기한·김순식, 『문학비평의 이론과 실제』, 집문당, 2005.
- 이선영, 『문학비평의 방법과 실제』, 삼지원, 1993.
- 이선영·박태상, 『문학비평론』, 한국방송통신대학교 출판부, 2007.
- 이승훈, 『현대비평이론』, 태학사, 2001.
- 이현식, 『일제 파시즘체제하의 한국 근대문학비평』, 소명출판, 2006.
- 임규찬, 『문학사와 비평적 쟁점』, 태학사, 2001.
- 임규찬·한기형, 『카프해산기의 창작방법 논쟁』, 태학사, 1990.

■ 임환모, 「1930년대 한국문학비평연구」, 박사학위 청구논문, 전남대학교 대학원, 1992.

■ 임환모, 『문학적 이념과 비평적 지성』, 태학사, 1993.

■ 정희모, 「1930년대 창작방법 논쟁과 카프 문학의 미학」, 『비평문학』 13, 1999.

■ 조세핀 도노번, 『페미니즘 이론』, 문예출판사, 1997.

■ 조현설, 「근대의 어문학자, 최남선」, 『관악어문연구』 37, 서울대학교 국어국문학과, 2012.

■ 홍문표, 『홍문표한국현대문학사총서』 18 − 「한국현대문학사와 이데올로기」, 창조문학사, 2018.

■ 홍문표, 『문학비평론』, 양문각, 1995.

SD에듀 독학사 국어국문학과 3 · 4단계 문학비평론

초 판 발 행	2023년 07월 10일 (인쇄 2023년 05월 12일)
발 행 인	박영일
책 임 편 집	이해욱
편 저	박소연
편 집 진 행	송영진 · 김다련
표지디자인	박종우
편집디자인	차성미 · 장성복
발 행 처	(주)시대고시기획
출 판 등 록	제10-1521호
주 소	서울시 마포구 큰우물로 75 [도화동 538 성지 B/D] 9F
전 화	1600-3600
팩 스	02-701-8823
홈 페 이 지	www.sdedu.co.kr
I S B N	979-11-383-5015-0 (13810)
정 가	22,000원

SD에듀 독학사
국어국문학과

왜? 독학사 국어국문학과인가?

4년제 국어국문학과 학위를 최소 시간과 비용으로 단 1년 만에 초고속 합격 가능!

1. 1990년 독학학위제의 시작부터 함께한 가장 오래된 전공 중 하나

2. 국어 및 국문학의 체계적 학습 가능

3. 교육대학원 진학 및 출판계, 언론계, 미디어 등 다양한 분야로 취업 가능

국어국문학과 과정별 시험과목(2~4과정)

1~2과정 교양 및 전공기초과정은 객관식 40문제 구성

3~4과정 전공심화 및 학위취득과정은 객관식 24문제+주관식 4문제 구성

2과정(전공기초)	3과정(전공심화)	4과정(학위취득)
국어사	문학비평론	국어학개론(2과정 겸용)
국어학개론	한국문학사(근간)	국문학개론(2과정 겸용)
한국현대시론	국어정서법(근간)	문학비평론(3과정 겸용)
국문학개론	국어음운론(근간)	한국문학사(3과정 겸용)
고전소설론	국어의미론(근간)	
한국현대소설론	고전시가론(근간)	

SD에듀 국어국문학과 학습 커리큘럼

기본이론부터 실전문제풀이 훈련까지!

SD에듀가 제시하는 각 과정별 최적화된 커리큘럼에 따라 학습해보세요.

STEP 01
기본이론
핵심이론 분석으로
확실한 개념 이해

STEP 02
문제풀이
실전예상문제를 통해
실전문제에 적용

STEP 03
모의고사
최종모의고사로
실전 감각 키우기

─ 독학사 국어국문학과 2~4과정 교재 시리즈 ─

독학학위제 공식 평가영역을 100% 반영한 이론과 문제로 구성된 완벽한 최신 기본서 라인업!

START

2과정

▶ 전공 기본서 [전 6종]
- 국어사
- 국어학개론
- 한국현대시론
- 국문학개론
- 고전소설론
- 한국현대소설론

3과정

▶ 전공 기본서 [전 6종]
- 문학비평론
- 한국문학사(근간)
- 국어정서법(근간)
- 국어음운론(근간)
- 국어의미론(근간)
- 고전시가론(근간)

4과정

▶ 전공 기본서
- 국어학개론(2과정 겸용)
- 국문학개론(2과정 겸용)
- 문학비평론(3과정 겸용)
- 한국문학사(3과정 겸용)

GOAL!

※ 표지 이미지 및 구성은 변경될 수 있습니다.

➕ **독학사 전문컨설턴트가 개인별 맞춤형 학습플랜을 제공해 드립니다.**

SD에듀 홈페이지 **www.sdedu.co.kr**   상담문의 **1600-3600** 평일 9~18시 / 토요일·공휴일 휴무

나는 이렇게 합격했다

여러분의 힘든 노력이 기억될 수 있도록
당신의 합격 스토리를 들려주세요.

합격생 인터뷰
상품권 증정

추첨을 통해
선물 증정

베스트 리뷰자 1등
아이패드 증정

베스트 리뷰자 2등
에어팟 증정

SD에듀 합격생이 전하는 합격 노하우

"기초 없는 저도 합격했어요
여러분도 가능해요."

검정고시 합격생 이*주

"불안하시다고요?
SD에듀와 나 자신을 믿으세요."

소방직 합격생 이*화

"강의를 듣다 보니
자연스럽게 합격했어요."

사회복지직 합격생 곽*수

"선생님 감사합니다.
제 인생의 최고의 선생님입니다."

G-TELP 합격생 김*진

"시험에 꼭 필요한 것만 딱딱!
SD에듀 인강 추천합니다."

물류관리사 합격생 이*환

"시작과 끝은 SD에듀와 함께!
SD에듀를 선택한 건 최고의 선택 "

경비지도사 합격생 박*익

합격을 진심으로 축하드립니다!

합격수기 작성 / 인터뷰 신청

QR코드 스캔하고 ▶ ▶ ▶
이벤트 참여하여 푸짐한 경품받자!

합격의 공식
SD에듀